LA TRACE

RICHARD COLLASSE

LA TRACE

roman

ÉDITIONS DU SEUIL
*27, rue Jacob, Paris VIe*

ISBN 978-2-02-094779-4

www.seuil.com

À mon père, éternel pilote de mon cœur,
qui voyage depuis trois ans, seul, de l'autre côté de la vie.

À mon épouse Naoko, qui sait faire glisser les shojis
aux moments où mon âme en a besoin.

1

Décembre, Kamakura

Je suis un imposteur.

Adolescent, j'étais un garçon éthéré qui ne savait que faire de sa propre vie. Adulte accompli, je ne le sais toujours pas. Je suis un dandy falot. Je m'en suis contenté longtemps. Jusqu'à ce mois de novembre qui vient de s'achever.

Chacun de nous porte au plus profond de soi une part cachée de vie, un petit secret misérable, une lâcheté, une traîtrise qu'il dépense une énergie et une imagination folles à étouffer, une pépite noire qui empoisonne son existence et risque de ruiner une carrière, une honorabilité et une position sociale durement acquises au moyen de toutes sortes d'artifices.

Jusqu'à présent, je l'ignorais.

Les écrans de fumée peuvent se dissiper au premier coup de vent.

C'est ce qui m'est arrivé le mois dernier.

Pourtant, à part cet arrière-goût d'imposture dont j'avais fini par m'accommoder, je me croyais transparent, un livre ouvert dont les pages de la culpabilité demeureraient vierges. Il n'y avait pas de cadavre dans les placards de ma mémoire, rien qui pût obscurcir le moindre moment de ma vie privée ou professionnelle.

Ma jeunesse a été tranquille et sans histoires. J'ai vécu dans un microcosme sans remous, une bulle d'indifférence, dans un pays calme. Je n'ai pas été happé par un de ces hasards qui font de vous l'assassin dont la calandre du scooter ou le projectile d'un lance-pierres croise la victime.

Puis j'ai cheminé cahin-caha, personnage transparent, insignifiant, à peine une anecdote, une ombre, un imposteur, disais-je, mais un imposteur sans imposture à se reprocher.

Je croyais être un cristal, une eau étale, un ciel sans nuages. Ma conscience n'était encombrée d'aucune scorie. Je ne rêve pas secrètement de viol et je ne me suis jamais demandé si l'homosexualité pourrait davantage m'exciter que ma vie sexuelle sereine et paisible. En un mot, je ne me connais pas de vice particulier.

J'ai avancé dans ma vie professionnelle d'un pas tranquille, sans bousculer personne. C'est plus par accident que par ambition que je suis arrivé à la tête d'une des sociétés les plus importantes du groupe qui m'emploie sur un des marchés les plus influents de notre industrie, le Japon.

Ma vie est réglée comme un métronome: travail, épouse, quelques amis. Je n'ai pas de maîtresse; non que je sois un ange, mais cela prend trop de temps, j'ai trop à faire. D'ailleurs, mon emploi du temps ne laisse pas la moindre place pour une liaison. Je suis trop paresseux pour avoir une double vie. C'est pratique, la paresse, on fait l'économie de la vertu. C'est sans doute cette paresse qui m'a permis d'éviter de me retrouver embourbé dans des situations périlleuses, de forger des coups tordus ou de me fourvoyer dans des aventures sans lendemain.

Ainsi m'étais-je habitué à la volupté d'une existence banale et sans rebondissements.

Je me trompais.

Il aura fallu trente-cinq ans pour que je le comprenne enfin: je suis un véritable imposteur.

J'ai pris la décision d'avouer, bien qu'aucun pardon ne soit réclamé, attendu ni d'ailleurs possible.

Une impérieuse nécessité m'impose d'en laisser la trace, moi qui croyais que le pâle sillage de ma vie s'effacerait au premier vent de l'oubli.

Ce soir, alors que je suis assis devant l'écran de mon ordinateur, j'ai décidé de raconter l'histoire d'une vie que je ne connaissais pas il y a seulement un mois, l'histoire pourtant de ma propre vie.

2

1972, Paris

Assis à la table familiale, l'ami de mon père jouait machinalement avec les miettes sur la nappe en parlant de sa voix de basse qui me berçait. On avait bu un peu de vin pour l'occasion. Légèrement étourdi, je rêvassais en écoutant le bourdonnement de leur conversation.

D'habitude, on ne servait pas de vin chez mes parents, car mon père était toujours plus ou moins entre deux courriers, et les pilotes étaient censés ne pas boire d'alcool huit heures avant un vol ni bien sûr pendant. Toutefois, la règle n'était pas vraiment respectée et on servait parfois un verre de bordeaux au commandant de bord et à son copilote dans le cockpit. Cela m'était arrivé pendant ma saison de steward étudiant à Air France l'été précédent. Un jour, entre Marseille et Alger, alors que, en équilibre instable – il y avait ce jour-là des turbulences dues au mistral sur la Méditerranée –, je servais leur plateau-repas aux pilotes dans l'étroit cockpit du Boeing 707, j'avais renversé un verre d'un excellent saint-émilion sur la chemise du commandant. C'était un vieux copain de mon père. Il avait rigolé un bon coup, puis retiré sa chemise, qu'il avait roulée en boule sous son siège. Il était resté torse nu dans l'habitacle, puant la vinasse, tout le reste de la rotation, se débrouillant lors des escales pour en interdire l'accès aux techniciens du sol, et à la fin de la journée de travail il avait quitté fort dignement l'avion, sa veste boutonnée jusqu'au col, la cravate nouée sur son cou nu. J'avais hérité du sobriquet de « Canadair », mais continué à servir abondamment à l'équipage du vin lorsque nous rentrions à vide. Nous forcions alors un peu sur la vitesse pour arriver à temps sur la Canebière, dans un bistrot où nous allions déguster une bouillabaisse arrosée de rouille.

C'est durant une rotation fort ennuyeuse que j'avais fait ma première expérience sexuelle, par une chaude après-midi où nous étions de relâche à l'heure de la sieste, dans une chambre de l'hôtel vétuste donnant sur le Vieux-Port où nous logions.

La lumière au travers des persiennes striait la peau des corps en sueur sur le lit. Une mouche paresseuse déambulait au plafond.

Le lit, quoique grand, n'était pas assez large pour quatre. Le steward qui m'avait entraîné là avec deux très jolies hôtesses de notre équipage besognait celle qu'il avait choisie. Moi, je tremblais d'émotion, recroquevillé, près de tomber du lit, car les autres prenaient trop de place. Je n'osais, malgré l'émoi intense qui me faisait bander comme un faune, caresser le joli sein de ma partenaire. Elle était en larmes, ce qui m'intimidait terriblement.

Elle pleurait parce qu'elle avait imaginé que notre quatuor serait décomposé différemment. De toute évidence, l'autre, bel homme, un de ces bruns un peu ténébreux au menton mal rasé, qui savait y faire à en juger par les hululements de plaisir de la blonde aux ongles laqués de rouge qu'elle enfonçait dans son dos musclé, la séduisait bien plus que le blondinet frêle et intimidé dont elle avait écopé au tirage au sort. J'étais complètement désemparé. J'aurais voulu la consoler, j'avais terriblement envie de faire l'amour avec elle, mais je trouvais sordide d'abuser de la situation.

Le steward, encore planté dans la blonde, avait commencé à caresser la poitrine de ma brune, il avait approché son visage du sien, avait léché les larmes sur ses joues, l'avait embrassée à pleine bouche, étouffant ses derniers sanglots. Enfin, il avait repoussé l'autre fille et était venu sur elle, qui reniflait encore un peu. Elle avait émis un couinement quand il l'avait pénétrée.

Il avait tourné son visage vers moi, m'avait fait un clin d'œil et avait chuchoté à mon oreille : « Je t'ai préparé Karine, je sens que tu préfères les blondes ! » Avant que je puisse réagir, Karine avait enjambé le couple, s'était mise à califourchon sur moi, puis avait enfoncé mon sexe loin en elle en balayant l'air de sa chevelure d'or. Notre étreinte n'avait pas duré. J'avais à peine eu le temps de prononcer son prénom que j'explosais en elle, honteux d'être si bref mais si heureux d'être enfin un homme accompli.

L'ami de mon père vivait au Brésil, au fin fond de l'Amazonie, dans un village d'Indiens à une semaine de marche de toute civilisation. Il avait une jolie femme au regard clair qui avait fait des études d'infirmière et le suivait dans ses errances. Il étudiait les Indiens, elle les soignait. Ils restaient un, deux ou trois ans là-bas puis revenaient se ressourcer quelques mois avant de repartir. Pour financer ses voyages, il tournait en province et donnait des conférences dans le cadre de « Connaissance du Monde ». C'était un aventurier amoureux de l'anthropologie, qui admirait Claude Lévi-Strauss.

Par ce maussade dimanche de mars, il était là, à Paris, assis, digérant le repas que ma mère avait préparé en son honneur. Depuis notre appartement au treizième étage de la première tour d'habitation de la capitale, que mon père avait choisi parce qu'il n'y avait que le ciel au-delà des larges baies vitrées, on pouvait voir la tour Montparnasse en cours de construction.

Il venait de nous raconter sa dernière année dans un village de Jivaros, les sarbacanes, les chasses interminables pour ne rapporter qu'un maigre gibier, les enfants au ventre gonflé, les femmes dont la chevelure battait les reins, les repas faits de farine d'ignames, si lourde, si indigeste, la fumée des feux qui pique les yeux, le vacarme de la forêt.

Il posa son verre et se tourna soudain vers moi :

« Fais-tu toujours de la photo ? »

Sans répondre, j'allai dans ma chambre chercher mes derniers tirages, des 30 × 40 sur papier Ilford satiné. J'adorais l'Ilford satiné. Il n'était certes pas facile à traiter mais il donnait des noirs de velours, des blancs cassés, des ombres douces et mélancoliques, des contrastes charnels. Pour les portraits, c'était l'idéal. Pour les paysages aussi, surtout ceux du Sud marocain de mon enfance, où l'ombre et la lumière étaient si importantes.

Les photos que je montrai à l'ami de mon père avaient été prises sur le marché de Pisco, une petite ville perdue dans les Andes péruviennes, que j'avais visitées à la fin de l'année précédente. J'avais choisi de ne photographier que des êtres au visage marqué par la difficulté de vivre, des jeunes, des vieux, des enfants aux joues noires de suie, dont les regards d'une tristesse insondable m'avaient frappé. J'avais, sur la place de ce hameau, photographié tout ce qui me touchait, une superposition de pull-overs troués au coude, le regard pathétique d'une petite fille serrant entre ses mains une galette de maïs, une main aux ongles ébréchés tendue vers deux pièces de monnaie cabossées. Le meilleur cliché de cette série venait d'obtenir le premier prix du concours amateur Kodak.

L'ami de mon père regarda attentivement toutes mes photos sans faire le moindre commentaire. Puis, sautant du coq à l'âne, il me posa une seconde question :

« Où en es-tu de tes études ? »

Cela me surprit. S'il y avait une chose qui ne devait pas l'intéresser, c'était bien mon parcours scolaire.

« Je passe la seconde partie du bac en juin. Après, j'ai envie de faire hypokhâgne. On y étudie beaucoup de matières qui permettent de s'évader, on approfondit les sujets, les langues, la géographie, l'histoire, la philosophie…

– Cela va te farcir le cerveau de connaissances inutiles. Il y a d'autres moyens d'apprendre. Moi, je peux t'aider à t'évader vraiment, si c'est ce que tu recherches. » Il avait appuyé sur le « moi ». Mon père leva la tête, soudain plus attentif. « Bien sûr, ce ne serait que pour l'été. Un stage, en quelque sorte ! Je suppose que tu passes ton bac début juin. Quand rentrerais-tu en hypokhâgne ?

– Je suis libre à la mi-juin. Je pensais faire une seconde saison à Air France, jusqu'à début septembre.

– Oublie Air France ! Rejoins-moi en Amazonie !

– En Amazonie ?

– Oui, au village. Je repars dans quinze jours, ma femme y est déjà. Si tu viens, j'organise ton transfert depuis Belém : le bateau d'abord pour remonter le fleuve, ensuite deux jours de pirogue, enfin six jours de marche dans la forêt. N'aie pas peur, il n'y a pas tant de bêtes sauvages, le plus emmerdant, ce sont les moustiques et les sangsues quand on traverse les cours d'eau ! Les mygales, les anacondas, les piranhas, avec un peu de chance et beaucoup d'expérience on peut les éviter ! En fait, si je te fais cette proposition, c'est parce que j'aurais besoin de toi ! »

Puis il s'assura auprès de mon père que je bénéficiais encore de billets gratuits.

Il y avait du soleil dans le regard de mon père. Je crus qu'il allait dire : « Et moi ? »

« Bon. Pas de frais, donc, pour le voyage jusqu'au Brésil. Pour l'escale à Belém, je dois pouvoir me débrouiller. Le bateau, la pirogue, le guide et les porteurs ne présentent que peu de difficultés. On m'aime bien, là-haut. Je ne fais pas la morale sur la défense des peuples opprimés, la déforestation et tout le reste. Je me contente d'aider les Indiens à survivre, et, de temps en temps, je donne à qui il faut ce qu'il faut pour qu'on me laisse en paix. On me rend quelques services ; j'en demande peu et pas souvent. Bref, on m'aidera à guider ton fils et à le protéger.

– Pourquoi avez-vous besoin de moi ? »

Il saisit les clichés du Pérou.

« Ça ! Tes photos ! Tu vas photographier les gens que tu rencontreras en Amazonie, les miséreux, les bandits de grand chemin, le chef du village, les putains de Belém, les *vaqueros*, comme tu l'as fait au Pérou. J'ai le projet d'en faire un livre. J'écrirai les légendes. »

Ses bras de catcheur faisaient de grands moulinets dans l'air, comme s'il pourfendait la terre entière. Il reprit plus bas, avec une gravité soudaine :

« Mes conférences à Connaissance du Monde, c'est du sirop pour dames patronnesses frileuses, des commandes alimentaires. Rien à voir avec ce que j'ai vraiment dans les tripes. » Il aspira bruyamment, gonflant le torse. « J'y gomme l'essentiel, car il est difficile de montrer en même temps les deux côtés des choses, pas vrai ? Maintenant, je veux retourner la pièce pour compléter le tableau. Je ne veux plus que mes voyages ne servent qu'à distraire. Voilà pourquoi j'ai besoin de toi. Tu ne me coûteras pas cher ! Je ne vais tout de même pas payer les médiocres photos d'un jeune escogriffe auquel j'offre la gloire de la publication ! Je couvrirai tes frais de négatifs et de tirages. J'ai prévu une exposition dans une galerie du Quartier latin, un événement du genre "Terre des Hommes", pour lancer le bouquin ! J'ai l'éditeur, il ne reste qu'à remplir les pages ! Quatre mois, je ne te demande que quatre mois de ta jeune et longue vie pour m'aider à le faire ! Qu'en dis-tu ? »

Ma réponse allait de soi. Dans ma tête, j'étais déjà en route pour le Brésil !

Mon père hocha la tête, se leva, se pencha vers son ami par-dessus la table en s'y appuyant des deux mains et dit simplement :

« Je suppose qu'il ne me reste plus qu'à aller chercher le billet ! »

Je n'avais pas besoin de son approbation. Plus que son autorisation de partir, j'avais sa bénédiction. Pour l'homme qui avait, à mon âge, fui la France occupée pour continuer à se battre en allant s'enrôler dans la Royal Air Force en Angleterre, c'était aussi une évidence.

3

Novembre, Kamakura

Quatre heures du matin.

À mes côtés, la femme de ma vie dormait, paisible. Sa respiration était lente, mesurée, confiante. Ma femme respire comme elle vit, sans à-coups, avec la détermination placide qui l'habite. Est-ce parce qu'elle a perdu sa mère tout enfant, parce que ce bouleversement inimaginable dans le cœur d'une petite fille a tout fait exploser à l'aurore de sa vie ? Elle prend tout événement avec mesure. Elle est rationnelle, posée. Elle est lisse. Ma femme est une énigme. Je m'évertue à la comprendre depuis près de quinze ans, en vain.

J'ai scruté son visage. Autour de sa silhouette, ses cheveux formaient un éventail de laque qui contrastait avec le blanc de l'oreiller. Son profil d'estampe se découpait sur l'arrière-plan de l'écran de papier tendu sur le quadrillage de bois de la fenêtre, que la clarté laiteuse de la lune effleurait.

Ce profil m'émerveille. Dessiné d'un coup de pinceau ferme, d'un trait d'encre à la maîtrise implacable, sans le moindre doute, sans la plus infime hésitation de la main qui l'a tracé, il me fait inexorablement songer aux profils des personnages d'Utamaro que j'ai tant admirés au musée Guimet, lorsque j'étais étudiant en langue et civilisation japonaises aux Langues orientales.

Je crois que j'ai d'abord aimé ma femme pour son profil.

Ma femme est belle. Dans tous les continents, sous toutes les latitudes. Sans doute cela vient-il de cette douceur du regard, de ce pardon accordé *a priori*, de ce sourire offert sans restriction, de cette sérénité. Ce sourire en toutes circonstances sur ses lèvres étonnantes, que dessine une bouche généreuse, aux moues à peine esquissées, dont il m'a fallu tant d'années pour déchiffrer les émotions qu'il traduit. Ce sourire toujours présent, ce sourire dont je ne savais au début de notre vie commune discerner les nuances.

Ma femme est ma raison d'être, elle m'illumine, avec elle je me matérialise, je prends de l'épaisseur, du volume, de la consistance, j'existe. Grâce à elle, je ne suis plus un fantôme.

Je ne comprenais pas ce qui avait pu me réveiller.

Pas les problèmes du bureau : je n'en avais ni plus ni moins que d'habitude, mon cerveau sait parfaitement les isoler.

Le silence, alors ? Aucun bruit ne parvient dans cette maison enfouie sous les arbres, au fin fond d'une petite vallée, derrière le Grand Bouddha qui nous protège de sa masse bienveillante, dans le fouillis de verdure, au bout de la ruelle. Je me suis habitué à ce silence, il ne me dérange plus la nuit.

Pas un séisme non plus, je l'aurais su à l'instant où j'avais ouvert les yeux. Je sens les tremblements de terre d'une manière charnelle, mon corps vibre, mon cœur s'emballe, ma tête se vide de son sang. J'ai appris à les déchiffrer une nuit très lointaine de mon enfance, lorsque la terre a soulevé brutalement le bloc de granite de Casablanca où nous habitions depuis quelques années, peu de temps après le désastre d'Agadir. Réveillé par le grondement avant la secousse, j'avais cru un instant que la chaudière de la villa, qu'on avait réparée la veille, avait explosé. Le choc s'était métamorphosé en un gigantesque frisson qui était allé s'intensifiant. J'avais sauté du lit, brinquebalé d'un mur à l'autre je m'étais précipité vers la chambre de mes parents où mon père, qui dormait nu été comme hiver, s'évertuait à décoincer la barre de fer des volets de la porte-fenêtre donnant sur le jardin. Son sexe battait sur ses cuisses à la cadence des secousses sismiques. Ce pénis et ces testicules qui balançaient entre ses jambes sont gravés dans ma mémoire.

Depuis mon adolescence, je sens les tremblements de terre comme un poulet de basse-cour ou un chien errant. Mais ce n'est pas un tremblement de terre qui m'a réveillé cette nuit-là.

Je me suis doucement levé pour ne pas déranger ma femme.

Je suis entré dans le salon, j'ai fait coulisser les shojis de l'immense baie vitrée, j'ai appuyé sur un interrupteur. Un de mes amis, ingénieur en illuminations, a installé dans le jardin une batterie de spots, certains de couleur froide avec d'énormes ampoules aux électrodes déclenchant un arc électrique, certains de couleur chaude aux gros bulbes joufflus. La lumière froide est dirigée vers le mur de bambous au pied de la colline sur la droite, la lumière chaude caresse la chevelure rousse des érables de cette fin d'automne. D'autres spots sculptent le tronc vrillé d'un sarusuberi sur la gauche et d'un pin élancé devant la pelouse ; plus loin, on devine une lanterne de pierre de cinq mètres de haut que je voulais déplacer pour la rendre visible depuis la maison. Mes amis japonais m'ont dissuadé de le faire, car son emplacement a dû autrefois être calculé pour que mauvais génies et courants néfastes soient détournés. Tout le reste est plongé dans l'ombre. J'aime contempler ce paysage nocturne, où je me sens progressivement engourdi d'un étrange apaisement.

J'ai posé mon front contre la vitre froide, savourant la lumière et le silence.

Soudain j'ai compris ce qui m'avait réveillé.

C'était la lettre.

4

1972, Paris

Au fur et à mesure que je préparais mon voyage, consultant cartes de géographie et livres sur l'Amazonie tout en travaillant la seconde partie de mon bac, ma mère était de plus en plus inquiète. Lorsque j'étais plus jeune, elle se précipitait sur le téléphone si l'heure de mon retour de l'école était passée de cinq minutes et appelait tous les commissariats et les hôpitaux de Casablanca pour savoir si je n'avais pas été écrasé par un camion. Comment pourrait-elle supporter l'absence – pendant quatre mois – de son fils, sur le point de partir à l'autre bout de la planète ? Le caractère aventurier que j'avais hérité de mon père n'était pas pour la rassurer. Celui-ci, qui passait pour un doux dingue alors qu'il n'était qu'un enfant émerveillé par la diversité du monde, n'avait pas rapporté à ma mère, à son grand dam, de ces pierres semi-précieuses que ses copains achetaient par poignées pour les offrir à leur épouse, leur maîtresse ou l'hôtesse avec laquelle ils avaient envie de coucher. Il avait déniché chez un brocanteur de Belém où il avait pu se rendre lors d'une longue escale une tête réduite, spécialité des Indiens Jivaros, montée en lampe de chevet. Ma mère n'avait pas voulu dans sa chambre de cet intrus lippu qui semblait faire la moue. Sa longue chevelure de jais, dont le cuir avait macéré dans les décoctions jusqu'à dissolution des os du crâne, s'était transformée en un parchemin couleur caramel translucide du plus bel effet quand on allumait la veilleuse fixée à l'intérieur de la tête par un ingénieux treillis qui en avait irrémédiablement ruiné la valeur ethnographique. La lampe avait échoué sur une étagère de ma chambre, posée là par mon père grommelant que les bonnes femmes ne savent jamais apprécier les choses rares.

Ma mère voyait très bien la tête que ferait la mienne quand elle aurait subi le même traitement, la toison d'or de mes boucles blondes intacte auréolant mon visage réduit au dixième, après qu'on aurait savouré mon cerveau en quelque ragoût barbare. Elle imaginait fort bien combien ma peau claire ferait passer une lumière douce quand on m'aurait à mon tour transformé en lampe d'ambiance...

Mon père avait aussi rapporté du Brésil une mygale naturalisée, avec toutes ses pattes velues et sa mandibule au crochet mortel, qui faisait bien dix centimètres de diamètre. Un spécimen rarissime, car parfaitement conservé. Nous l'utilisions en la cachant dans le lit de notre grand-mère pour l'épouvanter lorsqu'elle venait passer quelques jours à la maison. Il y avait aussi une jolie sarbacane sculptée avec ses fléchettes encore enduites de curare, que nous n'avions pas le droit de toucher et qui était exposée hors de notre portée.

Ma mère vivait dans ce capharnaüm d'objets peu propices à la rassurer. Elle aurait bien sûr préféré que je fasse une seconde saison de steward, c'était du solide, les avions. Elle avait pratiquement toujours connu son mari dans un aéroplane : Spitfire, planeur, biplan d'acrobatie, tous les Dakota du DC3 au DC6, Lockheed Super Constellation avec lequel il traversait l'Atlantique quand il était sur le secteur Amérique-Sud, puis les jets, Caravelle, Boeing 707, Boeing 747 Jumbo, et enfin les ULM, ces drôles de moustiques qui commençaient à faire leur apparition dans le ciel de France. Elle avait oublié comme elle s'était tordu les mains de désespoir quand j'avais reçu ma première lettre d'engagement d'Air France pour l'été, folle d'inquiétude à l'idée des accidents qui pourraient m'arriver.

La grosse enveloppe en papier kraft huilé que je reçus du Brésil provoqua en elle une terreur qui couvait depuis longtemps.

Avant de prendre la pirogue pour sa destination finale, l'ami de mon père avait organisé ma remontée vers le village perdu au pied des Andes. Tout était consigné : l'adresse de l'hôtel où je devais descendre à Belém, mon bagage d'aventurier, la liste de ce qu'il y aurait dedans, le nom et les coordonnées du bordel où je serais attendu par l'ancien adjudant de la Légion étrangère qui avait brutalement déserté et émigré au Brésil pour d'obscures raisons mais à qui on pouvait faire une confiance totale, la liste des vaccins et piqûres qu'il me fallait faire pour « relativiser » les risques de fièvres et autres infections mortelles.

Ma mère blêmit à cette lecture et soupira un peu plus fort que d'habitude.

« C'est moi qui vais en mourir, de cette escapade de cinglés », murmura-t-elle.

Mon père rentrait de Dakar, où il avait failli être emporté par une de ces déferlantes géantes qui giflent la baie.

« Ce n'est pas plus dangereux que les descentes du GUD au lycée Rodin quand ton fils négociait avec le proviseur les notes de ses copains », dit-il en haussant les épaules.

À l'idée de voir ma mère si inquiète, j'abandonnai le projet. J'envoyai à l'ami de mon père un télégramme laconique, qu'il reçut, s'il le reçut jamais, bien après la date supposée de mon arrivée dans son village. Je n'eus plus jamais de nouvelles.

Peut-être au bout du compte était-ce vraiment dangereux, peut-être sa femme et lui ont-ils été massacrés, peut-être ont-ils succombé à une fièvre maligne. Ou peut-être tout simplement ont-ils été fâchés que je leur fasse faux bond, que le livre ne puisse être écrit et publié par ma faute.

Peut-être ai-je échappé à un destin écourté.

Je n'ai aucune réponse à toutes ces questions et tout cela s'est depuis longtemps dissous dans la jungle de l'oubli.

Ma décision de ne pas partir pour le continent sud-américain a forgé ma vie d'adulte. Mon départ manqué pour le Brésil a été l'aiguillage qui a bouleversé mon destin.

5

1972, Paris

Mon père avait respecté ma décision. S'il avait trouvé dommage que je ne parte pas, il ne me le montra pas. Il m'avait simplement demandé comment je comptais occuper mon été. J'avais répondu que j'allais postuler pour effectuer une autre saison comme steward étudiant. Ce soir-là, il avait hoché la tête, puis laissé tomber :

« Plus lucratif, mais moins enrichissant ! »

Certes, mais je ne voyais pas à quoi d'autre j'aurais pu occuper mon long été. Je n'avais pas envie d'être oisif. Il reprit sur le même ton un peu doctoral :

« Pourquoi n'irais-tu pas au Japon ? »

Le Japon ! Mon père venait de nouveau d'être affecté au secteur Asie, qu'il n'avait pas couvert depuis plus de quinze ans, à la fin des années cinquante. Il redécouvrait ce pays qu'il avait connu à l'ouverture de la ligne. Il en avait autrefois rapporté de ravissantes statuettes en ivoire, des netsuke, qu'il achetait à des prix dérisoires aux marchés aux puces du dimanche matin dans les temples où il se faisait emmener par une hôtesse japonaise. Ces objets étaient souvent enveloppés dans du papier journal dont l'écriture étrange nous intriguait, ou dans des images froissées que ma mère repassait : elle les trouvait jolies. C'est ainsi que nous avons découvert une série d'estampes originales qui est toujours accrochée au mur de la bibliothèque de notre maison en Provence. Trois Hiroshige, un Eisen, un Toyokuni, que j'ai récemment fait authentifier.

Il rapportait également des petits vases assez grossièrement réalisés qu'il distribuait aux amis. J'en ai retrouvé une paire que j'allais jeter tant ils étaient laids quand j'ai vu l'étiquette «*made in occupied Japan*». Les GI les ramenaient chez eux en souvenir de leur affectation. On raconte que, dès qu'ils ont pu voyager librement, les Japonais se sont passé le mot pour écumer les boutiques de bimbeloterie aux États-Unis et rafler tous les objets *made in occupied Japan* qu'ils trouvaient. Pas pour les garder mais pour les détruire, pathétique et vaine tentative pour nier, avec les traces de l'occupation, la honte de la défaite.

Mon père m'a raconté bien des années plus tard, alors que je commençais à aller régulièrement au Japon, sa visite dans un cabaret de Tokyo où l'avait accompagné un passager japonais auquel il avait rendu service et qui souhaitait ainsi lui manifester sa reconnaissance. Une sobre et longue limousine était venue le chercher au Matsudaira, mi-hôtel occidental mi-auberge japonaise où les équipages d'Air France descendaient. Mon père réclamait toujours la chambre à tatami dans le pavillon au fond du jardin, que l'on rejoignait en «sautant à cloche-pied» sur un chemin de pierre traversant un étang couvert de nénuphars. Ses collègues le prenaient pour un original. La limousine l'avait emmené dans un lointain quartier. J'ai eu beau fouiller dans l'immense panier où sont entassées les centaines de boîtes d'allumettes qu'il a rapportées de ses trente années de long-courriers, je ne suis jamais parvenu à retrouver le nom de ce lieu. Lui-même ne se rappelait pas le nom de l'endroit où on l'avait conduit, mais j'ai imaginé que ce devait être Heiwajima, derrière la Sumida, à la périphérie de l'ancien quartier des plaisirs, Yoshiwara. Après un dîner entouré de geishas dans un de ces restaurants traditionnels où des générations de politiciens, d'hommes d'affaires, de militaires japonais se réunissaient pour refaire leur monde, l'hôte de mon père avait pris une mine gourmande pour lui expliquer qu'il allait l'emmener dans un endroit «spécial» où peu d'étrangers avaient été invités auparavant.

On eût dit une maison particulière dont la pièce principale à tatamis avait été transformée. Là, quelques clients, uniquement des Japonais plutôt bien mis, étaient assis sur des coussins autour de petites tables basses sur lesquelles étaient disposées quelques bouteilles de whisky bon marché. Au fond de la pièce, une paroi de papier était tirée sur un de ces corridors traditionnels qui donnent sur un jardin, l'engawa.

Au bout d'un moment, le plafonnier fut éteint et la pièce baigna dans la seule lumière venue de l'engawa. Alors commença, dans un silence complet, un spectacle d'ombres de l'autre côté de l'écran de papier. Une jeune femme qu'on devinait revêtue d'un kimono entama une danse qui n'avait rien de lascif et était pourtant étrangement érotique, mettant en valeur son ombre portée, un profil d'estampe japonaise, une bouche voluptueusement entrouverte, une nuque élégante. L'accompagnement sonore se résumait au froissement de l'étoffe et au frottement des tabis sur les planches du couloir.

Puis l'obi se dénoua lentement comme par magie, la nuque de la femme ploya sous une coiffure compliquée qui se défit naturellement. Le kimono glissa doucement sur les épaules sensuelles, la lumière tamisée soulignant l'ombre de seins menus, une main descendit vers le ventre plat, le pubis et le sexe, dont chaque détail était comme ciselé sur le dépoli de la paroi de papier, et se lança dans un ballet d'hirondelle au crépuscule. L'ombre du corps se tendait et se déployait au rythme de la main.

Une autre ombre rejoignit la première, un homme nu au sexe dressé dont les mains vinrent se poser sur le corps de la femme, caressant les formes délicates. Le corps sous ses mains semblait une glaise modelée par le plaisir.

Enfin, l'homme prit la femme, longtemps, doucement, en d'étranges harmoniques et de subtiles géométries, jusqu'à l'apothéose de leur jouissance.

Le spectacle terminé, les panneaux de papier coulissèrent, dévoilant le couple revêtu de légers kimonos de coton. Ils saluèrent en se courbant longuement, le visage dans la pénombre, sous les applaudissements policés du public, qui avait assisté au spectacle avec unc surprcnante retenue. Nulle vocifération, nul geste obscène ou commentaire graveleux n'avait accompagné la séance, qui avait duré une heure dans un silence digne d'un concert de musique classique.

En le raccompagnant vers la limousine garée un peu plus loin dans la rue, l'hôte de mon père lui expliqua sobrement que la guerre avait laissé derrière elle trop de miséreux et de ventres vides : certes, le temps effaçait peu à peu les traces, mais le jeune couple qui venait de se montrer en spectacle avait deux enfants en bas âge à nourrir et avait trouvé cette idée pour améliorer l'ordinaire.

Dans mon esprit, le Japon se résumait à peu de chose. Des quelques cours de géographie consacrés à l'archipel, je n'avais pas même retenu le nom des quatre îles principales alors que mon père savait encore, appris à l'école communale de son village de basse Provence, le nom japonais des îles occupées par l'Union soviétique. Il les récitait à toute vitesse aux Japonais ébahis rencontrés lors de ses voyages, avec le petit accent provençal de son enfance qui épiçait sa voix : « Kunashiri, Etorofu, Shikotan, les Habomai ! »

En fait, quatre choses seulement évoquaient pour moi le Japon, quatre choses parfaitement hétéroclites.

Tout d'abord, une image que ma mémoire d'enfant – je devais avoir huit ou neuf ans – avait fixée. Il s'agissait d'une publicité que j'avais vue dans *Paris Match*, qui avait consacré un article au paquebot *France*. J'avais passé une longue soirée de ce premier hiver de notre arrivée au Maroc à feuilleter ce magazine sur la table de la salle à manger de la villa encore peu meublée ; les murs étaient nus, les sols, dépourvus de tapis, les ampoules, sans abat-jour, un maigre chauffage électrique dispensait une chaleur famélique. La corne de brume du port lançait son sinistre appel toutes les minutes, accentuant l'impression de désolation. Ma mère était frileusement blottie dans un fauteuil, enroulée dans un grand châle, immobile, comme en hibernation. Le froid et l'humidité de Casablanca l'avaient rendue neurasthénique et avaient eu raison de son optimisme. Ma sœur était couchée. Nous attendions le retour de mon père. Il avait du retard, à cause du brouillard sur l'aéroport d'Anfa, qui n'était pas équipé de système de guidage automatique des avions. Nous étions un peu inquiets, le froid humide qui traversait les murs accentuait notre angoisse.

À la fin de l'article, j'étais tombé en arrêt devant une publicité pour un bain moussant de la marque allemande Obao. C'était un pastiche d'estampe japonaise : la scène représentait une geisha prenant un bain traditionnel dans un pavillon où tout était en bois et en papier. Le mur derrière elle se résumait à un panneau à demi ouvert sur l'extérieur. On apercevait le paysage, une branche de cerisier en fleur se détachait sur le ciel crépusculaire et le mont Fuji étalait sa gloire à l'horizon, le sommet enneigé, la base rougie par un coucher de soleil hivernal. Un panache de brume couvrait les toits de tuiles d'un village que la salle de bains surplombait. Il y avait un kimono froissé qui faisait une flaque de soie sur le sol de roseau, au pied de la baignoire en bois.

La geisha se prélassait. Son visage était impassible, son profil aigu de beauté japonaise classique se détachait du panneau de papier, son regard en amande était rêveur, embrumé. L'imposante laque de sa coiffure, fichée de peignes en nacre et de baguettes en bambou, m'avait tout particulièrement impressionné. Ses épaules rondes et sensuelles dépassaient de la mousse éclatante qui cachait le reste de son corps et débordait en abondance de la baignoire. Sur le rebord était posé un flacon de mousse de bain. C'était une des toutes premières bouteilles en plastique, la forme évoquait les hanches d'une femme. La légende disait simplement : « Obao, l'essence de l'art japonais du bain. »

Je me rappelle avoir ressenti un trouble étrange, saisi par la volupté et l'exotisme de cette scène ; j'aurais voulu rejoindre cette femme splendide et mystérieuse, plonger dans le bain et découvrir le reste de son corps.

Ce premier émoi sexuel s'est fixé dans ma mémoire et je me suis souvenu quarante ans plus tard, avec une précision étonnante, du dispositif de cette mise en scène publicitaire.

Mon deuxième « souvenir » japonais faisait écho à ma passion pour la photographie.

Mon père était un cinéaste amateur éclairé. Déjà, dans les années trente, il avait reçu lors d'un Noël fastueux une caméra 9 mm « Pathé Baby » avec laquelle il réalisait des courts métrages sophistiqués. Plus tard, après avoir touché son premier salaire de pilote de ligne à Air France, il s'était offert une caméra « Pathé Webo » de format 16 mm avec laquelle il a fait tout au long de sa vie des films magnifiques, dont deux connurent la consécration suprême au Festival de cinéma amateur de Cannes à l'époque où celui-ci existait encore.

Dans notre villa à Casablanca, il avait emménagé une vaste pièce en studio. Tous les murs étaient recouverts de liège et tendus de rideaux noirs pour absorber les sons ; les fenêtres avaient été condamnées. Il avait fait réaliser sur mesure des établis qui couraient autour de la pièce et y avait installé une véritable salle de montage. Il y passait le plus clair de son temps lorsqu'il était de repos, coupant, collant les émulsions des bobines Kodak, procédant aux enregistrements de bandes-son au moyen de tout un attirail technique qui lui permettait la synchronisation avec les images. Il avait un matériel quasi professionnel, un projecteur 16 mm Siemens imposant qui trônait sur une table de projection faite sur mesure, un magnétophone à bandes de la marque suisse Revox, trois platines de tourne-disques Clément, des tables de mixage du son, des micros suspendus pour éviter les vibrations.

Toute la famille était mise à contribution, nous étions tour à tour acteurs, perchistes, bruiteurs, commentateurs, accessoiristes, assistants de production. Lorsqu'il procédait à ses enregistrements de bandes « couchées » sur la pellicule de ses films, la maison entière s'arrêtait de fonctionner, notre bonne était sommée de s'enfermer dans sa petite maison au fond du jardin, on plaçait en divers endroits des pancartes sur lesquelles était écrit en lettres capitales de couleur rouge « SILENCE », on débranchait le téléphone, bref, on se retranchait du monde.

La passion de mon père était devenue contagieuse et chacun de nous, ma mère, ma sœur, moi-même, possédait un appareil photo plus ou moins sophistiqué. Ma mère avait un 24 × 36 Reflex ; elle réalisait de superbes diaporamas sonorisés sur les sujets les plus variés. Ma sœur avait un petit appareil en plastique dont elle tirait d'étonnantes photos des animaux qu'elle croisait ou élevait à la maison, une véritable ménagerie : des chats de gouttière qu'elle recueillait dans les rues, un hérisson qui ne résista pas longtemps aux biberons de lait trop riche qu'elle lui faisait ingurgiter, sans oublier notre chien.

Pour ma part, dès l'âge de dix ans, je photographiais tout ce qui passait à portée de l'objectif de mon « Kodak Instamatic » en choisissant des angles insolites, je mettais de la vaseline sur la lentille pour réaliser des effets de diffraction, je n'hésitais pas à jouer de contre-jours qui irisaient mes sujets. Je puisais mon inspiration dans le nouveau magazine mensuel *Photo*, auquel mon père m'avait abonné dès le premier numéro ; cette revue passait au scanner implacable de son analyse technique tous les photographes de renom et couchait sur un papier glacé d'une impeccable qualité les plus belles filles du monde saisies par leur caméra. Il ne fallait pas compter sur moi lorsque le mensuel *Photo* arrivait, mes notes à l'école s'en ressentaient : pendant une semaine, je passais toutes les soirées que j'aurais dû consacrer à mes devoirs à étudier la revue.

Je connaissais par cœur les noms de tous les grands du monde de la photographie, j'identifiais instantanément le style d'un artiste ; les mensurations des modèles en vogue n'avaient aucun secret pour moi et j'avais une connaissance intime des appareils dernier cri passés au sévère banc d'essai des articles critiques souvent signés du responsable du département « Photographie » de la FNAC, ce magasin où je rêvais d'aller comme on rêve de visiter un temple mythique.

À l'âge de treize ans, j'avais repéré un boîtier mono reflex qui me paraissait à ma portée et demandé qu'on me l'offrît pour Noël. Bien entendu, mon père m'avait gentiment envoyé promener, interloqué qu'un gamin pût vouloir un appareil aussi sophistiqué : « Tu auras un appareil de cette envergure quand tu pourras te le payer toi-même ! » Il voulait dire que c'était un jouet pour adulte, très onéreux, mille quatre cents francs de l'époque, une petite fortune pour un enfant de mon âge.

J'avais à mon arc une autre corde : un goût certain pour la peinture. J'avais emménagé au sous-sol de notre villa, dans une grande pièce rectangulaire basse de plafond, avec pour toute source de lumière naturelle un petit vasistas au ras de l'arrière-cour de la maison, que j'avais transformée d'abord en atelier d'artiste, puis en laboratoire photo. Sur des tréteaux de bois j'avais installé une planche assez large qui me servait de table à tout faire. J'y avais posé des pinceaux et des crayons dans des bocaux à cornichons vides, des rames de papier à dessin, des tubes de gouache et de peinture à l'huile qui traînaient, comme négligemment abandonnés par un peintre en mal d'inspiration. Tout cela formait une savante mise en scène qui faisait illusion. Dans un coin de la pièce, il y avait un chevalet avec une toile en cours, une copie maladroite et plate que je n'arrivais pas à finir d'un cavalier marocain, d'après une peinture célèbre de Delacroix. Ses tableaux magnifiques et sanglants, un lion de l'Atlas en train de dépecer une gazelle, les fières fantasias nappées de poussière, alimentaient de leurs envolées et de leurs épopées mon âme portée au romanesque. J'ai vécu le Maroc presque autant en feuilletant les livres d'art sur Delacroix qu'en sillonnant le pays pendant toutes nos vacances de Pâques et de Noël.

En consultant la série des revues *La peinture, c'est facile*, *Le dessin, c'est simple*, j'avais découvert une technique qui convenait à mon caractère impatient et me permettait de représenter de petites scènes qui trompaient leur monde : le délayage de l'encre de Chine à l'aide d'un pinceau plus ou moins appuyé donnait des à-plats soulignés d'un trait de plume. J'avais amélioré la chose en utilisant une encre sépia qui rendait très bien pour des paysages du Grand Sud marocain. Je m'étais essayé avec un certain succès à reproduire les paysages photographiés lors de nos escapades au-delà de l'Anti-Atlas, vers le Djebel Baani et la Hamada du Draa. Je croquais en fond les formes pétries comme des pâtes de pain des montagnes du Sud, en plan moyen une casbah perchée sur un piton et en premier plan, sous un palmier stylisé, un Berbère accroupi devant sa tente ou sur un chemin sinuant vers la casbah une silhouette solitaire en djellaba sur un âne, qui me rappelait la dernière image des albums de Lucky Luke. J'étirais les ombres du palmier, de la tente, du bonhomme sur sa monture à coups de pinceau imbibé d'encre délayée. Se dégageait de ces scènes au couchant, dont les ciels étaient barrés d'une brume légère, une mélancolie douce, presque de la tristesse. J'étais capable de croquer une scène sur Canson 24 × 30 en une demi-heure.

Pour m'acheter l'appareil de mes rêves, je décidai de me lancer dans la production de cartes de Noël en utilisant cette technique. Les paysages pastoraux du Sud marocain faisaient des Bethléem très convenables. C'était rapide et simple, à condition de représenter mes personnages en djellaba et de dos. La masse informe de ce vêtement et la capuche permettant de cacher les corps et les visages, il suffisait d'un trait pour évoquer d'un pli un mouvement ou une attitude. Le lavis sépia donnait du caractère, un exotisme dont je ne doutais pas que les copines de ma mère raffoleraient.

Je fis quelques essais et demandai à ma mère de jouer les représentants de commerce en les montrant à ses amies, ce qu'elle accepta de bonne grâce.

Les commandes affluèrent, suffisamment pour que je lance la production. J'achetai des feuilles de Canson de couleur sable que je recoupai et pliai au format désiré et des feuilles intercalaires sur lesquelles je calligraphiai une formule de Noël que j'avais imaginée: «Joyeux Noël dans l'esprit de Bethléem.» Je pris plume et pinceau et dessinai par séries de douze les paysages que j'avais choisi de reproduire. Je facturai mes cartes un dirham, ce qui n'était pas donné. Mais à la vitesse où les commandes arrivaient, il n'y avait aucune autre possibilité pour réunir l'argent nécessaire.

C'est alors que ma mère reçut un appel téléphonique d'une de ses amies. Celle-ci avait acheté deux douzaines de mes cartes, qu'elle avait laissé traîner sur le secrétaire de sa chambre où son mari, un industriel français de Casablanca, les avait trouvées. Séduit par le sujet et le style, il souhaitait en faire la carte de vœux de sa société et était prêt à me passer une commande de trois mille pièces si je m'engageais à livrer au plus tard le 10 décembre. Ma mère eut l'étourderie de me le dire. J'acceptai la gageure.

Chaque jour de novembre, à peine rentré du lycée, je me précipitais dans mon atelier pour massicoter les feuilles de papier Canson et préparer mon travail de la nuit. Sitôt le souper avalé, je retournais au sous-sol et dessinais furieusement. Les premières nuits, je ne pus produire que cinquante cartes. Il me fallut affiner mon travail, styliser un peu plus sans les bâcler les scènes choisies parmi celles qui me prenaient le moins de temps à peindre: moins de personnages, plus de casbah; les palmiers et les horizons de montagnes ne présentaient pas de problème particulier. Je fis faire chez le libraire du coin un tampon avec la formule de Noël qui me permit de gagner un temps fou sur les intercalaires. Des méthodes de production industrielle, en quelque sorte. Très vite je parvins au rythme de soixante-quinze cartes par nuit. Vers la fin du mois de novembre j'avais rattrapé mon retard et je livrai l'intégralité de ma commande le 5 décembre, cinq jours avant la date limite!

J'étais épuisé par ces nuits trop courtes: mes notes de fin d'année furent catastrophiques, ce qui me valut de redoubler, mais j'avais appris la jouissance du fruit de l'effort. Ma jubilation pour le travail remonte sans doute à cette expérience.

Je remis à mon père épaté l'argent que j'avais gagné pour qu'il achète l'appareil photo 24 × 36 lors de son prochain courrier sur Paris.

Il s'agissait d'un appareil *made in Japan* de la marque Topcon, dont le « nom est la contraction de Tokyo Kogaku qui signifie en japonais Tokyo Technologie » et qui était le « fruit de la haute technologie japonaise, petit frère robuste, bien sûr moins sophistiqué que le mythique Nikon des grands reporters qui couvrent la guerre du Vietnam, mais il permet d'entrer à prix raisonnable dans le club des heureux propriétaires de boîtiers reflex à objectifs interchangeables ».

Avec ce Topcon que mon père rapporta équipé de deux objectifs, un 50 mm standard et un 135 mm « pour saisir plus facilement les scènes de rue », je possédais pour la première fois un produit de l'industrie japonaise, solide, fiable, sérieux, fidèle. C'était un boîtier d'un noir mat rectangulaire, sans fioritures, avec un mécanisme qui émettait un son rigoureux ; il pesait plus lourd et présentait mieux que son prix ne le laissait supposer.

Cet outil m'a appris à voir le monde en noir et blanc et en format 24 × 36, à le relativiser, à en saisir les nuances, en rechercher les équilibres, en apprécier le nombre d'or, en rejeter le superflu.

L'année suivante, je m'initiai aux tirages en chambre noire auprès de la chef hôtesse de Royal Air Maroc, qui était photographe professionnelle de formation. Elle avait une trentaine d'années, des cheveux noirs très longs et de jolis yeux bleus. Nos hanches se touchaient, j'aimais ces frôlements de nos silhouettes irisées dans la pénombre du rougeoiement de la lampe. Il m'en est resté la mélodie douce et amère des gestes inachevés et une technique impeccable. Je sens toujours le négatif sur la plaque de l'agrandisseur et le temps nécessaire pour que le papier s'imprègne de ses ombres et de ses lumières ; je sais toujours comment compter en les répétant deux fois les secondes pour qu'elles en forment une vraie, je sais encore masquer un contraste trop violent du tranchant de la main en la faisant trembler, je me rappelle cette furtive incertitude qu'il fallait apprivoiser en ajoutant trois ou quatre secondes d'exposition. Je sentirai toujours cette émotion étrange qui vous saisit quand surgit dans le bac à révélateur le fantôme qui se transforme en photo.

Avec les économies réalisées grâce aux petits boulots qu'à partir de cette année-là je commençai à faire pendant mes vacances, je pus acheter un agrandisseur et du matériel de laboratoire photo et transformai mon sous-sol en studio. Je venais de voir le film *Blow-Up*, dont l'extraordinaire scène de la séance de photo du mannequin Veruschka m'avait fasciné.

Cette possession de son modèle par le photographe, plus violente qu'un viol, cette pénétration de sa personnalité, cette osmose qu'aucun orgasme ne peut offrir m'avaient littéralement pris à la gorge. Veruschka, que j'avais admirée tant de fois dans *Photo*, était si belle !

J'eus ma Veruschka, plus tard, l'année de mes dix-sept ans, une jeune fille blonde au visage pur, si grande avec ses hanches pleines, ses jolis seins ronds et ses jambes sans fin. Elle ne m'a jamais aimé. Les plus beaux portraits que j'aie jamais réalisés, d'immenses tirages sur le velours des papiers Ilford, sont les siens. On y lit en miroir dans son regard l'amour éperdu que je lui portais. Je croyais que je n'aimerais jamais plus, après elle. Mais on se trompe quand on est un enfant.

Ma troisième rencontre avec le Japon eut lieu trois ans plus tard.

Cette année-là, un ami de mon père, importateur pour le Maroc des scooters Vespa, venait de prendre la concession de la marque de motos japonaise Suzuki. Il m'offrit de travailler pour l'été dans son garage du centre de Casablanca avec son fils, un peu plus âgé que moi. J'étais chargé de nettoyer les machines que l'on rendait à leur propriétaire après les avoir réparées ou révisées. De nouvelles motos Suzuki avaient été livrées, superbes avec leur réservoir joufflu et leurs clignotants avant et arrière comme de vraies voitures. Hélas, les moteurs cassaient trop souvent et les retours étaient nombreux. On informa le Japon. Quelques jours plus tard on apprit que Suzuki avait décidé d'envoyer deux techniciens pour étudier et résoudre le problème.

Un beau matin, deux jeunes gens arrivèrent au garage, tous deux chaussés de ces lunettes rondes à monture d'écaille comme celles que nous avions vues dans les livres d'histoire sur le nez de l'empereur Hiro Hito. Ils avaient une mallette technique identique dont ils sortirent des appareils de mesure tout à fait inconnus que nous n'avions jamais vus. Ils étaient vêtus de combinaisons d'un blanc éclatant avec dans le dos l'immense Z de couleur rouge de Suzuki, tels deux chevaliers descendus du ciel. Ils parlaient l'anglais, ce qui nous permit de tester nos connaissances d'élèves de troisième. Ils nous invitèrent à les assister. Un matin, nous prîmes quatre motos flambant neuves dans le but de les faire rouler jusqu'à ce que leur moteur grippe. Nous partîmes sur la route de Rabat, remontant les quartiers industriels au nord de Casablanca. Comme si elles avaient été programmées, nos motos cassèrent toutes après environ cinquante kilomètres de route. Il ne fallut que deux jours à nos Japonais pour trouver le défaut, un filtre aux mailles trop larges pour les routes empoussiérées du Maroc.

Ils repartirent vers leur Japon mystique auréolés de la gloire de leur succès, modernes samouraïs invincibles.

Je venais de vivre quarante-huit heures avec mes premiers Japonais. Ils m'avaient fortement impressionné par leur rigueur, leur discipline et leur capacité à résoudre les problèmes malgré leur jeunesse.

Puis je découvris l'horreur d'Hiroshima et de Nagasaki. La Bombe. Cela se passa l'année de mes dix-sept ans, lorsqu'un de mes camarades de classe qui s'était engagé dans la Marine nationale revint pour sa première permission.

Il était mousse sur un navire d'observation qui faisait la campagne de Mururoa. Il admirait mon père pour ses galons et sa maîtrise des machines volantes. Sa première visite fut pour nous.

Il m'offrit des clichés interdits d'essais atomiques qu'il avait dérobés dans le laboratoire photo de son bateau. C'étaient de fascinants tirages couleur en grand format. La puissance, qu'on devinait absolue, des champignons vénéneux s'épanouissait dans un magnifique ciel aux couleurs indigo, dues aux filtres de protection vissés sur les objectifs. Une corolle de vapeur blanche auréolait le noyau pourpre surmonté d'un bonnet noir chargé de suie empoisonnée. Le pied multicolore plongeait dans l'océan, qui semblait pétrifié, comme vitrifié, reflétant la masse orange de l'explosion. C'était la beauté du diable. Je me maudissais de jouir en esthète de ces images abominables. Mais je savais que le diable s'était emparé d'Hiroshima et de Nagasaki, et pour conjurer ma fascination je psalmodiais sans cesse le nom des deux cités atomisées.

Voilà à quoi se résumait mon Japon. Peu de choses, quatre émotions : une première bouffée de sensualité, la satisfaction simplette de sentir entre mes mains le lourd boîtier sans grâce d'un appareil photo, une admiration réduite au souvenir de deux silhouettes de dos à l'étincelante blancheur griffée de rouge, la culpabilité sourde, enfin, d'être un fils d'homme capable de créer la plus mortelle des armes et de s'en servir.

Ce qui fit basculer ma décision fut donc moins cet assemblage sans queue ni tête qu'un article que je venais de lire dans la revue *Photo*, un banc d'essai sur un nouveau modèle de Nikon. Un furieux besoin de posséder un appareil de la marque des correspondants de guerre m'avait saisi, mais c'était bien trop cher pour moi en France. J'irais donc acheter mon Nikon au Japon.

6

Novembre, Tokyo

La lettre.

Elle est arrivée au bureau. Une enveloppe oblongue, d'un papier Japon jaune pâle, avec des motifs de feuilles d'érable rousses en filigrane. Une enveloppe délicate, féminine. Pas d'indication de l'expéditeur au dos. L'adresse, écrite à la plume-encre, pas au pinceau, était d'une couleur assez insolite, un rouge rouille que je connais bien pour l'utiliser moi-même avec mon stylo Montblanc. Elle n'existe qu'en bouteille, pas en cartouche. Je la trouve élégante car rare, je l'utilise pour mes lettres personnelles. Cette couleur est un peu ma signature. Ce hasard a attiré mon attention.

Et celle de ma secrétaire.

D'habitude, elle ouvre toutes les enveloppes qui me sont adressées, y compris celles qui sont barrées d'un « Personnel » énergique et péremptoire comme celle-ci. Je lui en ai donné l'instruction quand elle a pris ses fonctions auprès de moi, il y a dix ans. Pour deux raisons : d'abord parce qu'à mon bureau j'estime n'avoir qu'une fonction officielle. Il n'y a pas de place pour le privé, le « personnel ». Mais il y a aussi un motif plus psychologique : si elle a l'autorisation de tout ouvrir, c'est que je n'ai rien à cacher. Ainsi, je tue dans l'œuf toute possibilité de rumeurs et les délits d'imagination si fréquents dans ce pays.

En fait, comme j'ai pu m'en rendre compte durant toutes ces années, ma secrétaire est d'une discrétion absolue. Dès qu'il s'agit de ma personne, elle se montre muette. C'est à peine si un collaborateur peut savoir si je suis disponible pour le voir ! Il y a quelques années, quand j'ai eu ce grave accident de santé lors d'un voyage d'affaires de trois jours à New York, une septicémie brutale déclenchée par un double abcès perforé au foie, elle a attendu plus de dix jours après la date de mon retour supposé pour avouer à notre vice-président que j'étais entre la vie et la mort dans un lit du New York Hospital.

En revanche, grâce à elle, je sais tout ce qui se passe au bureau.

Pourquoi n'a-t-elle pas ouvert cette enveloppe ? Je l'ignore. Elle s'est contentée de la poser en haut de la pile du courrier qui, ce jour-là, m'attendait.

Je ne lui ai pas demandé d'explications. C'était la première fois en dix ans. La couleur de l'encre n'était probablement pas la seule raison. L'élégance des caractères ? La beauté de l'écriture ? Peut-être.

Je ne l'ai pas ouverte tout de suite. J'ai d'abord lu le reste du courrier : prospectus, offres de services, CV, annonces de départ, nominations, invitations sur bristol. Le monde des affaires au Japon a la bougeotte, c'est agaçant. À peine a-t-on eu le temps de faire connaissance, de tisser des liens personnels que votre interlocuteur change de poste. C'est peut-être fait exprès.

Cette lettre, donc, j'ai cru que ma secrétaire avait oublié de l'ouvrir, et j'ai pensé lui demander de la lire et de la résumer d'une phrase, comme elle le fait d'habitude pour les courriers manuscrits que je reçois. La plupart du temps, ce sont des lettres de clientes qui déclarent adorer nos produits, de voyous à la petite semaine qui prétendent qu'une de nos crèmes a brûlé le visage de leur maîtresse dans l'espoir de nous soutirer de l'argent, ou des propositions d'hurluberlus m'offrant de lancer de nouveaux produits.

Mais il y avait la couleur si étrange de cette encre et la beauté de cette écriture. Et j'avais éprouvé un léger vertige quand j'avais touché l'enveloppe. Il en émanait un parfum ténu, différent de celui qui imprègne souvent le papier à lettres japonais, une de ces odeurs que l'on retrouve dans les bâtonnets d'encens. C'était un effluve plus frais, complexe, un mélange de mandarine et d'air marin. Une odeur qui me semblait familière, sans trop que je sache pourquoi, comme si elle était enfouie tout au fond de ma mémoire.

J'ai attendu le départ de ma secrétaire, celui de notre vice-président et de son assistante. Je me suis enfin retrouvé seul à notre étage, dans la pénombre des plafonniers à variateur, sans les néons crus qu'affectionnent tant les Japonais au bureau ou chez eux et qui ont été interdits dans cet immeuble quand nous l'avons fait construire. Les Japonais ont oublié l'éloge de l'ombre, ils arrosent *a giorno*, ils aplatissent à coups de lumière cruelle la protection de leur intimité.

J'ai éteint mon ordinateur, empilé les dossiers sur un coin de mon bureau, j'ai enlevé mes chaussures et je me suis calé dans mon fauteuil.

J'ai d'abord approché l'enveloppe de mon nez, j'ai fermé les yeux, me concentrant sur cette odeur. J'ai essayé de me souvenir. En vain.

Alors j'ai pris un coupe-papier et soigneusement, presque respectueusement, moi qui suis si impatient, j'ai tranché de la lame le rabat collé. Le parfum m'a envahi, sans pour autant dévoiler à quels souvenirs enfouis il se rattachait.

Aussitôt, j'ai eu le pressentiment que la lecture de cette lettre allait faire basculer ma vie.

7

1972, Paris

« Vous comptez vous rendre au Japon ? »

Derrière ses lunettes rondes à monture d'écaille, le petit homme rondouillard, boudiné dans un costume trop serré, me regardait d'un air dubitatif. Je venais de pousser la porte du bureau du tourisme japonais, le JTB, sur les Champs-Élysées, à quelques dizaines de mètres de l'agence de la JAL.

Plus tôt dans la matinée, j'étais allé voir le directeur pour la France de la compagnie aérienne japonaise, un ami de mon père qui avait accepté de me rencontrer pour me parler de son pays natal. Dès qu'on passait le seuil de l'agence, on avait l'impression d'entrer de plain-pied au Japon. Des parois de papier quadrillées de bois encadraient le comptoir où les clients s'asseyaient pour acheter leur billet.

Une jeune femme était assise derrière le bureau. Elle portait un kimono. C'était la première fois que je voyais une Japonaise en chair et en os. Je la trouvai ravissante avec ses cheveux très noirs relevés en chignon sur une nuque délicate. Sa peau était claire, presque translucide. Ses yeux me fascinèrent : deux amandes parfaites. Dans la vitrine, à côté de la maquette du tout nouveau gros-porteur Boeing 747 à l'empennage flanqué d'une grue stylisée prenant son envol et aux ailes empastillées d'un rond de ce rouge orangé qu'on retrouve sur le drapeau japonais, était posée une pagode à cinq niveaux en bois doré avec un toit en vraies tuiles vernissées miniatures. À peine audible, une musique mélodieuse enveloppait l'atmosphère d'un charme indéfinissable. L'ami de mon père me dit que c'était du koto, « une sorte de harpe dont on joue à plat, agenouillé sur une natte de paille qu'on appelle un tatami ».

« Viens voir ! » ajouta-t-il en m'entraînant vers une des parois de papier qu'il fit coulisser, me faisant entrer dans une petite pièce à tatamis.

Cela sentait un peu la poussière de foin sec, l'odeur n'était pas désagréable. Il reprit :

« Nous recevons ici les clients japonais importants qui ont besoin d'assistance. Ils sont souvent un peu désorientés dans cette ville toute de pierre. Ils retrouvent instantanément leurs marques quand ils s'accroupissent sur la natte ! Les couleurs neutres, les proportions toujours identiques, les matériaux souples, le relâchement qui s'opère lorsqu'on s'assoit par terre... Ici, ils se sentent en sécurité. »

Il me donna quelques conseils et une pile de dépliants sur Tokyo, Kyoto et d'autres hauts lieux du tourisme et me recommanda d'aller voir ses voisins du JTB. Quand je repassai devant elle, l'hôtesse était en conversation avec un client japonais. C'était doux et chantant, pas comme cette crécelle du vietnamien que nous entendions dans le petit restaurant de quartier où nous allions souvent. Elle me salua sans arrêter de parler à son interlocuteur d'une brève inclination de la tête que je trouvai poétique et gracieuse.

Le Japonais du JTB était beaucoup moins séduisant. Ses cheveux étaient plantés droit sur son crâne, telles des épines de porc-épic, sa peau était grisâtre et terne, son sourire figé, qui lui donnait un air niais, laissait voir des dents plantées au hasard. Ses yeux clignaient à toute vitesse derrière les hublots épais de ses lunettes quand il répéta :

« Vous voulez *vraiment* aller au Japon ? »

En insistant sur le *vraiment*, il écorcha le *r* en une sorte de *l* mouillé. Si son français était impeccable, il n'en maîtrisait pas la prononciation.

Visiblement, je ne correspondais pas au profil de ces hommes d'affaires en cravate que j'avais brièvement entr'aperçus au comptoir de la JAL.

« Savez-vous que c'est très loin et très cher ? » enchaîna-t-il sur un ton où je crus discerner du mépris.

Je lui répondis avec la même morgue :

« N'exagérons rien ! Dix-sept heures de vol avec une escale, ce n'est tout de même pas le Brésil, où j'avais initialement prévu de me rendre ! »

Il parut un instant désarçonné puis reprit :

« Mais qu'allez-vous y faire ?

– Monsieur, je veux connaître votre culture ! Je souhaiterais m'y plonger totalement, et je vous prie de m'indiquer l'organisme de votre pays qui pourra me permettre d'effectuer un séjour en *homestay*. »

J'avais quelques années plus tôt expérimenté ce système qui permettait aux étudiants une immersion dans une famille d'accueil.

Mon interlocuteur semblait continuer à me mépriser. Mon agressivité ne le prit pas au dépourvu : les Français, il connaissait.

« Les Japonais, jeune homme, n'ont pas l'habitude des étrangers ! »

Je voulus être vexant :

« Même des Américains ? »

Il ne parut pas particulièrement décontenancé.

« Les Américains ! Les Américains, jeune homme, on ne les voit pas, ils ne nous voient pas, ils sont enfermés derrière leurs murs de barbelés à Yokosuka, ils vont manger leur désolante nourriture dans ces horribles coffee shops de la base, ils vont au cinéma dans la base, ils jouent au base-ball sur des terrains minables dans la base ! »

Il reprit sur un ton plus modéré, presque humble :

« Non, vraiment, dans mon pays, on n'a pas l'habitude d'accueillir les étrangers. Chez nous, on ne parle pas les langues étrangères, un peu comme vous en France ! On vit dans de toutes petites maisons de bois inconfortables, où il fait trop froid en hiver, trop chaud en été. Elles sont vraiment très très petites, nos maisons ! »

Il réfléchit un moment puis me demanda, radouci, quand je souhaitais partir.

« Cet été. »

Il leva les yeux au plafond.

« Chaleur, humidité, pollution ! Terrible pollution ! C'est le pire moment de l'année pour aller là-bas ! Beaucoup de cafards, aussi, et des moustiques ! »

Je me demandai pourquoi ce type qui travaillait dans le bureau du tourisme de son pays mettait tant d'acharnement à le dénigrer. Même les Français n'étaient pas aussi cyniques. Je devais être tombé sur un fou furieux.

« Hélas, ajouta-t-il, j'aimerais bien vous aider, mais le système que vous appelez *homestay* n'existe pas au Japon. Je vous l'ai dit, les maisons sont trop petites, les Japonais ne parlent pas les langues étrangères et les étrangers ont trop de mal à s'adapter à notre mode de vie. Retirer les chaussures en entrant dans la maison, s'agenouiller sur les tatamis, prendre son bain sans souiller l'eau de la baignoire avec la mousse du savon, manger du poisson cru et des algues marinées, voilà bien des barrières infranchissables !

– Alors comment se logent les étrangers téméraires qui se rendent tout de même dans votre pays ?

– Nous ne sommes pas un pays sous-développé ! Nous avons des hôtels de standard international depuis très longtemps, des hôtels avec une longue histoire qui remonte à l'ouverture de notre pays au monde occidental ! Vous ne serez pas dépaysé !

– Justement, c'est ce que je cherche, le dépaysement, l'aventure, le bain avec une geisha qui me frottera le dos ! Et je ne veux pas de vos hôtels internationaux sans couleur ni odeur ! De plus, je n'ai pas les moyens de descendre dans des hôtels aux tarifs que j'imagine exorbitants ! »

Il soupira.

« Le quartier de Yoshiwara n'existe plus. Je veux dire, les jeunes filles qui vous rejoignent dans votre bain, cela n'existe plus ! Enfin, pas sous cette forme… Les Américains ont interdit la volupté ! Vous n'avez pas les moyens de loger dans un hôtel de qualité mais vous avez l'argent pour payer le voyage ? JAL a un vol quotidien pour Tokyo ! »

Il redevenait soudain professionnel.

« J'ai déjà choisi ma compagnie aérienne, merci ! Vous ne voyez vraiment aucun moyen pour un étudiant de visiter votre pays ? Pas une seule famille au Japon qui aurait le courage de loger un jeune barbare comme moi ? Qui aurait envie que son fils parle l'anglais ou le français le soir ? Personne ne maîtrise de langue étrangère, me dites-vous. Et vous, vous n'êtes pas japonais, peut-être ? Comment avez-vous appris à maîtriser si bien le français ?

– Oh, moi, c'est un peu spécial… » Il se pencha vers moi pour chuchoter comme une confidence honteuse : « Dans notre bureau il y a cinq Japonais, ils parlent un peu l'anglais, très mal, mais ils ont fait de bonnes études. Pas moi. Moi, je voulais lire Sartre dans le texte. Les traductions étaient médiocres, je n'ai pas eu le choix, il a fallu que j'apprenne le français. Maintenant, je sais lire *Les Séquestrés d'Altona*, mais il faut bien gagner sa vie… Je vois tout de même une solution pour vous. Les auberges de jeunesse. Il y en a un peu partout au Japon, elles sont bien fréquentées par les jeunes Japonais, c'est très propre, les repas sont copieux, beaucoup de riz, on vous donne un drap-housse, pas de puces, très peu de cafards, mais les moustiques on n'a pas le choix, il y en a partout dans mon pays ! Vous rencontrerez des jeunes Japonais et des Japonaises, mais pas de bêtises, hein ! On ne tolère pas les mauvais comportements ! À six heures, dîner, ensuite veillée, on parle et on chante jusqu'à neuf heures, on raconte d'où on vient, les études que l'on fait. Ensuite on dort, les filles d'un côté, les garçons de l'autre ! Pas possible de coucher ensemble, la mère aubergiste veille ! Elles sont féroces, les mères aubergistes japonaises. Voilà ! Je vous donne le guide des auberges de jeunesse, il faudra juste aller à l'Association internationale prendre votre carte, l'adresse du bureau de Paris est à la fin du livret. À Tokyo, il n'y a pas d'auberge, il faudra coucher au YMCA. Il y a plein de jeunes étrangers qui ont, comme vous, l'idée bizarre de venir visiter notre pays ! C'est moins propre que les auberges de jeunesse japonaises – vous comprenez, c'est tenu par des Américains –, mais vous aurez une adresse où loger en arrivant ! Et souvenez-vous, jeune homme, mon pays est opaque, difficile, vous ne comprendrez rien, vous verrez ! Moi-même, parce que je suis en France depuis si longtemps, je ne comprends plus rien à mon pays. Je ne peux pas rentrer, vous voyez, on ne m'attend plus ! Pour mes amis j'ai déserté, pour ma famille je suis mort, je suis inutile, là-bas ! Une branche tombée de l'arbre, une branche sèche, et sans sève ! »

Son regard étrange de poisson-lune s'était voilé de mélancolie. Il haussa les épaules.

« Après tout, oui, allez voir ! Mais vous auriez mieux fait de rester sur votre première idée, le Brésil. Ça, c'était de l'aventure ! »

Un couple bien mis d'un certain âge venait d'entrer. Il me laissa à mon désarroi pour s'occuper de lui.

J'avais soudain moins envie d'aller au Japon. Mais la promesse mystérieuse dont le regard de la jeune femme à l'agence de la JAL était porteur subsistait. Au lieu de jeter la brochure que j'avais entre les mains, comme j'en avais eu l'intention quelques secondes plus tôt, je la feuilletai. J'y découvris une carte de l'archipel, constellée de petits points noirs.

Je cherchai l'adresse de l'Association internationale des auberges de jeunesse et partis prendre la carte qui me permettrait de loger au Japon.

8

1972, Paris

Dans les jours qui suivirent, j'achetai une carte et un guide Nagel.

Je commençai à préparer mon voyage.

Tokyo, Kyoto, Nara, Hiroshima. L'itinéraire semblait simple, il suffisait de descendre. Plus loin, tout en bas de la carte, il y avait Nagasaki, pour moi la ville de Madame Butterfly. En parcourant le guide Nagel, je fus attiré par d'autres lieux, comme la mer Intérieure, « parsemée d'îles paresseuses se cachant derrière les brumes du matin comme sur les estampes japonaises ». Une photo me fascinait particulièrement : un immense portail de troncs rouges planté dans la mer et protégeant de sa majesté un magnifique temple sur pilotis au toit d'une élégance toute féminine. Miyajima, dans l'île d'Itsukushima, tout proche d'Hiroshima. Je l'ajoutai à mon itinéraire.

Le Nagel conseillait par ailleurs de prendre un de ces innombrables ferries qui sillonnaient la mer Intérieure et de voyager d'île en île jusqu'au Shikoku, de faire halte à Takamatsu pour visiter son jardin botanique unique au monde et de grimper au sommet du mont Kompira, haut lieu de pèlerinage, plus de quatre mille marches pour atteindre un temple accroché aux rochers.

J'allai dans une grande librairie en face de la fontaine de la place Saint-Michel et au département de littérature étrangère j'achetai de quoi remplir une étagère d'auteurs japonais pris au hasard, car je n'avais trouvé personne pour me conseiller. J'avais bien sûr entendu parler de Mishima, qui s'était suicidé deux ans plus tôt de façon sensationnelle ; « Le dernier samouraï », avait titré un quotidien qui décrivait un pays perdant ses repères, bousculé par son soudain statut de géant économique. *Japon, troisième grand*, d'un journaliste français installé là-bas, Robert Guillain, était sorti quelque trois ans auparavant et brutalement on découvrait que ce pays brisé, écorché à vif par la guerre, chahutait l'ordre simple et immuable de l'Occident. J'achetai *Le Pavillon d'or*, *Après le banquet* et *Le Marin rejeté par la mer*. Ce n'était pas une sélection, juste les titres disponibles ce jour-là.

En collection de poche, *Rashomon et autres contes* de cet auteur dont le résumé au dos du livre indiquait qu'il avait donné son nom à un prestigieux prix littéraire et qu'il avait mis fin à ses jours à l'âge de trente-cinq ans, Akutagawa Ryunosuke.

Il y avait aussi un certain Tanizaki Junichiro, dont la vie sentimentale agitée, affirmait la quatrième de couverture d'un autre livre, avait inspiré l'œuvre. Je piquai au hasard le *Journal d'un vieux fou*, *Les Belles Endormies* et *Le Grondement de la montagne*. Il s'était suicidé en 1965, à l'âge canonique de soixante-dix-neuf ans. Et encore un ! Mais qu'avaient-ils donc, tous ces écrivains du bout du monde, à se suicider les uns après les autres ?

Sur les rayons, je découvris un livre dont la jaquette indiquait « Prix Nobel de Littérature Année 1968 ». Je pris ce *Pays de neige* d'un certain Kawabata Yasunari. Un autre titre accrocha mon regard : *Le Pauvre Cœur des hommes*, de Natsume Soseki. Je le pris aussi. J'ajoutai un pavé de « Probablement la toute première femme écrivain au monde, vers l'An 1000 », Murasaki Shikibu, *Le Dit du Genji*.

Le goût pour le morbide et la mort doublé d'une recherche esthétique désespérée que je trouvai chez Mishima m'enchantèrent. Je n'avais jamais eu de face-à-face aussi déroutant avec une beauté aussi sombre. Son suicide selon le rituel impeccable du seppuku, le sabre fouillant les entrailles, la tête tranchée par son fidèle lieutenant, la couleur du sang et de la merde sur la blancheur immaculée du kimono, tout cela me parut follement romantique. J'admirais la démesure du geste, la fureur sous le masque de l'impassibilité. Il y avait du Cyrano de Bergerac dans cet homme.

Je découvris une tout autre délicatesse avec Kawabata, cette « traditionnelle tristesse spirituelle des Japonais » à laquelle il disait avoir choisi de revenir après la défaite de son pays.

Natsume me fit connaître une autre facette de ce peuple qui commençait à me fasciner : un humour jubilatoire toutefois teint de fatalisme, un art d'éviter d'afficher les sentiments mais de les laisser deviner dans un geste, une posture, une attitude.

Je savourai chez Tanizaki l'érotisme délicat des nuques ployées dans la pénombre des maisons de bois, les sentiments brûlants qu'un battement de cils suffisait à exprimer.

Je dévorai titre après titre, auteur sur auteur.

Ces Japonais dont on disait qu'ils étaient ternes, uniformes, insensibles, ennuyeux m'apparurent au travers de leur littérature incroyablement colorés, vifs, truculents, déchirés de passions flamboyantes, brûlant d'un amour immodéré pour une souffrance d'autant plus destructrice qu'ils en étouffaient les manifestations, considérées comme impudiques.

Ayant appris à brider l'exubérance de mes propres sentiments et à canaliser la lave qui bouillonnait en moi, je me retrouvais dans ces personnages complexes et introvertis. Il me semblait avoir vécu de semblables émois étouffés par les conventions ; le « savoir-vivre » dont ma mère nous inculquait les principes avec une rigide discipline était le garde-fou efficace de mes passions, à l'image de ces fulgurances qu'on trouvait dans ces romans. J'avais l'impression de connaître le Japon avant même d'y avoir posé le pied.

Dans le même temps, je discernais des écrans de fumée, un hermétisme, une volonté d'empêcher de déchiffrer les âmes, d'égarer le voyageur dans les méandres obscurs de la pensée. Alors ce que je croyais avoir compris s'évanouissait, je me heurtais à la sophistication de ces sentiments imbriqués, à leur brutalité raffinée, je ne savais plus si on aimait ou si on haïssait, si un hochement de tête valait approbation ou damnation. Je me perdais dans les silences infinis entre les êtres, les tête-à-tête soigneusement évités, l'interprétation des gestes ou des immobilités, des ombres nombreuses et des lumières rares.

Y avait-il quelque chose à comprendre ? Fallait-il s'y risquer ? Appliquer nos critères qui paraissaient soudain si vulgaires, tellement anachroniques, hors sujet et hors temps ? Le Japonais du JTB n'avait-il pas finalement raison quand il décourageait les tentatives de déchiffrer ses compatriotes ? Le sourire et le regard de la jolie fille de la JAL n'étaient-ils pas une énigmatique invitation à la torture éternelle ?

Petit à petit, ce pays devint une vénéneuse obsession, une île enchantée dont je n'arrivais plus à m'extirper. L'idée du Brésil m'avait fasciné, celle du Japon m'envoûta.

La découverte d'un petit cinéma derrière le lycée Victor-Duruy, dans le VIIe arrondissement, où l'on passait à longueur d'année des films d'auteurs japonais n'arrangea pas les choses. À mon imagination vinrent se surimposer les images en noir et blanc d'épopées formidables telles que *Rashomon*, *Les Sept Samouraïs*, *La Forteresse cachée* et surtout *Barberousse* du grand Kurosawa, ou les œuvres plus feutrées d'Ozu Yasujiro, bourrées d'une intensité émotionnelle miraculeuse, filmées au ras du tatami, comme *Le Voyage à Tokyo*, *Printemps tardif* ou *Le Goût du saké*, avec ce formidable acteur, Ryu Chishu, qui arrivait à faire passer de sa voix monocorde et sur son visage impassible la plus bouleversante des détresses.

J'étais prêt, conditionné, empaqueté.

Un miracle vint pimenter mon excitation.

J'avais fait part à mon père de ma déception de ne pouvoir loger chez l'habitant. Je n'étais pas sûr qu'il ait enregistré à quel point ce détail avait de l'importance pour moi. Il avait juste haussé les épaules en maugréant : « Nous sommes tellement différents d'eux ! » Puis on était passés à autre chose.

Quelques semaines plus tard, il partit en courrier, une rotation d'une huitaine de jours sur Tokyo.

Le soir de son retour, il avait dans le regard un petit air de mystère pétillant. Il posa, rite immuable, sa casquette sur la commode dans l'entrée, nous embrassa, me confia sa valise pour que je la porte dans sa chambre puis alla se doucher et se changer. Rasé de frais, il vint nous rejoindre à table. Sans un mot, il me présenta un bout de papier froissé sur lequel étaient notés un nom et une adresse en alphabet, ainsi qu'un numéro de téléphone en chiffres arabes, le tout complété de ce que je supposai être la transcription en caractères japonais.

« Ton hôtel à Tokyo ! » dit-il simplement.

Je le regardai sans oser comprendre. Il se servit un verre d'eau, réclama à ma mère deux œufs au plat-bacon, autre rituel de retour de courrier qu'il avait adopté lorsqu'il était pilote de guerre sur Spitfire en Angleterre et qu'il se précipitait en revenant de chaque raid au mess des aviateurs. Ce ne fut que lorsqu'il eut crevé le jaune des œufs en y plantant une lichette de pain qu'il avait découpée dans la baguette qu'il reprit son explication :

« Il y avait à bord une hôtesse japonaise, comme d'habitude. Une nouvelle, je ne la connaissais pas. C'était son premier vol. »

Il trempa une seconde lichette dans le second jaune d'œuf et la mastiqua consciencieusement.

« Succulent, ton œuf ! » lança-t-il à ma mère comme s'il s'était agi d'une prouesse culinaire exceptionnelle.

Loin d'apprécier le compliment, elle repartit en grommelant. Elle n'avait pu se faire aux goûts iconoclastes de mon père, qui ne correspondaient pas à la conception sophistiquée de la cuisine du cordon-bleu qu'elle était. Elle enrageait qu'il lui demande, alors qu'elle avait préparé une daube qui avait longuement mitonné, un simple café au lait dans lequel il trempait une tartine de camembert ! Elle reprochait à sa belle-mère d'avoir mal éduqué le goût de son fils unique. Il est vrai que celle-ci préférait se promener que rester plantée devant sa cuisinière à concocter des petits plats.

Deux conceptions radicalement différentes de la femme. On pouvait se demander laquelle des deux était la plus moderne, de la vieille dame pas très digne qui fumait de longues cigarettes mentholées fichées dans un porte-cigarettes en écaille et de la femme au foyer qui mère-poulait son coq et ses poussins à longueur d'année sans jamais décompresser.

« Je disais donc, cette hôtesse, Keiko je-ne-sais-plus-quoi mais j'ai noté son nom quelque part, je te le donnerai, a un joli petit minois et elle se débrouille ma foi fort bien dans notre langue. Bref, je l'ai invitée à venir voir l'atterrissage à Anchorage. Tu sais, c'est féerique ! Le mont McKinley sur la gauche, des milliers de petits lacs gelés, un ciel bleu acier où se reflète la neige. Je laisserai au commandant qui te transportera un mot pour lui demander de te recevoir dans le cockpit, cela vaut le coup d'œil. »

Une autre interruption, une autre lichette pour éponger le reste de jaune d'œuf avant d'entamer le blanc sur un morceau de bacon ; je n'ai jamais vu mon père manger autrement ses œufs au plat.

« Pour me remercier, elle m'a offert de me guider dans Tokyo. Mais cette ville, je commence à bien la connaître, j'avais mes courses à faire, mon petit vieux sous les arcades Nikatsu pour mes étiquettes à bagages, ton catalogue Nikon que je te donnerai tout à l'heure quand je déferai ma valise... Et puis il ne faut pas prendre de risques inconsidérés, n'est-ce pas, car elle était vraiment très mignonne ! ajouta-t-il en me faisant un clin d'œil et en désignant du menton ma mère qui revenait de la cuisine, apportant un gratin fumant dans un plat en arcopal. Alors j'ai repensé à ton voyage et à ton histoire d'hébergement. Je lui ai demandé si elle ne connaissait pas par hasard une famille qui accepterait de te loger quelques jours, le temps que tu prennes tes marques ! Au retour, elle m'a donné cette adresse. Je n'ai pas très bien compris de qui il s'agissait, ce n'était pas clair. Ce qui l'est, en revanche, c'est que ces gens acceptent de te recevoir. La mère parlerait anglais et un des fils, tiens-toi bien, français ! Il suffit que tu leur écrives pour leur donner ta date d'arrivée. »

Mon père eut un de ces petits sourires en coin qu'il faisait toujours lorsqu'il avait joué un bon tour. Lui qui ne demandait jamais rien pour lui-même, par principe et par timidité, parvenait souvent à décrocher la lune pour les siens. Il finit ses œufs au plat, repoussa son assiette et me donna une petite tape sur l'épaule :

« À toi de jouer, maintenant ! »

J'avais un point de chute à Tokyo. Un appareil photo à acheter. Et une envie féroce de forcer cette étrange huître hermétique que me paraissait être le Japon.

Il ne me restait plus qu'à partir.

9

Novembre, Tokyo

J'ai sorti les feuillets de l'enveloppe. Le papier était de la même facture, plus légère bien sûr, que l'enveloppe, avec les mêmes feuilles d'érable en filigrane.

À la vue de la première page, j'ai été rassuré : le contenu de la lettre était écrit avec les mêmes caractères détachés les uns des autres que l'adresse sur l'enveloppe. Soigneusement, sans ces ellipses, ces coups de griffe au pinceau certes fort élégants mais qui rendent les signes impossibles à déchiffrer pour le profane, y compris pour les Japonais qui n'ont pas pratiqué la calligraphie. Ma correspondante semblait vouloir que je puisse lire cette missive seul, sans l'aide d'une tierce personne pour la décrypter.

Il ne faisait aucun doute que cette lettre avait été écrite par une femme, bien que les premières phrases fussent neutres, comme il se doit, et que la grammaire japonaise ne permette pas de discerner le sexe tant que le contexte ne l'a pas dévoilé. Les signes étaient voluptueux, dépourvus de cette raideur un peu militaire de l'écriture masculine. La courbe imperceptible des traits en bout de course les rendait pleins, suaves, sans angle agressif. Le rythme était léger, c'était celui d'un concertino, fluide, enlevé.

On sentait que cette femme avait de l'éducation, de la classe. J'imaginai une beauté douce et retenue.

Il peut paraître invraisemblable de lire ainsi dans des caractères japonais tant de choses, jusqu'au portrait d'une personne. C'est pourtant le cas. Cette écriture demande énormément d'efforts, une crispation de la main, une retenue accompagnée d'un envol. Elle ressemble à un exercice d'équilibriste sur un fil mal tendu. Les mouvements du corps, les fugaces impulsions qui font choisir tel mot plutôt que tel autre, ainsi que les vagues de sentiments sillonnant l'esprit y transparaissent mieux que dans nos écritures alphabétiques.

Une lettre en japonais est un livre ouvert sur l'âme, qu'on s'attache à protéger, à cacher, à garder par-devers soi comme un secret.

J'avais déjà perçu, bien que les Japonais ne pratiquent pas, comme les Français, la graphologie, ce qu'une lettre manuscrite peut révéler d'une personne. C'est un collaborateur, un directeur commercial, qui m'a initié. Il exigeait systématiquement des candidatures qu'il examinait une courte lettre manuscrite. Il m'a appris à lire dans les pleins et les déliés des signes les petites failles, les gros mensonges, les enthousiasmes ou les chagrins des candidats. Bien souvent, les interviews confirmaient la justesse de sa méthode.

J'ai posé la lettre sur le maroquin gris-vert et ajusté l'intensité de l'éclairage de ma lampe de bureau. Le reste de la pièce a plongé dans une pénombre que les néons des grands panneaux publicitaires sur le toit des immeubles de Ginza adoucissaient.

La première phrase comportait une référence à la saison ; la couleur des feuilles, la fraîcheur de l'air qui annonçait l'hiver. C'était un paysage neutre et soigné.

Pour ma part, je commence toujours mes lettres par une phrase parfaitement calquée dans la forme et le rythme sur ces stéréotypes dont on trouve des exemples dans tous les manuels de rédaction de courrier : je vante la chair grasse du samma de Kushiro, au nord de l'île de Hokkaido, ou la chute des glands ginnan que l'on ramassera bientôt au début de l'automne, la soie et la pulpe juteuse de la pêche au début de l'été. Me décalant par rapport à la normalité, j'évite le ridicule de la singerie ; les étrangers sont tellement patauds quand ils s'essaient à manier la culture de ce pays qu'il vaut mieux biaiser. Je commence à savoir y faire, du haut de mes trente-cinq années de pratique.

Malgré cette neutralité, j'ai ressenti une impression de « déjà-vu ». Un souvenir impalpable s'est agité au fond du gouffre de ma mémoire, un frémissement, un froissement d'ailes de papillon. J'ai essayé d'extraire cette pépite mais elle était trop profondément engoncée. Agacé, j'ai abandonné et repris la lecture de la lettre.

Je vous prie de pardonner mon outrecuidance de m'adresser à vous de manière aussi cavalière. J'ai beaucoup hésité, près de cinq mois, avant de prendre le pinceau. J'ai résisté aux assauts impudents de mes impulsions qui me saisissaient aux moments les plus inattendus comme les vagues attaquent la falaise. J'ai bâti de nombreuses digues pour enrayer l'érosion de ma détermination. J'ai hélas échoué lamentablement. J'ai dû admettre que je n'étais qu'une faible femme sans pudeur. Cette femme résignée et sans pudeur est celle qui vous écrit ce matin.

C'est la lecture de l'article que vous consacrait sur deux pages dans son édition du samedi le journal « Asahi » qui a tout déclenché. Je ne lis l'« Asahi », de la première à la dernière page, sauf celles des sports qui m'insupportent, que le samedi et le dimanche. Ce sont les seuls jours où j'ai du temps pour moi.

La photo en première page, prise sous un angle insolite, est très réussie : vous êtes agenouillé, un peu dans la pose du Penseur de Rodin, avez-vous remarqué ?, devant la spectaculaire entrée du garage de l'immeuble de votre société, respectueusement à l'écart du célèbre logo de votre prestigieuse marque incrusté en pierre blanche dans le sol de marbre noir. Du marbre noir pour l'entrée d'un parking ! J'imagine que le photographe s'est aplati sur l'asphalte de la rue pour prendre ce cliché. Il a probablement utilisé un objectif de très grand angle ou un fish eye pour pouvoir vous saisir en premier plan en même temps que l'entrée du garage, le sol avec le logo, la photo des mannequins dans les quatre grands panneaux lumineux sur votre gauche et au fond ce splendide flacon du parfum vedette de votre maison, traité comme un Andy Warhol ! À la réflexion, je pense qu'un fish eye aurait rendu une perspective distordue, qu'il aurait cassé l'équilibre. Ce devait être une focale différente, d'un appareil bien plus sophistiqué qu'un simple boîtier 24 × 36. Pardonnez-moi d'utiliser ce vocabulaire un peu technique, mais je sais que vous le comprenez.

Ce fut un coup de massue. Comment cette femme pouvait-elle savoir ? Je n'ai parlé à personne depuis que je suis au Japon de ma passion pour l'art photographique. Si j'ai continué à acheter les appareils les plus sophistiqués, dont un Haselblad qui hiberne depuis vingt ans au fond de sa sacoche, j'ai depuis bien longtemps abandonné l'argentique noir et blanc pour faire comme tout le monde du presse-bouton digital. Cette femme avait visiblement une culture photographique ; la séance s'était bien passée comme elle la décrivait. J'avais eu l'idée de m'agenouiller, suggérant au photographe du journal l'angle de prise de vue. Je voulais qu'on puisse voir au mieux les signes distinctifs de notre marque : c'est le genre de chose qu'il vaut mieux ne pas négliger quand on a le privilège d'un article dans un journal qui tire à près de neuf millions d'exemplaires.

Pour être franche, plus que vous-même, c'est l'harmonie du cadre et le souci du détail de cette photo qui m'ont attirée, bien que vous soyez très convaincant : un chef d'entreprise heureux et équilibré, fier de la société pour laquelle il travaille. J'ai toujours pensé qu'un homme devait être fier de son entreprise, comme c'était le cas autrefois au Japon. Aujourd'hui, les jeunes Japonais ne sont plus fiers de la société qui les emploie. Ils ne mettent plus le badge au revers de leur veston. Mais peut-être les entreprises ne méritent-elles plus qu'on les respecte.

Je me suis dit en regardant cette photo qu'il faudrait un jour, si je monte à Tokyo, que j'aille voir ce bel immeuble, si bien situé au cœur de Ginza, bien que je n'aie pour le luxe français pas d'argent à consacrer. Une réalisation architecturale de cette facture doit émouvoir même une femme sans culture comme moi.

En page intérieure, j'ai trouvé la seconde photo, si différente de la première. On pourrait se demander si le personnage est le même, tant il est difficile de vous reconnaître. N'étaient vos lunettes rondes cerclées de métal à la John Lennon et votre nom sous la photo, on pourrait croire que le journal s'est trompé de cliché. Il ne s'agit pas seulement du cadre, que la légende situe à Kamakura, dans votre résidence secondaire. Certes, vous n'êtes pas en costume-cravate, vous portez un samuei qui vous sied parfaitement – nos costumes traditionnels vont bien aux hommes qui ont les épaules effacées comme vous. Et puis il y a ces chaussettes à cinq orteils à vos pieds. Je n'avais pas vu de telles chaussettes depuis mon enfance. Mon père en portait toujours, il disait que c'était bon pour la santé et tellement pratique pour travailler. Ces chaussettes aux pieds d'un étranger, quel effet sensationnel !

Mais cela seul ne fait pas une telle différence qu'on ne puisse vous reconnaître au premier coup d'œil. L'atmosphère qui émane de vous remodèle totalement vos traits. On se demande comment il peut y avoir tant de contraste sur un même visage !

Vous êtes serein, alors que sur l'autre photo vous apparaissez tendu, bien que souriant. Sur la première photo, vous offrez le visage de quelqu'un qui a les pieds sur terre, qui ne laisse pas de place au rêve, à la mélancolie, alors qu'on retrouve dans votre regard sur la seconde photo une absence, presque de la tristesse.

Sur la première photo, vous êtes tranchant, énergique, on sent sous l'amabilité de la dureté, de la détermination. Vous êtes heureux ; plus exactement, vous semblez content de vous. On n'a pas envie de vous aimer.

Sur la seconde photo, rien de cela. Vous êtes retiré au plus profond de vous, une rivière enfouie sous les sables d'un désert. Votre regard semble traduire une profonde culpabilité, comme si vous aviez commis une faute dont vous ne vous souvenez peut-être pas. Votre corps est dans une posture semblable à celle de la première photo, mais, curieusement, ici vous semblez recroquevillé, en attente d'un châtiment. Ces ondes sont si étranges dans ce cadre qu'on devine paisible et empreint de sérénité !

Vous êtes transfiguré. Comme si vous aviez changé de masque. Cela en est presque effrayant, ces deux mondes opposés en un même homme, sous une même peau le conflit de deux personnalités !

Je me demande si vous avez apprécié que le journal retienne ce second cliché qui dévoile en vous la fragilité, le doute, si brutalement opposé à l'autre, tellement plus commercial, plus vendeur, plus flatteur ! Ou bien était-ce précisément ce que vous recherchiez ? Peut-être vouliez-vous dire au lecteur : « Je ne suis pas ce que je parais. »

Un trouble m'a saisie, un air de déjà-vu.

Alors j'ai commencé la lecture de l'article.

Ainsi se terminait, brutalement, la lettre, telle une falaise abrupte qu'on découvre au bout d'une longue marche sur un plateau.

J'ai cru un instant qu'il manquait des feuillets. Mais une formule de politesse banale, avec une date, trois jours plus tôt, et une signature parfaitement illisible barraient la fin du texte.

Saisi du malaise que la rédactrice de cette lettre semblait vouloir susciter, j'ai replié les feuillets et les ai glissés dans leur enveloppe, que j'ai rangée dans le seul tiroir de mon bureau toujours fermé à clef, celui où je serre les classeurs des rémunérations et des entretiens d'appréciation de nos employés.

Je me suis retourné vers la grande baie vitrée derrière moi, qui donne sur l'enfilade de Ginza. Le nouveau panneau publicitaire de la bière Sapporo, cinquante mètres carrés de diodes électroluminescentes, remplissait le ciel d'une mousse virtuelle qui débordait d'un verre. La pomme sur l'immeuble de Macintosh, plus sobre, tournait sur son axe.

Puis je me suis levé, j'ai éteint ma lampe de bureau et je suis allé prendre mon train pour Kamakura.

10

1972, Paris-Tokyo

En ce début des années soixante-dix, le gros-porteur B 747 qui venait d'entrer en service n'était pas la bétaillère que nous connaissons de nos jours. Le moyen de transport de masse était arrivé, mais pas encore la masse de touristes. Sur les destinations considérées comme de prestige, les voyageurs étaient relativement peu nombreux : hommes d'affaires, diplomates, quelques rares familles d'expatriés, un ou deux baroudeurs. En première classe il y avait la crème de la crème, des habitués qui se retrouvaient comme une petite élite, un club de privilégiés.

La ligne Paris-Tokyo ne dérogeait pas à cette règle. Voyageur solitaire de moins de vingt ans, assis d'autorité par le commandant de bord dans une première classe vide, je détonnais sérieusement au milieu de la faune que j'avais croisée dans le hall d'embarquement.

J'avais assisté dans le cockpit à l'atterrissage à Anchorage. La chaîne de montagnes à l'ouest que surplombait le mont McKinley était couverte de neige et la myriade de lacs reflétait le ciel turquoise. Les plans d'eau portaient la trace du sillage d'hydravions qui venaient d'amerrir et rejoignaient paresseusement leurs pontons de bois. On aurait dit des feuilles mortes avec leur fuselage peint en jaune ou en rouge vif. Les hangars aux toits de zinc perpendiculaires aux berges ressemblaient à des poissons argentés crevés rejetés ventre retourné sur le rivage.

Dans l'aérogare, j'avais caressé la panse de l'immense ours

blanc qui sur son piédestal tendait une patte menaçante et ouvrait une gueule impressionnante à deux mètres cinquante au-dessus du sol dans la salle des pas perdus. Une pancarte indiquait sa taille et son poids. Des troupes de minuscules Japonaises aux jambes arquées avec des tresses dépassant de bobs informes bariolés se photographiaient à tour de rôle au pied de la bête monstrueuse. On aurait cru voir Gulliver au pays des Lilliputiens. Puis je m'étais rendu sur la terrasse ouverte où la plupart des passagers japonais grillaient une cigarette et se prenaient en photo, en une pose avantageuse coudes sur la balustrade, sans prendre garde au brutal contre-jour qui empêcherait de voir les visages sur les clichés. Je fus surpris du contraste entre la sophistication des appareils photo qu'ils maniaient et leur obstination à ignorer les règles les plus élémentaires de la photographie, moins techniques que de bon sens, comme prendre au flash un paysage de nuit. L'air frais fouettait les poumons engourdis par neuf heures passées dans l'atmosphère confinée de la cabine. Notre avion était sous nos pieds, cadavre de coléoptère entouré de fourmis qui donnaient l'impression de le dépecer.

Je retournai dans l'aérogare et regardai avec une curiosité d'entomologiste le comportement des Japonais. Plusieurs avions en provenance de l'Europe ou du Japon venaient d'atterrir, déversant une kyrielle de passagers sac en bandoulière ou « banane » accrochée à la ceinture. C'était la première fois que j'en voyais autant. À Paris, il y avait bien les touristes sagement regroupés derrière leur guide qui tendait à bout de bras au-dessus de sa tête un drapeau frappé du sigle d'une quelconque agence de voyage, mais c'étaient des amas compacts sans caractère, anonymes. Ici, je trouvai toutes ces bonnes femmes qui trottinaient à toute vitesse en piaillant et s'interpellaient d'un bout à l'autre de la salle bien bruyantes et peu élégantes.

La boutique de duty free était assaillie, attaquée, pillée. On achetait par brassées entières des cartouches de cigarettes, des bouteilles de whisky « Johnny Walker », du cognac français dans des flasques kitsch au possible en forme de tour Eiffel ou d'Arc de triomphe et au carton barré d'un drapeau tricolore, ou des parfums dans des flacons aux formes compliquées avec un bouchon mièvre représentant deux tourterelles enlacées, dont les boîtes jaunes étaient empilées en pyramide sur les gondoles. Les vendeuses, de solides matrones esquimaudes et des Japonaises entre deux âges outrageusement maquillées dont on se demandait comment elles avaient bien pu échouer dans ce port des glaces du bout du monde, houspillaient les clients en japonais, leur arrachaient des mains dollars et yens, tapaient sur des calculettes des conversions de devises, fourraient les achats dans d'immenses sacs qui craquaient sous le poids et le volume des marchandises. À se demander comment l'avion pourrait embarquer tout cela.

Plus loin, il y avait un comptoir au bout duquel une longue queue s'était formée, calme et disciplinée. On vendait là dans des récipients en carton un étrange liquide boueux et des nouilles blanchâtres. Agitant leurs baguettes au-dessus des bols fumants qu'ils portaient à leur bouche en inclinant tous la tête sous le même angle, éparpillés dans l'immense hall, debout, les Japonais, avant de reprendre l'avion, faisaient le plein dans une symphonie d'aspirations et de déglutitions synchronisées. Il flottait une odeur chaude de brouet gras et de poireau anachronique dans un aéroport.

Enfin, on nous invita à embarquer, après un temps qui me parut interminable. Sans doute restait-on au sol un peu plus que nécessaire pour permettre aux commerces de l'aéroport de faire leur moisson de devises et de ratisser les poches de ces passagers furieusement consommateurs : je découvrais avec stupéfaction leur comportement frénétique, quasi « *addicted* », mot que me susurra à l'oreille un grand Américain dégingandé qui avait regardé avec étonnement le ballet fiévreux de nos compagnons de voyage.

Je n'avais pas vu d'hôtesse japonaise à bord lors de la première étape, juste un steward taciturne visiblement pas très content d'avoir à déballer tout l'attirail de la première classe, verrerie en cristal, argenterie, lingerie fine, viande tranchée sur planche, pour un seul passager, non payant de surcroît. Mais comme on avait embarqué à Anchorage deux passagers japonais, une Japonaise fut assignée à notre service.

Ils étaient plutôt rigolos et lièrent conversation avec moi dès la première d'une longue série de coupes de champagne. Après le petit déjeuner ou le déjeuner, je ne savais plus très bien – j'avais perdu la notion de l'heure avec ces fuseaux horaires qui se télescopaient et cette ligne de changement de date qu'on m'avait signalée en m'offrant une carte en projection de Mercator signée du commandant de bord et du chef de cabine –, je montai par l'escalier en colimaçon au salon-bar situé dans la bosse de dromadaire de l'appareil, derrière le cockpit, dont la porte restait ouverte. On avait l'impression de voler dans l'avion privé du fondateur de *Playboy*. Il y avait trois espaces de banquettes en arrondi autour de tables basses fixées au plancher de l'avion. On pouvait s'asseoir à quatre dans chaque espace. Les banquettes étaient équipées de ceintures de sécurité que l'on n'attachait jamais, sauf en cas de turbulences vraiment violentes. Parfois, le commandant de bord passait, débonnaire, saluer les passagers qui sirotaient un Chivas Regal ou tiraient sur un cigare cubain de bon calibre.

Les deux Japonais étaient déjà installés, le visage couleur écrevisse. Ils m'invitèrent à m'asseoir à leur table et, dans un anglais plutôt facile à comprendre, ils me posèrent toutes sortes de questions sur mon âge, d'où je venais, si j'avais des frères et sœurs, ce que faisait mon père dans la vie, pourquoi j'allais au Japon. Ils étaient curieux de tout. Je trouvais cette mitraille amusante, leur insistance à tout savoir de moi et de ma vie plutôt sympathique bien que leur indiscrétion heurtât un peu ma réserve naturelle. À chacune de mes réponses, que l'hôtesse traduisait quand elles dépassaient leurs capacités de compréhension, ils hochaient vigoureusement la tête en émettant des sons gutturaux, puis ils avalaient une gorgée de champagne avant de poser la question suivante.

Au bout d'un moment, ils entreprirent de me parler d'eux. Le plus bavard des deux était un petit bonhomme râblé, le corps ramassé dans son costume de serge un peu élimé. L'énorme nœud de sa cravate blanche à pois roses était de travers. Ses mains étaient calleuses, épaisses, carrées. La coupe de champagne disparaissait dans sa paume. Il avait un crâne tout en bosses et en creux, sa coupe de cheveux très courte en soulignait le relief tourmenté. Ses petits yeux, dont la pupille était presque entièrement cachée sous une paupière tombante, étaient vifs. Son compère était au contraire d'une maigreur d'os de seiche, il flottait dans son pantalon et sa veste aux manches trop courtes, ses mains étaient translucides, on voyait presque au travers. Il était voûté et paraissait souffreteux. Il avait une chevelure abondante d'un noir profond qui semblait avoir été coupée de travers – il me fallut un moment pour réaliser que c'était une perruque posée de guingois. Il portait de grosses lunettes rectangulaires qui mangeaient la moitié de son visage et qu'il était tout le temps obligé de remonter d'un coup d'index car elles glissaient sur son nez trop fin. Il parlait peu, se contentant de renchérir par monosyllabes.

« Nous sommes des industriels. Industrie de conserve ! Des boîtes, hein ! Petits, pas grands industriels comme la compagnie Mitsubishi ! Mais nous avons un bon business ! Le crabe ! » Il posa ses grosses mains sur la table et les promena en agitant les doigts. « Crabe d'Alaska, première qualité ! Gros comme ça ! Lui, c'est mon partenaire. Il a l'argent. Moi, j'ai ça ! »

Il pointa son index sur sa tempe et but une gorgée de champagne avant de reprendre :

« Vous aimez le crabe en boîte ? Les Japonais adorent ! Donnez votre adresse ! On vous en enverra, vos parents, votre sœur, vous, vous mangerez plein de crabe d'Alaska, nous les mettons en boîte dans notre usine, et hop ! on les expédie à Paris ! »

Il sortit de sa veste un stylo et un calepin écorné et me somma d'y noter mon adresse. Il la déchiffra péniblement, corrigeant mon écriture, que j'avais pourtant pris la peine de soigner.

« Maintenant, bien sûr, ce n'est pas encore la bonne saison. La bonne saison, c'est l'hiver ! On a négocié une grosse livraison de crabes pour cet hiver à Anchorage. On va travailler beaucoup, plein de crabes dans les boîtes, et on va les vendre partout dans le Japon ! » Il tapota sur le carnet que je lui avais rendu. « Promis, en novembre on enverra plein de boîtes de crabe chez vous, à Paris ! Il faudra bien dire, hein ! Crabes poilus d'Alaska, mais préparés par les Japonais ! Les Américains ne savent pas manger ! Nous, on sait ! Qualité top ! Comme les voitures japonaises ! »

Je remerciai, persuadé que cette promesse s'envolerait sitôt les vapeurs de l'alcool et l'euphorie du vol dissipées. Mais en décembre de cette année-là, alors que j'avais oublié les deux petits industriels, nous reçûmes une caisse de douze boîtes de crabe de l'Alaska en provenance d'une usine de l'Aomori. Cet envoi continua près de vingt ans, toujours au mois de décembre ; j'étais depuis longtemps au Japon que mes parents recevaient encore leurs douze boîtes de crabe de l'Alaska préparé et conditionné dans la petite conserverie.

« Nous habitons Aomori. Tout à fait nord ! Pas Hokkaido, mais beaucoup de neige, très froid très longtemps. Très beau. Il faut prendre le train de nuit de Tokyo. Vous viendrez nous voir ? »

J'expliquai que je comptais plutôt descendre vers le sud-ouest, Kyoto, Nara, Hiroshima, mais je promis que si je revenais au Japon j'irais les voir. Cette promesse, je ne l'ai jamais tenue. Ils sortirent de leur portefeuille deux cartes de visite indéchiffrables avec un symbole en haut à droite, un crabe stylisé dans un soleil rouge. Le petit bonhomme héla l'hôtesse et lui demanda de transcrire dessus leurs noms et leur adresse en alphabet. Ces cartes, je les ai collées dans le carnet de voyage que j'ai réalisé à l'automne au retour de mon périple, avec la projection de Mercator, mon billet d'avion et tous ces tickets de temples, cartes postales et autres souvenirs – un carnet que j'ai perdu depuis.

Ils réclamèrent du whisky coupé avec de l'eau, m'enjoignant d'en prendre un verre avec eux. Je n'en avais jamais bu. Je trouvai que cela sentait la punaise écrasée mais le goût n'était pas désagréable. La tête me tournait un peu, je flottais dans une béatitude qui rendait mon anglais un peu pâteux et plus facile à comprendre. Nous avions épuisé le sujet des crabes.

Le petit bonhomme, dont la peau du visage avait tourné au cramoisi et qui dodelinait de la tête, relança la conversation, changeant brusquement de sujet en regardant l'hôtesse japonaise qui regagnait le coin-bar au fond du petit salon. Il la désigna du menton.

« Que pensez-vous des femmes japonaises ? » Sans attendre ma réponse, il se pencha vers moi et me fit un clin d'œil. « Elles ont vagin étroit, très très bon pour faire l'amour ! »

Je rougis. Malgré l'alcool qu'ils m'avaient fait ingurgiter, mon inhibition n'était pas totalement levée. Je ne me voyais pas lancé dans une conversation sur la morphologie des femmes en général et des Japonaises en particulier, d'autant plus que mes connaissances en la matière restaient limitées à mon expérience marseillaise.

« Comment sont les femmes françaises ? Je n'ai jamais vu de femme française, sauf au cinéma... Burrigitou Barrudau, c'est bien ça ? » Il roula les *r* de Brigitte Bardot comme un bonbon sous la langue. « Femmes françaises toutes comme Burrigitou Barrudau ? Avec de gros seins tout droits, comment cela fait pour tenir tout droit ? Les Japonaises ont de petits seins, très petits, les seins des Japonaises ! Comme des boutons de radio !

– Non, toutes les femmes françaises ne sont pas comme Brigitte Bardot ! Il y a des blondes, mais aussi des brunes, des rousses ! »

J'essayai de me concentrer sur des considérations esthétiques neutres. Peine perdue.

« Blondes ? Poils du sexe aussi ? Blonds comme cheveux de Burrigitou Barrudau ? Les femmes japonaises ont beaucoup poils très noirs en bas, touffe généreuse, très douce ! »

Il se retourna vers son compagnon mais ce dernier s'était endormi.

« La femme japonaise, je vous dis, a un vagin très, très étroit ! Vous, vous avez un gros machin ? Les Français sont des… comment dire ? »

Il s'adressa à l'hôtesse japonaise, dont le visage était gommé par la pénombre du bar. Son corps épousait la paroi de l'avion, comme si elle avait voulu s'y incruster. Elle répondit quelque chose en japonais que je ne compris évidemment pas, mais visiblement elle tançait le passager, le ton était rude et sec. Il se retourna vers moi.

« On dit au Japon : les Français sont *sukebe*. Je ne sais pas comment on dit *sukebe* en anglais. Vous Français, vous avez l'esprit *sukebe* plus que nous les Japonais ! C'est pour cela que les femmes vous aiment. Les Japonaises aiment les Français *sukebe*. Vous aurez beaucoup succès chez nous, vous êtes idéal pour femme japonaise, avec vos cheveux blonds et frisés, pas raides comme nous ! Et vos yeux comme couleur du ciel, cela fait un peu mal au cœur mais c'est étrange et cela attire Japonaises ! »

Il plissa les yeux comme si quelque chose le tracassait. Son débit se fit plus hésitant.

« Pourtant, les Japonaises ont un problème avec les étrangers : vous avez beaucoup de poils, c'est une chose dont elles n'ont pas l'habitude ! C'est comme si elles couchaient avec un ours ! Montrez vos bras ! »

Je relevai la manche de ma chemise. Il s'extasia :

« Pas de poils ! Vous rasez les bras ? Vous rasez votre corps ? » Il regarda de plus près mes avant-bras, pinça en s'excusant ma peau. « Ah non ! Vous avez un peu poils, mais clairs, pas nombreux ! Très bon, cela ! Tout le corps pareil ? Les Japonaises vont vous adorer ! Vous avez beaucoup, beaucoup de chance ! » Il interpella l'hôtesse : « Neee ! Grande Sœur ! Il va avoir grand succès avec les femmes, chez nous ! Elles toutes courir après lui ! Vous ne pensez pas ? »

La jeune femme ne répondit pas. Elle feignait l'indifférence mais ne perdait pas une parole de la conversation. J'étais très rouge – l'effet de l'alcool. Je commençais à m'amuser énormément, cette conversation confirmait les impressions ressenties en découvrant la littérature japonaise. Le petit homme but une autre gorgée de son whisky et reprit son monologue :

« Dites-moi, votre sexe, il est très gros ? On dit que les étrangers, vous avez sexes monstrueux ! C'est pour cela que les femmes japonaises aiment étrangers. Avec leur vagin étroit et le gros sexe étranger, c'est double plaisir ! »

Il se tut un moment, pensif.

« Okinawa, vous connaissez, l'île du sud du Japon ? »

J'opinai. J'avais vu sur la carte ces gouttes de terre terminant l'arc du pays. J'avais lu la description de cet archipel tropical dans le guide Nagel. Je savais à quel point les combats du débarquement avaient été terribles, avec ces populations entières de femmes et d'enfants qui se jetaient des falaises, qui préféraient brûler dans les grottes sous les lance-flammes des GI plutôt que de se rendre. Toujours ce Japon fascinant dans sa détermination jusqu'à l'absolu. Je savais aussi que le territoire était encore sous occupation américaine et qu'il y avait d'énormes bases militaires. On disait qu'Okinawa était le porte-avions fixe des Américains pendant la guerre du Vietnam, d'où partaient les forteresses volantes, l'hôpital où on ramenait les grands blessés, l'Eldorado des soldats en permission, ces sursitaires qui venaient s'éclater avant de retourner se faire éclater. Toutes les exagérations étaient permises. On y vendait des Rolls et des Testa Rosa à tour de bras, qu'on lançait sur les routes désertes du centre de l'île et qui allaient percuter les arbres de la jungle ou s'abîmer dans la mer du haut des falaises quand on manquait le dernier virage. À tout prendre, cela valait mieux que la mort invisible dans la jungle Viet.

« Beaucoup petites Japonaises vont à Okinawa ! Sable très fin, mer très chaude, ciel très bleu, soleil très fort ! Vous avez idée de la raison principale pour laquelle petites Japonaises vont à l'hôpital à Okinawa ?

– Insolations ? Brûlures dues aux coups de soleil ? Hydrocution ?

– Non, non, non ! » Il riait aux éclats en tapant sur ses cuisses de ses mains lourdes, ce qui réveilla son voisin. « Non, non, non ! Pas du tout ! D'abord, petites Japonaises ne viennent pas pour mer, plage et soleil ! Elles viennent pour GI noirs, pour coucher avec leur sexe énorme ! La raison pour aller à hôpital, c'est leur vagin cassé par grosse queue du soldat noir ! »

Devant mon air dubitatif, il reprit son sérieux.

« C'est la vérité ! Un ami médecin à Okinawa l'a dit à moi ! Il y a statistiques très sérieuses sur la question ! »

Il finit son verre, se leva et conclut sentencieusement en ponctuant de son index dressé :

« Il faut toujours faire avec taille appropriée ! Mais vous, pas de problème, je pense ! »

Il balança une grande tape dans le dos de son compagnon, le tira par la manche, l'obligeant à se relever, et se dirigea en titubant vers l'escalier, qu'il descendit sur les fesses comme un toboggan de piscine. Ma première leçon d'éducation sexuelle japonaise venait de prendre fin.

L'hôtesse avait repris vie et vint débarrasser la table. Je m'adressai à elle :

« Ils sont pittoresques, vos compatriotes !

– De gros porcs sans éducation. Des bouseux grossiers ! Ils ne savent pas se tenir quand ils ont bu ! On devrait interdire l'accès de la première classe à ces gens-là ! Surtout, n'allez pas croire que tous les hommes japonais sont comme cela ! Quelle image affreuse ils ont dû vous donner de mon pays ! »

Elle posa les verres sur le bar, essuya la table et revint près de moi. Son genou brillait sous la soie du bas, à la lisière de la jupe bleu nuit de son uniforme, juste à hauteur de mon regard. Elle avait un port de tête noble, avec ses cheveux aile de corbeau tirés en arrière et découvrant un grand front, l'amande de ses yeux à peine soulignée d'un trait noir.

« J'ai entendu que vous pensiez aller jusqu'à Hiroshima ?

– Je vais essayer. Mais je ne sais pas encore quand ni comment. J'ai déjà un point de chute à Tokyo. Tout dépendra du temps que je peux y rester.

– Je peux vous aider ! Je vais vous donner l'adresse de mes parents. Ils habitent une modeste maison à Kobe, plus exactement à Ashiya. C'est entre Kyoto et Hiroshima, sur votre chemin. Si vous le souhaitez, vous pourrez y descendre quelques jours, je suis certaine qu'ils seront ravis de vous accueillir. Je vais les prévenir. Ils ne parlent que japonais, mais mon frère, qui est médecin, a fait ses études aux États-Unis. Il habite avec sa famille chez nos parents, le soir vous ne serez pas isolé. Donnez-moi vos coordonnées à Tokyo, j'appellerai pour confirmer ! » Elle lança un coup de menton dédaigneux vers l'escalier. « Je voudrais compenser la terrible impression que mes compatriotes ont dû vous faire, effacer un peu de cette honte ! »

Elle alla au bar noter le nom de ses parents, leur adresse et leur numéro de téléphone en japonais et en alphabet sur une feuille de papier qu'elle plia soigneusement en quatre et revint me donner. J'avais du mal à y croire : cette jeune femme m'invitait à descendre chez ses parents aussi longtemps que je le voudrais et quand cela me chanterait alors qu'elle m'avait à peine croisé dans cet avion. Elle ne connaissait même pas mon père, ce qui n'aurait d'ailleurs pas été en soi une raison suffisante pour être aussi aimable avec moi.

« Lorsque vous aurez décidé de la date à laquelle vous souhaitez vous rendre à Kobe, passez un coup de fil, de préférence le soir, quand mon frère est rentré de l'hôpital. »

Je la remerciai. La tête me tournait. Je retournai à ma place, rangeai soigneusement cette nouvelle adresse dans mes papiers de voyage. De l'autre côté de l'allée, les deux Japonais dormaient, la bouche ouverte. Je calculai qu'il restait environ six heures de vol.

Le whisky eut raison de mon excitation et je sombrai à mon

tour dans un sommeil profond peuplé de Japonais courtois m'invitant à loger chez eux, de genoux soyeux appelant ma main à les caresser et de vagins étroits dans lesquels une armée de petits nègres s'engloutissait comme autant de trains dans un tunnel.

11

1972, Tokyo

Nous nous sommes posés à Haneda en milieu de matinée. L'aérogare était un bâtiment bas, fonctionnel et plutôt laid. Il n'y avait pas encore de passerelles articulées, mais des échafaudages collés à la façade les annonçaient. On débarquait donc par une échelle de coupée classique et on parcourait quelque vingt mètres sur le tarmac avant d'entrer dans le bâtiment. Une chaleur étouffante m'a fait chanceler à l'instant où je suis sorti de l'avion. Cet air saturé d'humidité a transformé mon épiderme en un quart de seconde, me rappelant la moiteur salée des Caraïbes. Le soleil cognait fort. Le ciel se résumait à une brume jaunâtre qui sentait la vase et le kérosène. La diatribe du bonhomme du JTB sur la pollution de Tokyo m'est revenue à l'esprit. On pouvait presque palper ce smog sirupeux et poisseux. Le temps de traverser la courte portion de parking, je ruisselais, la sueur coulait dans mon dos et plaquait mon polo sur ma peau.

Les employés japonais des compagnies aériennes, en chemisette à manches courtes blanche, cravate-ficelle bordeaux et pantalon de coton noir, ne semblaient pas particulièrement incommodés. Leur peau était sèche.

Une foule immense encombrait la terrasse de l'aéroport. Des milliers de têtes noires se penchaient par-dessus les rambardes de sécurité pour tenter de repérer un passager. Des mains s'agitaient, certaines avec un mouchoir de couleur au bout des doigts. Plus qu'un aéroport, on aurait dit un port lors du départ d'un paquebot.

Il y avait peu d'attente au comptoir d'immigration pour les étrangers et les formalités ont été courtes et souriantes. L'officier a semblé surpris quand il a vu l'adresse indiquée sur ma fiche de débarquement et m'a demandé si j'allais chez des amis français. Quand je lui ai répondu que j'étais accueilli par une famille japonaise, il a hoché la tête en disant « *Unusualne !* ». Je n'ai pas très bien saisi la signification de la formule mais je me suis abstenu de demander une précision. Il a vigoureusement tamponné mon passeport, ponctuant son geste d'un tonitruant « *Welcome to Japan* » et m'a fait signe de passer. Ma valise attendait déjà sur le tapis roulant, les douaniers ont à peine regardé mon passeport, ont répété « *Welcome to Japan !* » et, passé les portes automatiques, je me suis retrouvé sur une sorte de parvis qui surplombait le hall d'arrivée. Deux rampes protégées par des barrières contre lesquelles les gens s'appuyaient, penchant le buste pour mieux voir, partaient de chaque côté, telle la proue d'un navire.

Sur un des murs, une mosaïque immense du mont Fuji illuminé par un glorieux couchant m'a rappelé la publicité Obao.

L'aérogare était plus bondée encore que la terrasse. Depuis mon estrade, j'avais une vue plongeante sur toutes ces têtes qui formaient un océan mouvant de laque noir uniforme. Je me suis demandé pourquoi il y avait tant de personnes pour accueillir un nombre de passagers relativement faible : notre avion était le seul à l'arrivée et il était loin d'être plein.

Un premier Japonais est sorti derrière moi et a descendu la rampe sur ma gauche, déclenchant une salve d'applaudissements et les cris de joie d'un groupe d'une dizaine de personnes. J'ai pensé que ce devait être un acteur de petite notoriété. Une dame d'un certain âge a suivi, suscitant la même ferveur d'un autre petit groupe, puis un homme en costume-cravate qui, lui, a eu droit à la forêt de bras levés d'un groupe de messieurs également en veste et pantalon sombres. J'ai tenté de repérer la personne qui devait venir me chercher. Je ne savais rien d'elle. J'avais juste reçu une lettre écrite en mauvais français qui disait : « On viendra vous ramasser à l'aéroport. Si vous puissiez envoyer une photo de vous, on aura plus facile pour vous trouver.» J'avais envoyé un Photomaton et insisté en guise de signe de reconnaissance sur ma chevelure blonde très bouclée.

Alors que je tendais le cou, une voix de femme un peu nasillarde a prononcé mon nom, dominant un instant le brouhaha. J'ai tourné la tête mais il y avait trop de mains, je ne pouvais distinguer lesquelles m'étaient destinées. C'est alors qu'a émergé de la foule compacte une pancarte sur laquelle était dessinée une caricature de moi, avec de grosses pastilles rouges sur les joues, des yeux outrageusement bleus et une volumineuse tignasse frisée jaune canari. Pour faire bonne mesure, on avait ajouté en fond une tour Eiffel un peu de guingois surmontée d'un drapeau tricolore que survolait un avion d'Air France aux ailes trop courtes. Intrigué et amusé, je me suis dirigé vers la pancarte et j'ai rejoint la personne qui la tenait à bout de bras.

C'était une petite dame frêle d'un certain âge dont la tête émergeait du bouillonnement d'un jabot blanc impeccablement repassé. Il y avait dans son port, son attitude, sur son visage une distinction rayonnante. Elle m'a accueilli en inclinant le buste. J'ai fait de même, ma tête a heurté la sienne alors qu'elle la relevait. Je n'avais pas laissé assez d'espace entre elle et moi. Rouge de confusion, je me suis excusé en me frottant le crâne: le choc avait été rude. Imperturbable, la pancarte toujours dressée dans sa main gauche, elle a rajusté ses petites lunettes de métal doré qui avaient glissé et a répondu dans un anglais au superbe accent oxfordien qui collait parfaitement à son apparence:

«C'est de ma faute, ne soyez pas confus! Ce n'est que votre premier contact avec le Japon! Avec un étranger qui vient de débarquer, le shake-hand est plus sûr!»

Elle avait une voix haut perchée et un débit haché, comme si elle trébuchait sur les mots. Sa grammaire était impeccable quoique un peu désuète et son vocabulaire, d'une richesse étonnante. En fait, elle parlait une langue pure et distinguée.

Elle m'a tendu une petite main rêche très énergique que j'ai serrée.

La sueur, due autant à mon embarras qu'à la chaleur, dégoulinait de mon front. Elle a sorti de son sac à main un mouchoir qu'elle m'a tendu :

« Vous feriez mieux de vous essuyer, vous allez tacher votre vêtement ! »

Mon corps entier était trempé. Mon inconfort et ma gêne étaient à leur comble dans cette foule que la chaleur ne semblait pas incommoder. Mon hôtesse a compris et a eu un bon sourire.

« Ne vous en faites pas, ce n'est pas la dernière fois que vous vous sentirez différent ici ! Il faudra vous y faire ! Dites-vous bien que c'est nous qui sommes différents du reste du monde. » Elle a semblé se raviser : « Ou du moins, nous aimons à le faire croire ! Mais pardonnez mon incorrection ! Mon nom est A., je suis la mère de K., qui n'a pu venir vous chercher, car il travaille. Vous le verrez ce soir. C'est lui qui a préparé ce portrait approximatif que vous voudrez bien pardonner. Il avait peur que je ne puisse vous trouver, il y a toujours tant de monde dans ce hall d'arrivée ! Mais avec votre chevelure si blonde et si bouclée, il était impossible de vous manquer ! C'est si rare, ici, vous allez faire des ravages ! » Elle a accompagné sa phrase d'un petit clin d'œil espiègle qui paraissait étrange chez une personne d'une telle distinction. « Allons, nous n'allons pas rester plantés là ! Suivez-moi et essayez de ne pas me perdre ! »

Agitant la pancarte au-dessus de sa tête, elle s'est retournée et, avec une autorité stupéfiante, elle a fendu à petits pas rapides de lutin la foule. J'ai suivi tant bien que mal, heurtant de ma valise que je tirais derrière moi les jambes des gens, qui ne protestaient pas mais au contraire se courbaient en proférant forces « *Sorry* » et me dévisageaient avec une curiosité que je sentais bienveillante.

La voiture était au bout d'un parking, au pied d'énormes sphères vertes, une dizaine de citernes du dépôt de carburant de l'aéroport seulement protégé par une légère barrière de grillage rehaussée de barbelés que nous avons longée. La clôture était si proche des citernes qu'on aurait pu les toucher en passant les doigts à travers les mailles du grillage. Le trottoir était étroit, les espaces de parking, si réduits qu'on avait l'impression qu'on ne pourrait ouvrir les portières des voitures, collées les unes aux autres. Je me suis demandé comment on pouvait manœuvrer. Les avions passaient sur les taxiways à quelques dizaines de mètres à peine de l'autre côté du dépôt d'essence. Tout ce que je découvrais m'apparaissait incroyablement entassé, serré, confiné mais curieusement pas oppressant, car impeccablement agencé. Toutes les voitures étaient garées dans le même sens, parfaitement droites entre les bandes blanches sur le sol. On sentait la discipline, le civisme dans cet alignement quasi militaire. Les voitures étaient peintes dans des couleurs neutres, parfaitement propres, les chromes brillaient, pas un capot rayé, pas une aile cabossée. On se serait cru dans un parking de véhicules tout juste sortis de l'usine.

Nous sommes arrivés devant une voiture grise aux formes banales, assez grande, à la carrosserie épaisse, bardée de chromes, avec une calandre au rictus accentué et deux phares globuleux, deux gros rétroviseurs fixés sur les ailes de chaque côté du capot avant. Je ne l'avais d'abord pas remarqué, mais tous les véhicules sans exception étaient équipés de ces imposants miroirs. J'ai mis ma valise dans le coffre et rejoint Madame A. sur la banquette avant, recouverte comme les sièges arrière d'une housse de dentelle blanche qui m'a rappelé les coiffes des vieilles Bretonnes. Il faisait une chaleur infernale. Madame A. a baissé sa vitre et m'a conseillé de faire de même. Une brise aux relents de mer et d'huile a traversé l'habitacle.

« Ne vous inquiétez pas, cette voiture est équipée de l'air conditionné, mais il lui faut quelques minutes pour diffuser de l'air frais ! »

C'était la première fois que j'entendais parler d'air conditionné dans une voiture. Un flot d'air fétide sentant le métal et le plastique est brutalement sorti des grilles, y déposant une condensation qui a dégouliné sur mes genoux, trempant mon pantalon, le seul de mes vêtements resté à peu près sec. Madame A. a fait une savante manœuvre puis elle a lancé sa Toyopet dans le flux compact des véhicules qui circulaient comme dans un vieux film en noir et blanc au ralenti, impression que sa conduite saccadée, qui ressemblait à sa façon de parler, a accentuée.

Nous nous sommes enfoncés dans Tokyo.

12

Novembre, Kamakura

Je ne sais pourquoi le passé est revenu ainsi à la surface. Un petit matin blême et frileux se levait sur le bois de bambous entouré des grands érables qui commençaient à roussir au pied de la colline surplombant notre terrain. Machinalement, j'ai éteint l'illumination du jardin. Le froid est tombé sur mes épaules. J'ai frissonné.

Cette lettre surgie de nulle part, écrite d'une main inconnue, aurait dû me laisser indifférent. Mais il y avait le souvenir de ce parfum qui se dérobait à l'instant où je croyais le saisir, comme une ritournelle lancinante dont on n'arrive pas à se rappeler les paroles. Et les références à mes connaissances en photographie... Comment cette femme pouvait-elle connaître ma passion ? Et pourquoi avait-elle, brutalement, interrompu sa lettre ? Pourquoi n'avait-elle pas signé ?

« Tu as encore eu une insomnie ? »

Ma femme se tenait derrière moi, elle était arrivée sans bruit. Son visage se reflétait dans la vitre de la baie. Son sourire énigmatique flottait dans le bouquet de bambous comme un mirage. Elle avait dû sentir dans son sommeil l'absence de ma chaleur sur son flanc droit, une légèreté dans le lit délivré de mon poids.

Sa main s'est posée sur ma nuque, elle l'a massée doucement, lentement. Depuis deux ou trois ans, je souffre de douleurs chroniques à la base du cou, lorsque je remue les épaules elles craquent comme des bateaux en perdition. Les massages de ma femme m'apaisent pour la journée.

« Encore une insomnie ! a-t-elle murmuré. Depuis combien de temps es-tu éveillé ? Tu vas prendre froid, debout pieds nus sur le plancher ! »

Moi qui m'endormais aussitôt la tête sur l'oreiller et faisais des nuits complètes, je me réveille désormais plusieurs fois dans la nuit, depuis la mort de mon père, il y a deux ans. Parfois je n'arrive pas à me rendormir et je tourne dans la maison silencieusement, sans but, en ressassant mes pensées. Je ne rêve pas de lui, pourtant. Attribuer ces insomnies à mon père soulage un peu ma conscience et apaise le remords de n'être pas arrivé à son chevet à temps pour recueillir son dernier souffle. Il devait être quatre heures, un après-midi gris et froid, lorsque ma sœur m'a appelé pour m'annoncer que son état avait subitement empiré : je lui avais parlé la veille, sa voix au téléphone était claire et forte. En moins de trois heures, conscient que je me rendais à mon ultime rendez-vous avec mon père, j'avais réservé une place, bouclé ma valise, sauté dans un train pour Narita, attrapé le vol de nuit sur Paris. Comme d'habitude, j'avais pris un somnifère juste après le décollage, mais je m'étais réveillé en plein milieu de la nuit, la bouche pâteuse, l'esprit embrouillé. J'avais soulevé le volet du hublot, longuement regardé le ciel piqué d'étoiles brillantes qui m'avaient fait penser à des épines mortelles. En bas, sur terre, un étrange tissage d'entrelacs urbains de couleur vert diode formait une sorte de générique géant à la *Matrix*. Nous devions pourtant survoler une région peu habitée au-dessus de la Russie. J'avais pensé que mon père avait vécu d'innombrables moments comme celui-ci et qu'il avait aimé son métier pour tous ces instants suspendus au néant. J'avais regardé machinalement ma montre, que j'avais mise à l'heure française après le décollage : trois heures dix du matin.

C'est l'heure exacte où mon père a rendu son dernier souffle. Je l'avais appris quand j'avais téléphoné de Marseille avant de prendre la route pour notre village. M'y rendre m'avait semblé soudainement inutile, absurde. Mauvais fils, je l'ai été par indifférence, par étourderie et, pour finir, par incompétence.

Ma femme me massait entre les omoplates. Au bout d'un moment, elle a posé sa main bien à plat sur mon dos ; sa paume était chaude et douce au travers de l'étoffe de mon vêtement de nuit.

« Tu devrais aller te recoucher. Il n'est que six heures !

– Non. Je vais partir un peu plus tôt au bureau. J'ai beaucoup à faire ! »

Ma femme a secoué imperceptiblement la tête, ses cheveux faisant un éventail sur le reflet du jardin dans la vitre. Un premier rayon de soleil frôlait la crête des érables. Elle désapprouvait mais ne l'a manifesté que par ce mouvement de sa tête.

« Je vais te préparer ton petit déjeuner. Va prendre ton bain ! »

J'ai baisé le front de ma femme et je suis allé dans la salle de bains, une vraie salle d'eau japonaise où on peut se laver en dehors de la baignoire et y tremper ensuite jusqu'au cou, à demi allongé, dans une eau toujours à la bonne température. Depuis que nous vivons à Kamakura, cette pièce d'eau est la source principale de ma béatitude.

Ce matin-là, j'ai pris une douche très chaude que j'ai laissé couler un long moment à jet brutal sur mon dos et ma tête pour chasser les souvenirs de la nuit. Ma peau fumait dans l'air froid du petit matin quand je me suis habillé.

Le fumet d'une soupe au miso flottait dans la salle à manger lorsque j'y suis entré. Ma femme avait dressé le couvert pour un petit déjeuner japonais. La coquille d'un œuf frais luisait dans son bol, des lames de nori étaient posées sur une petite assiette, le lustre de la salle à manger se reflétait dans une flaque de shoyu, du bol de riz montait l'odeur un peu fade du gluten. À côté, il y avait un ravier contenant des germes de soja et dans une autre coupe des petites tranches jaunes de takuan contrastant avec le vert des lamelles de concombre. C'était beau.

Ma femme prépare une ou deux fois par semaine ce petit déjeuner simple et vigoureux. Je prends toujours deux bols de riz, l'un avec un œuf cru cassé marié à une larme de shoyu, que je mange en confectionnant des petits paquets avec les feuilles de nori, l'autre où je mélange le natto.

J'étais touché que ma femme ait pris la peine de préparer un petit déjeuner japonais : il était encore bien tôt. Ses manifestations d'amour ne sont pas tonitruantes, ce sont des touches discrètes. Je l'ai encouragée à aller se recoucher mais je savais bien qu'elle n'en ferait rien ; son rituel à elle consiste à m'accompagner au portail, à lever le nez vers le ciel et de commenter brièvement le temps qu'il va faire car elle a écouté les prévisions météo à la radio dans la cuisine, puis à me souhaiter une bonne journée. Elle ne referme la porte que lorsque j'ai disparu de sa vue, au bout de la ruelle. Cela, c'est immuable. De toute notre vie commune, elle n'a dérogé à ce cérémonial qu'une courte semaine, quand elle a dû subir une opération chirurgicale bénigne. Pendant ces huit jours, je me suis senti abandonné, comme un oiseau perdu dans un hangar qui se heurte aux vitres des fenêtres.

Sans ma femme à mes côtés, je suis un enfant égaré. Ma dépendance est effrayante. Je ne sais même pas où sont mes cravates, mes chemises. Elle prépare mes vêtements la veille. Elle pose mes sous-vêtements et mes chaussettes dans l'antichambre de la salle de bains, mon costume et la ceinture sont arrangés sur un valet dans notre chambre, la cravate est assortie à l'ensemble, les souliers sont choisis en fonction de la couleur de mon pantalon et du temps qu'il fera, prêts à être enfilés dans le vestibule, la corne à chaussures posée en travers de la paire, le manche vers la gauche – je suis gaucher. Quand elle a été hospitalisée, elle a préparé huit « sets » pour chacun des jours de son absence, sagement alignés sur la commode qui fait face à notre lit, sous l'écran de TV plat encastré dans le mur. Lundi, mardi, mercredi et ainsi de suite, chaque jour avait sa combinaison de chemise, costume, cravate, mouchoir, chaussettes. Il y avait un alignement semblable dans le réfrigérateur, des plats étiquetés à la date du jour où je devrais les consommer, la sauce les accompagnant dans un petit Tupperware numéroté afin que je ne me trompe pas. Elle avait aussi rédigé un menu de la semaine, fixé à la porte du réfrigérateur par un aimant, un petit singe clignant de l'œil.

Comme nous n'avons pas eu d'enfant, ma femme a reporté sur moi la tendresse maternelle qui vibrait en elle et j'en profite lâchement, égoïstement, un peu triste parfois que tant d'amour et d'attention n'aient pas eu l'occasion de se pencher sur notre descendance.

Ce matin-là, le petit déjeuner avait le goût du bonheur, pourtant je ne m'en suis pas délecté autant que j'aurais dû. J'étais trop perturbé. J'ai abrégé le cérémonial du repas, légèrement afin de ne pas paraître négliger les efforts que ma femme avait faits. Elle me couvait du regard, ses bras posés sur le bord de la table. Cela m'a rappelé ma mère, qui me regardait ainsi lorsque j'étais enfant, guettant un acquiescement, une moue, quelque chose pourvu que cela vînt de moi, son fils. Je ne manquais jamais de m'exclamer que j'avais bien mangé, que j'étais rassasié, que c'était délicieux. Alors son visage anxieux s'épanouissait et je pensais qu'il en fallait peu pour la satisfaire.

J'ai gardé de mon enfance la manie de finir tout ce qu'il y a dans mon assiette et de féliciter la maîtresse de maison, que ce soit pour un œuf au plat ou une recette complexe mijotée pendant des heures. Cette simple courtoisie, ce respect du labeur domestique me paraissent naturels, mais ici, dans ce pays où l'époux grogne à peine pour exprimer un désir, où il avale sans commentaire ce que sa femme a préparé, je passe pour un parangon de galanterie et de délicatesse. Il ne s'agit pourtant à l'origine que d'un bon dressage.

Ai-je été un bon fils pour ma mère ? Sans doute ne suis-je pas un si mauvais mari pour ma femme.

Celle-ci n'est pas anxieuse quand elle me regarde manger, elle ne guette pas une approbation, elle veut seulement s'assurer que j'ai bien tout ce dont j'ai besoin. Elle n'oublie qu'une chose, systématiquement, mécaniquement, avec une constance déconcertante, elle si méticuleuse, si précise : la serviette de table. Il est vrai qu'au Japon on n'est pas censé se salir, il n'y a jamais de serviette. Peut-être l'oublie-t-elle à dessein pour me rappeler le fossé insondable entre nos deux cultures.

J'ai posé un second baiser sur le grand front un peu bombé de ma femme et je suis allé dans le vestibule pour me chausser. Elle m'a suivi, s'est agenouillée pour ranger côte à côte mes chaussons, des babouches de cuir éculées qui remontent à ma jeunesse et qu'elle n'a pas le droit de jeter. Elle est restée à genoux quand j'ai ouvert le portail et je me suis engouffré dans le froid vif, sous un ciel limpide – « Oui, aujourd'hui, il fera beau », a-t-elle dit.

J'ai descendu notre ruelle qu'un courant d'air traversait – on l'appelle la « rue du Tibet », à cause de ce petit coulis de vent qui souffle été comme hiver. Je suis parti prendre mon train pour Tokyo, comme chaque jour, mais comme alourdi ce jour-là par un poids inconnu. Je demeurais obsédé par cette lettre sans épilogue que j'avais reçue.

13

1972, Tokyo

Chaos : telle est la première impression que m'a laissée le trajet entre Haneda et le quartier qu'habitait la famille A. Un indescriptible chaos de constructions posées au petit bonheur la chance, des maisonnettes de bois voisinant avec des immeubles de ciment ou de verre, des habitations étriquées côtoyant des ateliers d'où jaillissaient les gerbes d'étincelles de scies taillant le fer, de minuscules boutiques de légumes et fruits en étals mordant sur la rue qui m'ont rappelé les petits commerces de Casablanca, des quincailleries avec des auvents où pendaient des seaux galvanisés et des perches de bambou dont je me suis demandé à quoi elles pouvaient bien servir. Il y avait des constructions de toutes les formes imaginables, des cubes, des rectangles, des cylindres, plus ou moins larges, plus ou moins hautes, de couleurs variées, où le bois brut et le ciment aux plaques lépreuses dominaient ; tout semblait de guingois, sans souci d'alignement, avec d'improbables mariages de matériaux qui tenaient ensemble par miracle. Aucune de ces constructions ne se touchait. Dans les espaces étroits entre les immeubles où un chat aurait eu peine à se glisser, on apercevait des entrailles de tuyaux et de fils de fer entortillés, des grilles d'aération noires de fumée et des hottes d'extracteurs cabossées.

Quand on levait les yeux vers le ciel, on avait la sensation d'être emprisonné sous un filet aux mailles tricotées à la va-vite par un géant dément, un entrelacs furieux de fils électriques et de câbles de téléphone accrochés à des poteaux de ciment, de bois, des poutres de fer, aux façades des immeubles, là où on avait pu, comme on avait pu.

Sur la septième route périphérique, que nous avons rejointe après avoir traversé un interminable quartier industriel, la circulation était phénoménale. D'énormes camions-bennes au cul décoré de dragons, de samouraïs au visage outrageusement maquillé et au regard furibond étiré vers les tempes, à la cabine surmontée de guirlandes de feux multicolores qui leur donnait un air de sapins de Noël, slalomaient en cornant entre les semi-remorques, les autobus, les taxis jaune et vert et les voitures particulières, blanches ou noires pour la plupart. Je m'étais attendu à l'harmonie et à la discipline, je tombais sur le bordel et l'anarchie.

Impassible, mon hôtesse suivait le trafic à son rythme, déboîtant pour changer de file sans regarder dans les rétroviseurs d'aile, ignorant superbement les concerts de klaxons indignés qu'elle déclenchait sur son sillage. Le regard au ras du volant braqué droit devant elle, elle freinait en dernière extrémité, au risque d'emboutir le véhicule qui la précédait, et redémarrait en accélérant à peine, au point que je me suis demandé un instant si la voiture allait repartir. Toute à sa conduite, Madame A. n'arrêtait pourtant pas de babiller dans son anglais à l'accent oxfordien distingué des phrases grammaticalement subtiles, au vocabulaire ciselé.

Elle m'a expliqué qu'elle était la fille d'un ambassadeur en poste en Grande-Bretagne avant la guerre et qu'elle avait fait toutes ses études là-bas.

« Mon père était très occupé à recevoir les membres de la lignée impériale, qui avaient avec la famille royale britannique des liens privilégiés. C'était un défilé permanent de frères, cousins proches ou éloignés, d'amis de l'empereur. Je n'étais pas une petite fille très sage, j'adorais faire des farces lors des dîners officiels. Je me cachais sous la grande table et je tirais les fixe-chaussettes des messieurs japonais, qui n'osaient pas réagir. Jusqu'au jour où je me suis trompée de pieds et où j'ai chatouillé ceux d'un amiral britannique qui a attrapé ma main et m'a tirée de mon abri, ébouriffée, les jupes froissées d'avoir traîné sous la table. Il a passé la main dans mes cheveux pour leur rendre leur ordonnancement et a déclamé : "Voilà un bel exemple d'hospitalité japonaise ! Mademoiselle est chargée de masser les pieds des invités, je suppose." Mon père ne s'est pas départi de son impassibilité et a répondu : "Non, amiral, elle se prosternait comme toute femme japonaise doit le faire devant un homme de votre rang !" Du tac au tac, du haut de mes dix ans, j'ai envoyé : "Pas comme maman, alors !" Ma mère était en effet une femme très libre, mon père la traitait en égale. Tout le banquet a explosé de rire, mon père le premier, alors que j'étais reconduite dans nos appartements par un majordome raide qui trouvait la farce fort peu protocolaire. Mon père ne m'a ni punie ni tancée, mais ordre a été donné de vérifier que j'étais bien consignée dans ma chambre lorsqu'on recevait à l'ambassade ! Je crois qu'il était secrètement fier que sa fille fût un peu rebelle, mais de là à courir le risque d'un incident diplomatique… »

J'imaginais très bien cette dame distinguée et au regard pétillant en petit diable farceur, mais j'avais un peu plus de mal à concevoir qu'elle eût pu se glisser dans les salons guindés des ambassades d'avant la guerre, où le protocole, la sévérité et les cols durs sévissaient. Son père devait être un personnage d'exception.

Madame A. a repris son bavardage comme si elle avait lu dans mon esprit :

« Mon père cachait un caractère particulièrement original sous sa fonction rigide d'ambassadeur, mais il n'était pas un cas unique ! Beaucoup d'hommes japonais, quand on gratte la gangue de conformité au groupe et d'uniformité compassée, ont un jardin secret ! Certes, le proverbe dit que la tête de clou qui dépasse doit être enfoncée, mais c'est la pointe qui ressort de l'autre côté ! Apprenez donc à gratter la coque dont les Japonais se protègent, vous ne serez pas déçu !

Après la guerre, il était temps que je me marie. On a demandé à une vieille amie de ma mère, elle-même épouse d'un ambassadeur à la retraite, de faire un tri de partis honorables et compatibles avec notre rang. C'était un peu complexe dans la mesure où ma famille est catholique, d'une souche du Kyushu qui a souffert le martyre des premiers chrétiens : un de mes aïeuls a été crucifié, un autre a vécu vingt ans au sud de Kumamoto, caché dans une grotte où il célébrait des messes clandestines ! On a fini par trouver un garçon de la même confession, quoique d'une famille de convertis récents. Il sortait de Teidai – c'était la meilleure université du Japon, maintenant on l'appelle Todai. C'était un peu un handicap, car les garçons diplômés de Teidai étaient souvent terriblement imbus d'eux-mêmes ! Il faut dire que c'était l'élite du pays. En outre, il était banquier, un métier exercé par des gens pas très drôles.

Mais il était beau garçon, grand, un peu dégingandé avec des bras trop longs dont il ne savait que faire quand il était assis. Cela lui donnait un air gauche et maladroit qui m'a plu. Nous nous sommes revus. J'ai "gratté" la gangue et je lui ai trouvé encore plus d'originalité que celle à laquelle mon père m'avait habituée. C'est alors que j'ai décidé de l'épouser. Je crois que j'ai commencé à vraiment l'aimer un ou deux ans après notre mariage. Son anglais est très médiocre mais il trouvera bien un moyen de communiquer avec vous, il adore parler !

Nous avons cinq enfants, trois garçons et deux filles. Les aînés sont mariés mais les filles et notre fils K. sont avec nous. K., c'est celui qui parle français. Il est allé au lycée des prêtres maristes, l'Étoile du Matin. Il est diplômé de Waseda et a commencé à travailler en avril dans le groupe Mitsubishi, la société de commerce. Les filles sont à l'université, mon mari au travail. Vous les verrez ce soir, je leur ai demandé de rentrer tôt pour vous accueillir. »

Après son long monologue, elle s'est mise à me poser mille questions sur ma propre famille. La longueur du trajet entre Haneda et le domicile de ma famille d'accueil nous a donc permis de faire ample connaissance.

Enfin, nous avons quitté la route circulaire n° 7 et enfilé un dédale de ruelles. Les maisons étaient toutes de bois, la plupart anciennes mais en bon état. Elles émergeaient de touffes de verdure, étaient entourées de jardins, sans mur de clôture, et donnaient directement sur la rue sans trottoir que nous avions finalement empruntée, si étroite qu'il fallait slalomer entre les poteaux électriques en ciment plantés au hasard. Je me suis demandé comment mon hôtesse faisait pour ne pas érafler les flancs de son véhicule.

« Ce quartier s'appelle Ota Ku, nous sommes dans le district de Kita-Senzoku, qui n'a pas brûlé pendant la guerre. Notre maison date des années vingt, elle est modeste et plutôt vieille, mais nous avons un jardin et c'est très calme. Il y a une gare tout près, un bus un peu plus loin qui mène directement à Shibuya. Vous verrez, c'est très pratique. »

Elle a garé sa voiture devant une maison assez grande au porche protégé d'un auvent de tuiles, cognant le gros rétroviseur d'aile à une palissade de bois gondolée envahie d'herbes folles. Nous sommes descendus et la chaleur m'est immédiatement retombée dessus. Madame A. a fait coulisser la porte d'entrée, vitrée dans sa partie supérieure. J'ai noté qu'elle n'avait pas utilisé de clef : elle n'avait donc pas fermé sa maison en partant. Elle m'a fait retirer mes chaussures dans le vestibule où trônait un aigle empaillé poussiéreux agrippé à une branche tordue, posé sur un petit meuble protégé d'une dentelle. Une légère odeur de moisi flottait. Elle m'a tendu une paire de chaussons ornés, à ma surprise, du logo d'une célèbre marque de haute couture française.

« Bienvenue dans notre modeste demeure ! Venez, je vais vous montrer votre chambre. »

Elle m'a fait traverser un salon sombre encombré d'un énorme sofa avachi en cuir craquelé aux accoudoirs, recouvert d'une dentelle ressemblant à celle des sièges de la voiture. Devant le sofa, il y avait une table basse chargée de revues. Dans un meuble aux portes vitrées, j'ai aperçu un bric-à-brac de bouteilles de toutes tailles et de formes variées : un chapeau de Napoléon, une tour Eiffel et un Arc de triomphe contenant du cognac « VSOP », un flacon de whisky en porcelaine représentant un Écossais jouant de la cornemuse, et de ces petites cuillers ornées d'écussons que l'on achète dans les boutiques de souvenirs des villes européennes. Au mur lambrissé de bois foncé, un tableau mal mis en valeur était accroché, que j'ai d'abord pris pour une reproduction.

« Ce tableau me vient de mon père, m'a expliqué Madame A., on le lui a donné quand il était consul dans les années vingt à Lyon. Il avait rencontré là-bas un industriel français qui travaillait dans la soie, dont le père avait vécu dans le quartier européen à Yokohama au tournant du siècle. Il jouait au go, jeu qu'il avait appris pendant son enfance passée au Japon. Mon père disait qu'il se débrouillait plutôt bien pour un étranger. Mais il ne possédait pas les subtilités d'un maître. Mon père avait beaucoup pratiqué à l'université impériale, car il faisait partie du club de go, ce qui lui avait permis de se frotter aux meilleurs maîtres du moment quand ils venaient faire une démonstration ou arbitrer un tournoi interuniversitaire. Il était un très bon joueur. Il s'est pris d'affection pour ce Français nostalgique qui avait reproduit dans le parc de sa propriété un jardin japonais semblable à celui de la maison de son enfance. Tout le temps que mon père est resté en poste à Lyon, ils ont joué deux à trois fois par semaine. Il lui a enseigné quelques-unes des martingales dont il se souvenait.

Quand mon père a été rappelé au Japon, quelques jours avant son départ l'industriel lui a apporté, enveloppé dans un immense foulard de soie qu'il avait fait confectionner spécialement dans ses ateliers, ce tableau. C'était un Renoir ! Mon père a protesté et lui a dit que la valeur de ce présent était trop élevée, qu'il ne pourrait jamais lui rendre sa générosité et que cela le placerait dans une situation d'obligé insupportable.

“Vous êtes mon ami, lui a répondu l'industriel, les larmes aux yeux, mon frère de cœur. Ceci n'est pas un cadeau, c'est le souvenir de moi que vous emportez dans votre pays, où je sais que je ne retournerai jamais. C'est aussi le paiement de deux services. Celui que vous m'avez rendu en m'aidant à améliorer considérablement mon jeu. Celui que vous aurez l'amabilité de me rendre à votre retour : il y a dans le cimetière de Yokohama une tombe simple, celle d'une jeune Japonaise qui m'a aimé. J'étais trop jeune, je ne savais pas la valeur de l'amour. Insouciant, j'ai un jour quitté le Japon sans même la prévenir et je n'ai jamais donné de mes nouvelles. J'ai appris plus tard d'un autre soyeux lyonnais qui avait gardé des bureaux à Yokohama que la jeune fille n'avait pas supporté la dureté de mon cœur et s'était suicidée en se précipitant dans la mer depuis la falaise de la pointe d'Inamuragasaki, à Kamakura, où nous allions nous promener et restions enlacés des heures entières à regarder l'océan se jouer des reflets du mont Fuji par temps clair. Depuis, j'expie cette faute originelle, je sens en moi le poids de cette âme perdue. Les âmes défuntes sont si lourdes à porter ! Vous qui êtes chrétien, sans doute me comprendrez-vous. Je vous supplie de faire fleurir cette tombe tous les ans à la Toussaint, autant d'années que vous voudrez bien le faire. Je sais que je vous demande un service terriblement contraignant. Ce Renoir en sera le paiement."

Touché par le remords de son ami, mon père a fini par accepter le tableau et lui a fait la promesse que la tombe serait lavée à grande eau et fleurie le jour de la fête des Morts des chrétiens et en août, au moment de l'O Bon.

Il l'a fait lui-même tant qu'il était au Japon. Ensuite, il a chargé une personne de confiance de prendre la relève quand il a été nommé en Grande-Bretagne. Après son retour définitif, il a continué à faire ce pèlerinage deux fois par an jusqu'à un âge avancé. Je l'accompagnais parfois. Il m'a demandé, avant de mourir, de prendre la relève. Je n'ai jamais failli, et après moi un de mes enfants perpétuera cette habitude, car le serment de mon père nous engage tant que notre lignée aura un représentant sur cette terre. Mais la valeur de ce tableau est telle que nous avons toujours su qu'il nous faudrait en faire plus pour apurer la dette familiale envers cet industriel français. Si vous êtes chez nous aujourd'hui, c'est parce que, en quelque sorte, vous êtes le solde de cette dette ! »

Dans la pénombre du salon, sous la chaleur de cette fin de matinée d'été, un peu étourdi par le décalage horaire qui commençait à me rattraper, j'ai été saisi à la gorge par la grandeur de cette fidélité. J'ai alors compris que j'avais vraiment atterri au Japon et que, ultime denier d'une dette vieille de plus de cinquante ans, il y allait de mon honneur de vivre ma nouvelle expérience pleinement.

Madame A. m'a fait passer dans la salle à manger, où trônait un énorme poste de télévision enchâssé dans une ébénisterie lourde, puis elle m'a montré un autre appareil fixé sous le plafond au mur du salon :

« Voilà deux des Trois C, ainsi que nous appelons les signes de réussite de toute famille japonaise moyenne aujourd'hui. "Color" pour la télévision en couleur, "Cooler" pour l'air conditionné que nous brancherons plus tard, quand il fera plus chaud ! »

Liquéfié par la chaleur, étouffante dans cette maison aux rideaux à demi tirés, je me suis demandé quelle température il fallait atteindre pour que l'on décide de brancher cet appareil.

« Et quel est le troisième C ?

– Il est dehors ! C'est "Car", la voiture, bien sûr ! » m'a-t-elle répondu en m'invitant à la suivre dans un escalier qu'on aurait pu escalader à quatre pattes tant il était abrupt et les marches étroites.

Mes pieds glissaient dans les chaussons trop grands et ma valise m'encombrait, j'ai failli partir à la renverse. J'ai résolu le problème en montant les marches en crabe.

À l'étage, la chaleur était encore plus pesante. Madame A. m'a conduit à ma chambre, une petite pièce à tatamis avec un placard intégré, sans meubles, dont la fenêtre donnait sur le jardin qu'entourait la maison de ses deux ailes. Celui-ci paraissait avoir été laissé à l'état brut, c'était une véritable forêt vierge où se mélangeaient au lierre rampant des massifs d'hortensias qui faisaient des taches roses et violettes. Autour d'une mare d'eau stagnante sur laquelle flottaient les corolles de feuilles de lotus, des touffes de typhas pointaient leurs cocons, disputant l'espace disponible à des bouquets de volubilis. Au fond, un prunier aux branches tordues, un pin et un cerisier occupaient le reste de l'espace, que délimitait une haie de lauriers-roses. C'était un jardin exubérant, indompté, à l'exception de ces trois arbres sagement alignés, parfaitement taillés et soignés. Au-delà, une cascade de toits de tuiles vernissées de toutes les couleurs faisait une série de vagues figées brillant sous le soleil qui chauffait le ciel à blanc.

Un vacarme d'insectes en furie est monté du jardin quand Madame A. a ouvert la fenêtre. Des cigales en pleine ville ! Madame A. a sorti du placard un ventilateur sur pied qu'elle a branché. Les pales en étaient rose pâle, le treillis métallique de protection, vert d'eau. Sa tête faisait des huit en brassant l'air.

Dans un coin de la chambre, il y avait un matelas plié en trois recouvert d'un drap blanc, un minuscule oreiller rebondi dont la taie était fermée aux deux extrémités, évoquant la papillote d'un bonbon, une serviette de bain et un vêtement de coton imprimé de motifs compliqués sur lequel était posée comme un galet une bande de tissu savamment tressée.

« Voici le futon, ce sera votre lit. Il y a un oreiller rempli de son, une towel ket et un yukata – c'est plus agréable qu'un pyjama, m'a dit Madame A. Une de mes filles viendra préparer le futon pour vous ce soir. »

Elle m'a ensuite invité à aller me rafraîchir dans la salle d'eau, située au rez-de-chaussée.

« Nous ferons couler le bain ce soir, m'a-t-elle dit en me montrant l'étroite et profonde cuve de bois sombre qui occupait la moitié de la petite salle d'eau. Pour vous laver, asseyez-vous sur ce petit banc et utilisez ce baquet de bois pour vous rincer. Faites attention, l'eau qui sort du robinet de gauche est très chaude ! Mélangez bien dans le baquet ! »

Elle m'a donné une minuscule serviette qui m'a paru être l'équivalent de nos gants de toilette. Je suis retourné à l'étage prendre la serviette posée sur le matelas. Je l'ai trouvée bien plus épaisse que nos serviettes de bain en Europe, et beaucoup trop grande.

Dans la salle de bains, j'ai eu du mal à régler la température de l'eau dans le baquet. Je la voulais fraîche, mais elle sortait toujours brûlante du robinet de gauche et tiède du robinet de droite. Finalement, je me suis lavé à l'eau froide, ce qui m'a tiré de la torpeur du décalage horaire. Le savon moussait mal sur la serviette que m'avait donnée Madame A., l'ersatz de gant n'était pas très pratique et j'ai décidé de me savonner à mains nues. J'ai ensuite balancé sur mon corps plusieurs baquets d'eau pour me rincer mais il restait toujours un peu de mousse dans un pli de mon corps. J'ai pensé avec tendresse à la pomme de douche de notre salle de bains. Ce banal ustensile m'a soudain terriblement manqué tandis que j'essayais de me débarrasser du savon qui collait encore à mon entrejambe. Enfin, je me suis séché avec l'immense serviette de bain, moins efficace que je ne l'avais espéré, les boucles de fil de coton étant tissées trop dru pour bien enlever l'eau. Le corps encore humide, je me suis rhabillé.

J'ai croisé Madame A. en sortant de la salle de bains. Elle a ouvert de grands yeux effarés en pointant un doigt sur la serviette trempée que j'avais pliée sur mon bras :

« Mais que faites-vous avec cette towel ket ? Vous ne l'avez tout de même pas utilisée pour vous sécher ! Malheureux ! Il fallait vous essuyer avec la serviette que je vous ai donnée, pas avec ce drap-éponge ! Il remplace le drap de lit sur les futons en été. J'aurais dû mieux vous expliquer. Je suis confuse de ma négligence. »

Encore plus embarrassé qu'elle, je me suis demandé comment on pouvait sécher tout un corps avec un bout de tissu aussi minuscule que celui que j'avais pris pour un substitut de gant de toilette, mais je me suis bien gardé de lui en faire la réflexion. Bien qu'attentif et prudent, je venais de commettre la première de ce que je subodorais être une longue série de bévues. J'ai compris que j'allais être un formidable éléphant dans ce pays de porcelaine où les serviettes de bain servaient de draps de lit, où des confettis de tissu prétendaient essuyer les corps et où les éponges n'épongeaient pas, ce que j'ai découvert un peu plus tard dans la journée quand j'ai renversé un verre d'eau sur la table de la salle à manger et tenté de réparer ma maladresse avec une chose qui avait la consistance, la couleur et la forme d'une éponge mais visiblement n'était pas faite pour cela.

Je suis retourné dans ma chambre et, sous le ventilateur réglé au maximum, les cheveux dégoulinant d'eau, accroupi sur la natte de la pièce, j'ai entrepris de défaire ma valise et d'en sortir les nombreux présents dont ma mère l'avait bourrée. Ma mère a un savoir-vivre de Japonaise.

J'ai allongé les jambes, appuyé mon dos contre le mur et, insensiblement, j'ai sombré dans un sommeil lourd, bercé par le froissement des pales brassant l'air chargé de cette odeur de foin coupé des tatamis que j'avais ressentie comme une invitation au voyage à l'agence de la JAL, sur les Champs-Élysées.

Je me suis réveillé deux heures plus tard dans la même position, quelque peu ankylosé. Le chant des cigales avait changé, il était moins strident, me parvenant par vagues qui s'évanouissaient soudain sans raison. Je suais à grosses gouttes. La maison était silencieuse. Je suis descendu. Madame A. était sortie, laissant le parfait inconnu que j'étais seul maître à bord. Cette confiance m'a troublé plus qu'elle ne m'a flatté. Je suis allé à la porte d'entrée, elle n'était pas verrouillée, pourtant la voiture n'était plus garée dans l'allée. Madame A. avait tiré les panneaux de papier sur les baies vitrées qui donnaient sur le jardin. La lumière crue du soleil les illuminait, mais dans le salon et la salle à manger les contrastes s'estompaient dans une pénombre étouffée. J'ai erré un moment entre les meubles, faisant craquer le plancher et vibrer le vitrage des baies, examinant ce mélange d'atmosphère japonaise et de mobilier européen avec curiosité. Je n'étais pas à proprement parler dépaysé, plutôt dérouté. J'étais entouré de repères connus, une table de salle à manger et des chaises, un sofa, des abat-jour de lampes en opaline Arts déco qu'on aurait pu trouver dans n'importe quel intérieur français, mais tout cela flottait, égaré dans un autre monde, comme entreposé là par erreur. Le Renoir accroché au mur accentuait cette impression d'étrange confusion.

Bientôt, désœuvré, j'ai décidé de sortir faire un tour. Madame A. avait laissé la porte coulissante de l'entrée non verrouillée quand elle était venue me chercher à l'aéroport : j'en ai conclu que je pouvais abandonner la maison ouverte un moment. De toute façon, elle ne m'avait pas donné de clef. Peut-être n'y en avait-il plus, car le cadre de la porte était pourvu d'une serrure au métal terni et qui semblait bloquée par la rouille.

Comme j'avais oublié de prendre le bout de papier sur lequel Madame A. avait noté pour moi l'adresse en japonais, j'ai décidé de me contenter d'un simple tour du pâté de maisons pour ne pas risquer de me perdre dans ce dédale de ruelles biscornues. La chaleur qui montait du bitume en ondes tremblantes m'a dissuadé de vagabonder trop longtemps. Au bout de la rue, j'ai vu un vieil homme dont je me suis approché. Il était accroupi au pied d'un poteau que j'ai compris être un arrêt de bus car il y avait un panneau de fer avec un véhicule stylisé et un alignement d'heures de passage peints dessus. Il portait un simple tricot de peau blanc et un short d'où sortaient des genoux cagneux et des jambes maigres et arquées. Sa taille était ceinturée d'une bande de tissu gris. Il était chaussé de sandales en plastique. Il était en train de fixer au poteau à hauteur de hanche avec du fil de fer qu'il tortillait au moyen d'une pince une boîte de conserve vide dont l'étiquette avait été arrachée. Il mâchonnait un mégot en piteux état. Quand il m'a vu, il s'est redressé et m'a fait un petit signe de tête accompagné d'un «*Hello!*» aigrelet. Puis il m'a demandé dans un anglais rudimentaire mais compréhensible :

«*You, American ?*»

J'ai secoué la tête et répondu :

«*No, French. I am coming from France. You know France ?*»

Il a souri, dévoilant d'épouvantables chicots plantés de travers dans des gencives crevassées, et levé un pouce victorieux vers le ciel.

«*Yes ! I know ! Napoléon ! Fabre ! Alain Delon !*

– Fabre ?»

Il a vigoureusement hoché la tête en montrant de l'index un coléoptère qui passait de son vol d'ivrogne titubant. Il me parlait bien du fondateur provençal de l'entomologie, que seuls en France les gens originaires comme moi de la région et les spécialistes des insectes connaissent. J'étais émerveillé de cette érudition que je trouvais incroyablement éclectique. Il m'a dévisagé un moment puis s'est exclamé :

«*You very much look like Alain Delon !*»

J'ai cru qu'il se moquait de moi mais il y avait dans son regard un éclat de sincérité. Je l'ai couvert de remerciements, peu soucieux de le contredire. Puis, indiquant la boîte de conserve qu'il était en train de fixer au poteau de l'arrêt de bus, je lui ai demandé à quoi cela servirait. Il a pointé un doigt jauni par la nicotine sur le mégot qui pendait au bout de ses lèvres et a fait le geste de le jeter dans la boîte en s'exclamant :

«*For clean street !*»

Puis, comme si ma question lui avait rappelé la raison de sa présence en cet endroit, il m'a fait un signe de tête et a repris son ouvrage où il l'avait laissé sans plus se soucier de moi.

14

1972, Tokyo

C'est la faim qui m'a réveillé. J'étais affalé dans le sofa du salon, où j'avais fini par échouer.

Il faisait si chaud dehors que j'avais écourté ma promenade. J'étais resté accroupi sur le tatami un bon moment, hypnotisé par le mouvement des pales qui dessinaient un cercle verdâtre sur le fond de ciel bleu par-delà la fenêtre en surplomb. Une fois sec, j'avais pris le guide Nagel et commencé à le lire, appuyé contre le mur sous la fenêtre après avoir changé l'angle du ventilateur, dont j'avais diminué l'intensité du brassage. J'avais l'impression que ma vie allait tourner autour de ce ventilateur, qu'il allait être mon principal compagnon dans ce voyage. Je me sentais seul, dans cette maison silencieuse et vide envahie par le chant des cigales et autres myriades d'insectes.

Au loin, j'avais perçu un nouveau son que je n'avais pas encore entendu. C'était un tintement erratique qui venait de la véranda, cristallin et métallique, telle une clochette incontrôlée. On ne l'entendait pas pendant un long moment, puis soudain il montait en grappes. Ce n'était pas agaçant mais au contraire rafraîchissant, comme si cette pluie de notes tombait sur les épaules en fine bruine. Je m'étais penché à la fenêtre pour essayer de voir qui s'amusait ainsi à égrener cette mélodie sans partition, mais l'avancée du toit de la véranda m'en avait empêché. J'étais revenu m'asseoir sur le tatami.

Au bout d'un moment, j'avais eu mal au dos et j'avais été pris de crampes derrière les genoux. J'avais replié les jambes, je les avais croisées en tailleur, mais l'aine avait commencé à me lancer. J'avais plié mes jambes sur le côté, mais cette fois mes chevilles avaient protesté. Aucune position ne me convenait. Je m'étais mis à quatre pattes mais ce n'était pas idéal pour lire. La vie sur tatami m'avait semblé être une perpétuelle lutte et je m'étais demandé comment pouvaient bien faire les personnages d'Ozu pour demeurer impassibles, jambes repliées sous les fesses, position à laquelle je m'étais essayé mais qui m'avait paru encore plus contraignante. Nous avions bien souvent vécu au ras du sol dans les casbahs du Maroc, mais il y avait toujours un mille-feuille de tapis pour faire oublier la dureté du sol, des monticules de coussins pour caler une jambe, un dos et sur lesquels se reposer. La natte du tatami n'était pas aussi moelleuse qu'il y paraissait à première vue. On avait l'impression de faire du camping en intérieur.

Vaincu par mon corps qui rejetait avec véhémence cette première tentative d'absorption de la culture japonaise, j'avais fini par me réfugier dans le salon et par m'asseoir dans le sofa avachi. N'osant mettre en marche l'appareil à air conditionné, j'avais descendu le ventilateur. Je n'avais pas non plus fait coulisser les shojis. Bientôt, la pénombre, le ronronnement et la brise du ventilateur, le chant monotone des insectes dans le jardin et le décalage horaire avaient eu raison de moi et j'avais sombré dans le sommeil.

Quand je me suis réveillé, la nuit était en train de tomber, le salon était plongé dans l'obscurité, une clarté bleutée venue du néon de la cuisine effleurait la table de la salle à manger d'une lueur d'aurore boréale. Il faisait agréablement frais dans la pièce. Au-dessus de moi, l'appareil à air conditionné ronronnait bruyamment. On avait arrêté le ventilateur. Une de ces towel kets que j'avais prises pour des serviettes de bain était posée sur mes épaules et recouvrait mon corps. J'ai réalisé que Madame A. était rentrée. Une tendresse pour sa sollicitude m'a saisi.

Des bruits étouffés parvenaient de la cuisine. Elle s'affairait silencieusement à préparer le dîner. J'ai plié la towel ket et je me suis redressé en m'étirant. Mon ankylose n'avait rien à voir avec la torture du tatami. Je me suis dirigé vers la cuisine et j'ai donné un coup d'index discret à la porte entrouverte pour ne pas surprendre Madame A. Elle se tenait devant la gazinière, que j'ai trouvée de taille bien modeste comparée à nos grosses cuisinières à quatre feux, juste posée sur un plan de travail, entourée d'un paravent d'aluminium protégeant de la chaleur la paroi de planches mal ajustées. Elle s'est adressée à moi sans se retourner:

« Pardonnez ma légèreté. J'aurais dû vous montrer comment fonctionne l'air conditionné ce matin. Il ne faut jamais dormir comme vous l'avez fait, non couvert, le flot du ventilateur dirigé sur le corps ! On nous dit que les fabricants de ventilateurs étudient de nouveaux modèles qui reproduiront le souffle d'une brise d'été, mais si vous voulez mon avis, ce n'est pas pour tout de suite ! Demain, je vous achèterai un éventail. Vous verrez, c'est très efficace, on peut l'utiliser tout le temps, dans la rue en marchant, dans le train quand on n'a pas la chance d'être sous les ventilateurs fixés au plafond, dans les autobus si l'on n'est pas assis près d'une fenêtre ouverte. En somme, c'est de l'air conditionné de poche ! »

Elle s'est approchée d'une petite table en formica sur laquelle étaient posés une planche en bois et un grand hachoir qui a paru encore plus énorme quand elle l'a pris entre ses mains de poupée puis s'est penchée sur un baquet. Il était fait de lattes de bois cerclées de bambou et fermé par un couvercle de planches maintenu par une grosse pierre noire. Je me suis demandé quelle sorte de bestiole pouvait bien se trouver dans ce seau. L'idée que ce pouvait être des serpents m'a effleuré et j'ai reculé instinctivement quand Madame A. s'est baissée pour retirer la pierre et a soulevé le couvercle. En fait d'animal dangereux, une odeur pestilentielle s'est échappée du baquet. Je me suis rapproché et j'ai vu une sorte de pâte brunâtre et grumeleuse. L'odeur qui avait empli la cuisine m'a soulevé le cœur. Madame A. a plongé la main dans le baquet et en a sorti une sorte de saucisse jaune molle qu'elle a placée sur la planche, où elle l'a découpée en tranches à une vitesse étonnante avec le hachoir. Elle a levé la tête et a ri quand elle a vu mon air dégoûté.

« C'est bien meilleur que cela ne sent ! C'est une sorte de radis noir enfoui dans une pâte fermentée, notre manière à nous de conserver certains aliments. Vous aurez beaucoup de ces surprises pendant votre séjour. Ne laissez pas les apparences vous saisir ou bien vous ne pourrez jamais savourer votre voyage. Tout est apparence, ici ! Nous, les Japonais, sommes des *takuan*, a-t-elle ajouté en pointant son hachoir sur les tranches de radis noir couchées sur la planche à découper. Si on nous sort de notre gangue de protection, nous dépérissons ! Il vous faudra donc gratter, encore gratter, toujours gratter. N'essayez pas de comprendre, contentez-vous de gratter, de creuser. Au Japon, il faut forer très profond pour atteindre les nappes bouillantes. Saint-Exupéry faisait bien dire à son Petit Prince : “L'essentiel est invisible pour les yeux !”, n'est-ce pas ? Il aurait pu penser au Japon quand il a écrit cette phrase. Chez nous, l'essentiel est bien caché, très très loin, au-delà des multiples cercles concentriques que nous érigeons comme autant de murailles dont certaines sont infranchissables. Mais soyez assuré d'une chose : ces barrières ne sont pas spécialement dressées contre les étrangers et destinées à les dérouter, elles sont le ciment de notre société, sans elles nous tomberions en poussière ! »

Elle a posé son hachoir et s'est essuyé les mains au tablier noué sur ses hanches. Son regard pétillait de malice.

« Alors, soyez patient mais ne soyez pas indulgent, n'acceptez pas de compromis, bousculez ce que vous voyez, violentez vos propres impressions, ne soyez jamais paresseux, ne vous laissez pas aller à la facilité du rejet. N'essayez cependant pas non plus de vous couler dans le moule, ne tentez pas de devenir ce que nous sommes. Au mieux ce ne serait pas confortable, comme si vous entriez dans des vêtements trop étroits pour vous, et au pire vous finiriez par perdre votre identité, ballotté entre votre culture, que vous rejetteriez et qui ne tarderait pas à vous expulser, et la nôtre, que vous n'assimilerez jamais complètement et qui ne vous acceptera jamais vraiment non plus.» Elle a haussé les épaules. «Le meilleur moyen de ne pas sombrer dans le gouffre, c'est de vous regarder tous les matins dans la glace de la salle de bains, un peu plus longtemps chaque fois que vous avez le sentiment de devenir un Japonais ! Vous verrez vos yeux bleus, vos cheveux blonds, la couleur claire de votre peau et ce simple constat vous ramènera à la réalité : vous et nous, nous sommes différents ! »

Elle a sorti d'un placard des bols en laque et d'autres en porcelaine, des ramequins blancs décorés de ravissants paysages bleus à peine esquissés, et des baguettes d'un tiroir.

«Quand je vivais en Angleterre, petite fille, j'ai voulu ressembler à cette jolie poupée blonde que l'on m'avait offerte. Elle avait des yeux clairs pailletés d'or, une longue chevelure blonde qui tombait en riches torsades sur ses épaules, de charmantes taches de rousseur sur ses joues pleines ! J'ai passé une journée à me maquiller, j'ai tenté de teindre mes cheveux avec de la poudre de pétales de jonquilles que j'avais écrasés dans un mortier à épices, j'ai entortillé mes maigres mèches au moyen de fers à friser. Le résultat était pitoyable, dans le miroir je ne voyais qu'un ridicule masque de No, mes cheveux trop fins dont la poudre de jonquilles n'avait évidemment pas pu couvrir la couleur naturelle, mon nez à la cloison trop plate, ma peau dont les fausses taches de rousseur faisaient ressortir la fadeur, mes yeux aux paupières tombantes avec leurs stupides cils trop courts et leur pupille noire, noire autant de rage, dois-je dire, que de leur couleur naturelle !

Mon père est entré dans ma chambre alors que je contemplais le désastre. Il a compris ce que j'avais tenté de faire et m'a dit simplement : "Contente-toi d'assimiler l'essentiel ! Parle leur langue, adopte leurs manières, étudie leur culture, connais et aime leur littérature, leur musique, leur peinture, leur architecture mieux qu'eux, mais ne t'aventure pas à modifier ton apparence. Agis comme eux, pense comme eux, bats-les sur leur propre terrain, mais aie toujours derrière ton épaule un petit ange gardien japonais avec sa cervelle japonaise qui te soufflera de temps à autre que tu n'es pas une jolie Anglaise au teint translucide, aux yeux couleur de la porcelaine Arita et aux cheveux de paille, et que tu ne le seras jamais. Sois impliquée, passionnée mais détachée. Alors tu auras de la chance, car tu verras le monde comme avec ces lunettes qu'a posées sur ton nez le bateleur de Hyde Park dimanche dernier pour regarder défiler les images de son carrousel : en relief ! C'est tellement plus beau !"

Voilà ce que mon père m'a dit ce jour-là. Je n'ai plus jamais essayé de me grimer en poupée anglaise ! » Elle a tapoté son épaule. « Un étrange angelot au visage de Japonais m'a suivie tout le temps que j'ai vécu à l'étranger, a-t-elle ajouté. De sa petite voix ironique il m'a rappelée à l'ordre chaque fois que j'ai eu la tentation de devenir un petit singe savant. C'est bien vrai, le monde est tellement plus baroque quand on le regarde au relief de deux cultures ! »

Le bruit de la porte d'entrée coulissant sur ses rails a retenti, suivi d'une exclamation que je n'ai pas comprise. Madame A., interrompant son discours, y a répondu et a gagné le salon de ce pas traînant qu'imposent les chaussons. Sur les talons de son épouse qui tenait son cartable en cuir fatigué, Monsieur A. est entré.

Il était très grand et se tenait fort droit. Une autorité certaine se dégageait de sa personne, soulignée par le costume trois pièces sombre qu'il portait impeccablement boutonné malgré la chaleur. Mais son visage et surtout sa coiffure démentaient la sévérité de sa tenue en un contraste étonnant. Ses cheveux gris partaient du milieu de son crâne et retombaient en mèches rebelles de chaque côté de son front bombé ; il semblait impossible de domestiquer cette masse épaisse. Sous d'abondants sourcils encore noirs se cachait un regard vif extrêmement bienveillant. Je l'ai salué. Il m'a souhaité la bienvenue d'une voix étouffée et m'a demandé si j'avais fait bon voyage. Son anglais était difficile à comprendre, entrecoupé de nombreux borborygmes et de claquements de mâchoires. Je me suis aperçu qu'il avait les mêmes tics vocaux quand il s'adressait en japonais à son épouse. Il m'a invité à m'asseoir dans le salon près de lui. Madame A. a posé devant nous un bol rempli de glaçons et deux serviettes craquantes de givre qu'elle avait dû mettre à rafraîchir au congélateur. Monsieur A. s'est emparé de la sienne et s'est énergiquement frotté le visage et la nuque, puis le crâne, où les mèches un instant aplaties se sont aussitôt redressées comme des aiguilles de porc-épic en colère. Il s'est relevé pour prendre dans le buffet un flacon de whisky biscornu et deux verres de cristal taillé dans lesquels il a versé deux copieuses rasades, ajoutant dans chacun deux glaçons qui ont tinté joyeusement. Je n'ai pas osé refuser quand il m'en a tendu un et m'a invité à trinquer en proclamant un «*Kampai !*» tonitruant.

«Mot très important dans la langue japonaise, *kampai* ! N'oubliez pas !»

Il a avalé d'une traite le contenu de son verre puis il s'est consciencieusement mis à croquer les glaçons l'un après l'autre.

Je n'avais pas encore eu le temps de boire une simple gorgée. Quand il a eu raison du dernier glaçon, il s'est versé une seconde dose de whisky aussi importante que la première, s'est calé dans son fauteuil et m'a demandé pourquoi j'avais décidé de venir au Japon. Ravi de cette échappatoire qui me permettait d'éviter d'ingurgiter le whisky, je lui ai raconté toute mon histoire, depuis l'Amazonie jusqu'au Nikon. Il hochait de temps à autre la tête en claquant des mâchoires et me faisait reprendre les passages qu'il n'avait pas bien compris. J'ai répété mon histoire deux fois, car il avait un peu de mal à suivre mon anglais teinté d'accent français. Il a écouté avec attention, en sirotant son second verre.

Je me suis aperçu que Monsieur A. ne hochait plus la tête et ne ponctuait plus mes phrases de ses virgules sonores. Le menton sur la poitrine, il s'était endormi. Le verre a glissé de sa main et est tombé avant que je puisse le rattraper, inondant son pantalon d'un reste de whisky glacé, ce qui l'a réveillé. Sans se départir de son flegme, il a pris la petite serviette-éponge pour essuyer méthodiquement la tache sur sa braguette. Il s'est excusé et m'a prié de reprendre mon histoire là où il l'avait perdue. J'ai répété que j'avais l'intention d'acheter un Nikon. Il a hoché vigoureusement la tête et balayé l'air de sa main encombrée de la serviette, qui a fouetté son visage sans qu'il y prenne garde.

« Excellente marque ! La meilleure ! Ils ont détrôné les Allemands ! Je vais vous donner la bonne adresse pour acheter un Nikon, à Ginza. C'est un ami, il vous fera un prix ! » Il a réfléchi un instant avant d'ajouter : « Ce serait bien si vous pouviez visiter les usines de Nikon ! »

Puis il a changé de sujet et s'est mis à me poser mille questions sur moi, ma famille, notre vie en France, le métier de mon père, le Maroc, mes études, mes ambitions, si j'avais une petite amie.

« Comment, "pas encore" ? Mais il faut bien profiter de la vie avant le mariage ! » a-t-il dit en me faisant un clin d'œil égrillard.

Madame A., qui entre-temps avait dressé le couvert, nous a invités à passer à table. Elle avait disposé dessus quantité de ramequins et de plats de toutes formes. On aurait dit une armada de barques dans la rade d'un port. Y flottaient des aliments d'étrange texture, de formes et de couleurs inattendues pour de la nourriture, que je n'arrivais pas à imaginer comestibles et que je ne pouvais identifier pour la plupart. Le couvert était mis pour six personnes mais, sans attendre le retour de ses enfants, Madame A. m'a assigné un siège puis elle a apporté de la cuisine des bols en laque noire recouverts d'un couvercle. Elle a plongé dans une grande marmite une spatule qui ressemblait à une truelle de plâtrier et m'a servi un riz translucide qui tombait en paquets collants dans les bols de céramique. Elle a versé de la bière dans des verres aux parois fines comme du papier à cigarette. Sur l'étiquette de la bouteille se prélassait un dragon moustachu à l'air débonnaire. Elle a posé à notre droite des petites coupes évasées de terre cuite et a fait couler dedans un liquide brûlant, tenant avec distinction entre l'index et le pouce le col d'un flacon joufflu.

« Saké ! a-t-elle dit en levant sa coupe qui n'en contenait pas. Faisons *kampai* ! »

Monsieur A. a vidé sa coupe en renversant la tête et l'a tendue à son épouse qui l'a remplie immédiatement. J'ai bu moi aussi, et je me suis tellement brûlé la langue que j'ai failli tout recracher. Les yeux remplis de larmes, je me suis précipité sur le verre de bière recouvert de buée et j'ai avalé une longue gorgée qui a rafraîchi mon palais.

Madame A. m'a expliqué qu'on commençait toujours le repas par une gorgée de soupe. Elle m'a invité à la boire avec prudence car elle était très chaude. Monsieur A. a retiré le couvercle de son bol, qu'il a porté à sa bouche. Il a avalé une gorgée en aspirant bruyamment, ce qui m'a fait sursauter. Madame A. a dit quelque chose à son mari qui l'a regardée d'un air penaud. Puis elle a ôté le couvercle de son propre bol et aspiré une gorgée dans un bruit de succion à peine plus discret que lui. Au Maroc, émettre un rot sonore de manière ostentatoire en prononçant la formule de politesse « *Bismelah !* » étant un hommage au repas qu'on vient de faire, j'en ai déduit qu'aspirer la nourriture devait être la façon correcte de manger au Japon. J'ai entrepris de retirer le couvercle de mon bol, en vain. J'ai tiré un peu plus fort, tenant le bol de mon autre main. Peine perdue. Au moment où Madame A. posait ses baguettes et ouvrait la bouche pour me dire quelque chose, le couvercle s'est brutalement détaché, déséquilibrant le bol, dont le contenu, un liquide brun où surnageaient de grosses arêtes auxquelles étaient attachés des filaments blancs de poisson, s'est renversé sur la table et a dégouliné sur mon pantalon, me brûlant les jambes. Madame A. s'est précipitée pour réparer les dégâts. Confus, je regardais l'étendue de ma maladresse.

« Pardonnez-moi, j'aurais dû vous expliquer que la chaleur de la soupe crée un effet de ventouse et que pour retirer le couvercle il faut doucement presser le bol, qui est souple, sur les bords », m'a-t-elle dit en épongeant le liquide.

Elle est allée à la cuisine chercher un nouveau bol de soupe dont elle a pris la peine de retirer elle-même le couvercle en me montrant comment procéder.

Le repas s'est poursuivi et je me suis scrupuleusement conformé aux directives que, prudente, Madame A. me prodiguait. Je me suis dit qu'un pays où le simple geste de soulever le couvercle d'un bol pouvait déclencher une telle catastrophe, où une coupe d'alcool brûlant vous arrachait les papilles, où le simple acte de manger requérait une technique et un brio particuliers allait demander, pour l'aborder, beaucoup de doigté et de délicatesse.

Le repas terminé, nous sommes passés au salon et Monsieur A. a allumé le poste de télévision. Un personnage très digne, en kimono, agenouillé sur un coussin sur une estrade de tatami, racontait à toute vitesse d'une voix grasse et à grands coups d'éventail des histoires qui faisaient rire Monsieur A. Au-dessus du téléviseur, le Renoir semblait s'ennuyer autant que moi. Madame A. avait laissé la table dressée pour les autres membres de la famille mais ne paraissait pas se préoccuper outre mesure de l'heure de leur retour. Elle nous a servi un thé vert si chaud que je n'ai même pas pu toucher la tasse. Imperturbable, Monsieur A. a avalé le sien en aspirant fortement. Madame A. s'est assise près de moi et a allumé une cigarette qu'elle a fumée lentement, la portant à ses lèvres d'un geste désabusé puis la posant sur le bord du cendrier pour boire une gorgée de son thé après avoir rejeté la fumée vers le haut, où elle se dissolvait en volutes élégantes dans le courant d'air. Nous sommes restés ainsi plus d'une heure sans bouger, échangeant à peine quelques mots, le regard fixé sur l'écran. Madame A. se levait de temps à autre pour aller chercher de l'eau qu'elle versait dans la théière avant de remplir nos tasses de thé bouillant.

Enfin, Monsieur A. m'a demandé si je souhaitais prendre mon bain le premier. J'ai décliné l'invitation. Je ne savais pas que la bienséance commandait que j'accepte. Il s'est levé et m'a souhaité une bonne nuit. Madame A. l'a suivi, me laissant seul avec le bonhomme qui s'agitait sur l'écran. Je flottais dans une demi-somnolence béate sous l'effet du whisky, du saké, de la bière, du décalage horaire, du ronronnement de l'air conditionné et de la voix monotone de l'animateur qui n'avait pas bougé de son coussin et continuait, imperturbable, à débiter ses histoires. Je n'osais pas aller me coucher, me demandant comment faire mon lit demeuré en tas informe dans ma chambre – les filles de la maison n'étaient pas rentrées et je ne voulais pas déranger Madame A. Je ne savais plus trop si je rencontrerais K. et ses sœurs ce soir: il commençait à se faire tard, mais leur repas les attendait toujours sur la table de la salle à manger.

Vers dix heures, Madame A. est revenue, vêtue d'un léger kimono de coton, m'invitant à aller prendre mon bain. Je me suis retrouvé dans la pièce exiguë, enveloppé de brume, assis sur le petit tabouret bancal trop étroit pour mes fesses devant la bassine de bois. J'ai entrepris de me laver avec la serviette rugueuse que Madame A. m'avait conseillé d'utiliser pour me décaper avant d'entrer dans le bain fumant d'où s'échappait une agréable odeur de bois mouillé. J'ai frotté avec trop d'énergie mes bras, qui sont devenus rouge écrevisse. J'ai eu beaucoup de mal à débarrasser mes cheveux du produit de rinçage que j'avais pris pour du shampooing et que j'avais utilisé en trop grande quantité: j'ai dû balancer sur mon crâne une bonne douzaine de baquets d'eau. Enfin, j'ai enjambé le rebord de la baignoire, me demandant comment j'allais bien pouvoir caser mon corps dans cette boîte minuscule. Je n'ai pas eu à me poser la question plus avant quand ma jambe est entrée dans l'eau: elle était tellement chaude que je l'en ai sortie précipitamment, persuadé que je venais de me brûler au second degré.

Il m'a fallu encore cinq bonnes minutes pour me sécher avec le confetti qui tenait lieu de serviette, puis j'ai enfilé le yukata de coton que l'on m'avait donné, nouant l'étroit cordon autour de ma taille. J'ai tout de suite trouvé ce vêtement particulièrement confortable.

Je suis revenu m'installer dans le salon. Madame A., à la table de la salle à manger, lisait le journal en fumant une nouvelle cigarette dont elle rejetait la fumée vers le plafond, où elle se dissipait dans le courant d'air de l'air conditionné. Elle m'a convié à boire une tasse de thé et m'a dit qu'elle avait fait faire mon lit par ses filles, qui étaient rentrées pendant que je prenais mon bain et que je verrais le lendemain. Puis nous sommes restés tous deux silencieux dans le calme de la maison uniquement perturbé par le froissement des pages du journal.

Madame A. attendait le retour de K. J'ai décidé de rester avec elle, ma fatigue s'étant évaporée comme par miracle avec le bain.

Enfin, le bruit du glissement de la porte d'entrée sur ses rails s'est fait entendre. Ce « gatagata » que je n'avais jamais entendu de ma vie était incomparable et m'a paru furieusement exotique.

« Mon fils est rentré ! » a dit Madame A. en se levant pour aller l'accueillir dans le vestibule.

Je l'y ai suivie.

K. était massif, très grand, fort d'épaules, avec une large poitrine. Sa tête était toute ronde, rondeur accentuée par les grosses lunettes rectangulaires posées sur ses joues pleines. Ses cheveux, plantés dru en désordre, partaient dans tous les sens comme ceux de son père mais ils étaient d'un noir profond et encore plus rebelles. Il portait un costume sombre, une chemise blanche trempée de sueur et sa cravate étroite était dénouée sur le col déboutonné. Au revers de la veste était vissé un écusson, une rosace formée de trois triangles pourpres. Son visage était rouge brique. Une lourde odeur d'alcool imprégnait son haleine. Il a posé sa sacoche et s'est appuyé au mur pour retirer ses chaussures sans se baisser mais en coinçant le talon du bout de l'autre pied. Il a trébuché sur la marche du vestibule et s'est raccroché à l'épaule de sa mère, qui lui a fait ce qui, d'après le ton, m'a semblé être une remontrance en lui donnant une petite tape affectueuse sur la nuque. Il a baissé la tête en faisant deux ou trois courbettes saccadées et en frottant de sa main son crâne. Ce geste, qui allait vite me devenir familier, signifiait un grand embarras ou une réflexion intense. Il s'est approché de moi, a tendu le large battoir qui lui tenait lieu de main et d'une voix à la tonalité grave de son père mais aux trébuchements nasillards de sa mère m'a dit en français en m'envoyant au visage le flux de son haleine chargée d'alcool :

« Enchanté, je suis K. Excusez-moi, j'ai un peu bu avec les collègues de ma compagnie, je suis gris et je vous verrai demain ! Bonne nuit ! »

15

Novembre, Kamakura

J'aime la gare de Kamakura. Elle a gardé un petit air provincial. D'un côté, la sortie pour les touristes débouche sur la grand-place, le terminal des autobus, les restaurants de fast-food américains, les boutiques de souvenirs, deux stations où les taxis défilent en noria à en donner le tournis. Le hall souterrain qui dessert le quai est un peu plus bas que le niveau de la rue, il faut gravir cinq marches pour accéder à la batterie de guichets automatiques qui avalent les tickets. Au milieu de ces marches, un petit Escalator ridicule a été installé qui dessert le bureau du chef de gare, le poste de police surmonté de son globe rouge et de l'écusson doré, la succursale locale du bureau du tourisme. De ce côté, ce n'est que bruit, mouvement, excitation criarde des visiteurs.

La sortie ouest offre un contraste saisissant. On a l'impression d'arriver au cœur de la province, comme si on avait déchiré un mur spatio-temporel. Pour y parvenir, il faut aussi monter quatre ou cinq marches. Sur la droite, les toilettes hommes et femmes de la gare, dont l'entrée est cachée par une haie de bambou tressé devant laquelle se trouvent un jardin, une minuscule lanterne de pierre, une touffe de bambous nains, un bac en plastique orné de fleurs de saison. Un blaireau en céramique, le nombril insolemment projeté en avant, est posé sur le sol en ciment. Il tient un flacon de saké par le goulot et illumine de sa trogne d'ivrogne placide l'endroit. De ce côté, la place est minuscule, il faut attendre son taxi parfois dix minutes, l'arrêt du bus est un simple poteau planté au bord du trottoir sur lequel est fixée la plaque des heures de passage, sans toiture pour s'abriter quand il pleut. Autour de la place, il n'y a que des commerces de proximité, une pharmacie, un magasin de fournitures électriques, un restaurant de nouilles, plus loin un petit supermarché et en face la mairie et les services municipaux.

Accolée à celle des chemins de fer nationaux, la gare terminus de la ligne Enoden s'en va en tortillant entre les maisons et la baie.

J'ai pris à la gare de Hase, celle du Grand Bouddha, le premier petit train de la journée, décoré de figures de samouraïs grimaçants. Il n'y avait sur le quai qu'un étudiant frileux engoncé dans un manteau de serge trop court, les mains enfoncées au plus profond des poches. Il m'a rendu mon salut d'un bref hochement de tête. Il faisait plus froid que je n'avais pensé. Dans le wagon, une petite vieille aux mains crevassées était recroquevillée sur la banquette. Elle dormait. Sa tête ballottait au gré des cahots du train et heurtait le montant de la fenêtre. Elle avait posé à côté d'elle un de ces sacs à dos en bambou tressé dans lequel elle avait mis la récolte du jour de son jardin. Elle allait sans doute vendre le tout à la petite halle aux légumes située à cent mètres de la gare, en face du poissonnier chez qui nous allons acheter une fois par semaine une dorade de ligne. L'aube se levait doucement, comme à regret.

Le kiosque du quai venait juste d'ouvrir et la préposée, une femme entre deux âges, la même tous les matins, n'avait pas encore déballé tous les journaux, qui reposaient en paquets cerclés de bandes de plastique jaune au pied de la devanture.

« Vous vous êtes levé trop tôt ! Je n'ai pas encore sorti tous les journaux ! Votre *Herald* est dans cette pile-là. Attendez, je vais vous le donner. »

À la maison, nous recevons l'*Asahi*, que je parcours en prenant mon petit déjeuner, mais pour le trajet jusqu'à Tokyo j'achète le *Herald*. J'apprécie ses analyses des problèmes internationaux, jamais abordés par la presse locale, qui se contrefiche de ce qui peut bien se passer dans le reste du monde tant que des ressortissants japonais ne sont pas concernés. Les manchettes des journaux à l'occasion d'accidents d'avion et leur couverture par la télévision sont une caricature de cette indifférence aux malheurs du monde. Le présentateur annonce platement la catastrophe, puis conclut avec un air de soulagement indécent: «Pas de Japonais à bord!» En revanche, si un Japonais se trouvait dans l'avion, les programmes sont bousculés pour ne parler que de lui: les circonstances qui l'ont amené à se trouver à bord, son itinéraire, le départ de la famille éplorée pour aller récupérer le corps, pour qui il travaillait, éventuellement on montrera le dessin que sa petite fille avait fait pour son papa avant qu'il ne parte pour ce dangereux au-delà vers lequel chaque Japonais a le sentiment de se diriger dès qu'il franchit les côtes protectrices du Japon.

La marchande a défait le paquet de journaux étrangers dont elle a extirpé mon *Herald* et a secoué la tête lorsque j'ai voulu la payer:

«Non, je n'ai pas eu le temps d'ouvrir ma caisse. Vous partez vraiment trop tôt de chez vous! Vous les étrangers, vous travaillez beaucoup plus que les Japonais!»

Elle s'est tournée vers sa boutique, a ouvert la petite vitrine au compartiment chauffé dans laquelle sont alignées toutes sortes de boissons et en a sorti un thé vert brûlant qu'elle m'a tendu:

«Tenez, réchauffez-vous. Cela vous fera du bien, il fait si froid! Allez, et prenez bien soin de vous!»

Mes protestations et mon insistance pour la payer n'ont servi à rien, elle est revenue à ses piles de journaux sans plus s'occuper de moi. Alors je l'ai remerciée et je suis allé attendre mon train, touché par sa générosité et sa gentillesse. Quand j'ai embarqué, elle a fait un léger salut du buste en réponse à mon petit signe de tête. L'aluminium de la boîte de thé me brûlait la paume.

J'ai maladroitement monté les marches d'accès au wagon, déséquilibré par le tangage au démarrage.

Je n'ai pu dormir pendant le trajet. J'ai vaguement parcouru mon journal, bu le thé à la saveur âcre. Le contrôleur est probablement passé après Ofuna mais je ne m'en suis pas rendu compte. Sans doute me suis-je tout de même assoupi vers la fin du trajet : j'ai laissé passer la station de Shimbashi et je suis descendu en catastrophe à la gare de Tokyo.

J'ai pris la volée d'escalier mécanique pour remonter à la surface de la gare. Au lieu de rester immobile sur le côté gauche derrière les autres, je me suis engagé dans la file de droite, celle des gens pressés. Les quatre cents marches sont plus hautes que celles d'un escalier normal, et j'ai le cœur qui palpite à tout-va lorsque j'arrive au niveau zéro, hors d'haleine, un goût de sang dans la bouche. Je compte toujours les marches des escaliers ou des Escalator que j'emprunte. Cela m'agace mais je ne puis m'en empêcher.

Je m'impose la discipline du mouvement. Je fonctionne ainsi, semant la routine de mes journées de petites contraintes inutiles que je me force à respecter. Ce pays me convient aussi pour cela : la discipline, l'ordre, la propreté. Ici le quotidien est efficace, précis, lyophilisé.

À un détour du souterrain faiblement éclairé reliant le hall qui dessert les quais principaux de la gare et la rue, j'ai failli trébucher sur ce que j'ai d'abord pris pour un gros ballot gris abandonné d'où suintait un liquide brunâtre. De ce paquet de linges hétéroclites sortait un buisson de longs cheveux crasseux entremêlés comme une de ces couvertures de laine rugueuse tricotées à points grossiers qu'on trouve sur les marchés de village dans les Andes. Au milieu de cette touffe hirsute que rejoignait une barbe encore plus sale incrustée de miettes de pain et de grains de riz, j'ai distingué deux yeux couleur du charbon. Le clochard avait le cul à l'air. Il rampait dans sa diarrhée, indifférent au flot de femmes aux jambes gainées de bas satinés, perchées sur de coûteuses chaussures de marque, ou d'hommes au pantalon impeccablement repassé, qui s'écartaient et accéléraient le pas.

Cela m'a rappelé une scène à laquelle j'avais assisté un beau matin d'été. Je me promenais sur les Ramblas à Barcelone. Les filles étaient insolemment jolies avec leurs minijupes qui dévoilaient des cuisses fines et nerveuses couleur pain d'épice, leurs légers débardeurs de coton sous lesquels on devinait leurs mamelons et leurs sandales à hauts talons qui cambraient sensuellement leurs mollets. La ville était joyeuse, pimpante, baignée d'un soleil qui gommait les imperfections. Comme je passais devant un banc occupé par deux clochardes, l'une d'elles s'est levée, a rassemblé la superposition de ses longues jupes telle une brassée de blé et, debout jambes écartées, a lancé un incroyable jet de pisse jaune aussi brutal et abondant que la cataracte d'une vache. J'ai regretté ce jour-là de ne pas avoir mon appareil photo sur moi : si répugnant et animal que fût le spectacle, le flot d'urine fumante, les jupons bigarrés, la tignasse blonde frisée en contre-jour avec à l'arrière-plan les immeubles biscornus de Gaudí auraient donné un cliché superbe.

Ce matin-là, dans le sous-sol de la gare de Tokyo, je me suis écarté, j'ai détourné le regard et accéléré le pas, honteux de ne pas faire un geste pour aider cette loque vivante.

Je suis arrivé au bureau à temps pour allumer l'écran plat encastré dans le mur et j'ai regardé les titres des nouvelles de la NHK avant de brancher mon ordinateur. Une litanie de messages m'y attendait, comme chaque jour.

16

1972, Tokyo

J'ai fait la connaissance du reste de la famille le lendemain matin à l'heure du petit déjeuner.

Réveillé de très bonne heure par le décalage horaire et la luminosité étonnante, n'osant sortir de ma chambre de peur de réveiller la maisonnée dans cette demeure où le moindre pas faisait tout trembler, je suis resté dans ma chambre à lire le guide Nagel. J'ai tracé mentalement l'itinéraire de mon voyage. Outre Kyoto et Nara, où je pourrais me rendre depuis Kobe, je voulais pousser jusqu'à Hiroshima. En ces temps de guerre froide où le risque de frappe nucléaire n'était pas totalement exclu, je pensais qu'un garçon de ma génération se devait d'aller en pèlerinage dans cette ville. Le guide recommandait de ne manquer « à aucun prix » le temple sur la mer de Miyajima, tout près d'Hiroshima. Je pourrais ainsi avoir un aperçu de ce paysage d'îles égrenées dans la mer Intérieure qu'on signalait comme un des plus beaux du monde.

J'ai enfin entendu un bruit de pas dans l'escalier et je suis descendu à mon tour.

Madame A. s'affairait dans la cuisine. Elle a refusé mon aide et m'a conseillé d'aller me doucher avant que ses enfants se lèvent.

Quand je suis revenu, tous étaient assis à la table de la salle à manger, à l'exception de K. Madame A. m'a présenté ses filles. L'une d'elles, la plus jeune, parlait un français hésitant mais compréhensible, l'autre, aux cheveux coupés à la garçonne, trop peu d'anglais pour que nous puissions converser. C'est pourtant avec elle que le courant est le mieux passé, tout de suite. Elle avait le nez busqué, un regard vif et du caractère. Elle parlait un peu comme son père, avec des intonations rauques et masculines surprenantes dans la bouche d'une aussi jolie fille. Enfin, on a entendu le pas lourd de K. dans l'escalier. Il avait les cheveux en bataille et les yeux rouges derrière ses lunettes.

« Pardonnez-moi pour hier soir, je suis rentré tard ! Je savais que vous étiez arrivé, mais mes collègues voulaient me parler d'un problème au bureau. Il a bien fallu que je les suive... J'avais vraiment la tête de bois, je crois que j'étais un peu pompier ! »

Je n'ai pas osé le corriger, épaté qu'il connaisse ces expressions, même s'il avait remplacé « gueule » par « tête » et « pompette » par « pompier ». J'ai découvert par la suite que tout ce qui concernait le vocabulaire relatif à la nourriture et la boisson n'avait pas de secret pour lui. Il s'est précipité sur sa soupe de miso, sa darne de saumon et son riz qu'il a engloutis en un clin d'œil.

Le petit déjeuner a été très animé. Tout le monde voulait tout savoir sur ma famille et sur moi. Madame A. et K. traduisaient à tour de rôle. La famille A. m'a demandé ce que je savais du Japon. Lorsque j'ai déclamé, sans reprendre ma respiration, « Kunashiri, Etorofu, Shikotan, les Habomai », ils ont été épatés.

Ils ont fait semblant de se montrer impressionnés par ma connaissance – à vrai dire encore lacunaire – de la littérature japonaise ; ils ont hoché la tête de satisfaction à ma description des chevaliers blancs des motos Suzuki et de leur intervention efficace au Maroc ; ils ont beaucoup ri quand j'ai parlé de la publicité du bain moussant Obao et de la geisha barbotant dans la mousse ; ils ont approuvé quand j'ai vanté la qualité des appareils photo japonais.

Monsieur A. m'a expliqué qu'il avait déjà contacté son ami qui possédait à Ginza une boutique spécialisée dans le matériel Nikon. K. m'a dit que, si j'étais prêt à partir avec lui, il pouvait faire un crochet avant de se rendre à son bureau et m'accompagner jusqu'à ce magasin. Il m'a aussi annoncé qu'il rentrerait tôt le lendemain soir et m'emmènerait aux bains publics du quartier. Je pourrais ainsi, a-t-il ajouté en riant, constater par moi-même que les geishas ne mettaient pas de mousse dans l'eau de leur bain.

Je me suis préparé pendant que Madame A. notait sur une fiche de carton le nom des lignes de métro et de train, des correspondances et des stations pour que je puisse rentrer seul. Au recto de la fiche, tout était écrit en anglais, au verso, en japonais, surmonté d'une phrase dont je lui ai demandé la traduction.

« "Veuillez indiquer à ce pauvre étranger illettré son chemin." Enfin, presque ! » a-t-elle répondu dans un éclat de rire.

K. a fait coulisser la porte d'entrée. Il portait une chemise blanche à manches courtes et avait gardé sa veste au creux de son coude.

Il faisait déjà très chaud. On entendait le bruit strident des cigales qui se mêlait à la vibration de l'air épais. Une chape de brouillard jaunâtre recouvrait la ville.

« La pollution », a dit K., laconiquement.

Nous sommes partis dans les ruelles vers la route circulaire n° 7, d'où montait le bruit des embouteillages gigantesques du matin.

À la gare de Kita-Senzoku, K. m'a montré comment acheter mon ticket de train au distributeur automatique. Cet automate qui sortait le bout de papier correspondant à votre trajet, rendait la monnaie et vous remerciait d'une voix désincarnée m'a fasciné. Il m'a fallu faire un effort pour repérer sur le plan du réseau de transport rédigé en caractères japonais notre station et celle où nous devions changer de ligne. Aux guichets, les poinçonneurs en chemisette blanche faisaient cliqueter à toute vitesse leur pince entre leurs doigts dans un bruit de castagnettes métalliques. Ils compostaient les tickets au-dessus de petites boîtes où tombaient les confettis. La propreté du sol et des trottoirs était étonnante, le contraste avec Paris, saisissant. L'ordre et la discipline qui se dégageaient de la foule se hâtant sans bousculade, avec courtoisie et sans la moindre agressivité, me donnaient le sentiment d'avoir débarqué dans un pays terriblement civilisé.

Un train de couleur vert bouteille est arrivé. Je n'ai pas eu à faire un pas pour y monter, la masse des passagers qui se pressaient dans mon dos m'a presque porté dans le wagon où je me suis retrouvé coincé, le nez dans la chevelure d'une jeune fille, le bas-ventre collé à ses fesses. Je sentais la chaleur du corps de K. contre mon flanc, la respiration de quelqu'un derrière moi me chatouillait le cou. Bien que n'étant pas habitué à une telle promiscuité, je ne l'ai pas trouvée gênante. Tout cela se déroulait dans une atmosphère bon enfant. Les visages restaient impassibles, comme détachés de la réalité. L'air que brassaient les ventilateurs au-dessus de nos têtes était parfaitement inodore.

Au terminal de la ligne Mekama, à Meguro, nous avons changé pour la ligne Yamate, que K. m'a recommandé de chercher lorsque je me perdrais – car il n'y avait aucun doute, m'a-t-il dit sans plaisanter, que j'allais m'égarer dans cette ville gigantesque. Dans quelque sens que je la prenne, comme c'était une ligne circulaire, j'aboutirais à Meguro. Il m'a montré les couleurs des trains, différentes d'une ligne à l'autre, qui me permettraient de me repérer plus facilement. Je n'étais pas sûr que ce soit si simple mais j'ai retenu le conseil et mémorisé le nom de la ligne circulaire et la couleur de ses trains.

Nous sommes finalement arrivés à une gare du nom de Yurakucho. De là, nous avons marché jusqu'à un carrefour au coin duquel se trouvait, très repérable grâce à la signalétique jaune canari de la marque Nikon, la boutique de l'ami de Monsieur A. Il était trop tôt pour qu'elle soit ouverte, aussi K. m'a-t-il conseillé de flâner dans le quartier de Ginza et d'aller voir l'esplanade du palais impérial. Puis il est parti, me laissant seul avec Tokyo.

J'ai remonté l'avenue qui longe le fossé du palais impérial. La muraille à la pente élégante malgré la masse des blocs qui la composent plongeait dans l'eau des douves. Des canards s'y prélassaient. Je suis allé vers le parc planté d'une quantité impressionnante de pins, l'ai traversé sous leur ombre jusqu'à l'allée de gravier blanc qui montait doucement vers l'enceinte du palais lui-même. J'ai croisé un groupe de jeunes gens en tenue de judokas qui couraient pieds nus. Leurs talons claquaient sur l'asphalte, dont je sentais la brûlure au travers de mes baskets à semelle de caoutchouc. Ils avaient la tête rasée, des corps qu'on devinait musclés sous la toile épaisse de leur veste retenue par une ceinture noire.

Leur regard était concentré, leur visage luisait de sueur mais ils ne semblaient pas incommodés par la chaleur humide que le bitume accentuait. Ils répondaient aux injonctions de leur leader en un chœur parfait qui s'accordait au rythme de leur course. J'ai trouvé cette virilité terriblement exotique. Je les ai photographiés avec mon Topcon.

J'ai continué à remonter l'allée vers un pont orné de lampadaires baroques ; une pancarte expliquait qu'on ne pouvait aller au-delà. Des grappes de touristes descendaient de cars garés plus loin, suivaient des guides qui agitaient un drapeau au-dessus de leur tête et s'attroupaient sagement devant le pont, où un photographe professionnel les faisait s'asseoir pour la photo-souvenir.

Un groupe de vieillards courbés sur des cannes a attiré mon attention. Ils avaient le front ceint d'un linge blanc avec un soleil rouge et des caractères tracés au pinceau dessus. J'ai pris quelques photos au téléobjectif puis je me suis enhardi à faire des portraits avec un objectif de focale plus courte. Personne n'a formulé d'objection. Un petit vieux tout ridé s'est mis au garde-à-vous, un autre m'a fait signe de le rejoindre pour qu'on nous photographie ensemble. Le petit groupe, qui s'était éparpillé sur l'esplanade, s'est immédiatement rassemblé. Ils m'ont mis d'autorité au centre et ont demandé à leur guide, une petite jeune fille boulotte aux jambes arquées, de nous prendre en photo. Ils ont ensuite voulu me serrer la main avec force «*hello !*» et autres «*welcome*». Ils m'ont demandé si j'étais américain et se sont extasiés quand j'ai répondu que j'étais français.

Un monsieur très âgé que tous les autres semblaient respecter a dénoué le linge de son front et me l'a offert en me disant «*For good luck!*». Je n'ai pas osé refuser et l'ai remercié en me courbant. Il m'a salué. Puis ils sont partis derrière leur guide en trottinant et sont retournés vers leur autocar en me faisant des signes de la main.

J'avais lu dans mon guide que le palais impérial faisait cinq kilomètres de circonférence et, malgré la chaleur, j'ai entrepris d'en faire le tour. Cela m'a pris plus d'une heure; je m'arrêtais souvent pour prendre des photos. J'ai croisé deux fois le groupe des judokas, qui ne semblaient pas avoir ralenti la cadence et dont les exclamations ne trahissaient pas la moindre fatigue. J'ai terminé sur les genoux, trempé de sueur, affamé.

Je suis redescendu vers Yurakucho. J'avais, en passant le matin, repéré des petits restaurants sous la voie ferrée. Je me suis arrêté devant l'un d'eux. Dans la vitrine étaient disposées des reproductions, en cire, des plats du menu avec des étiquettes précisant le prix de chaque assiette. Je me suis décidé pour un hamburger recouvert de sauce.

Je suis entré dans le restaurant en écartant le petit rideau qui ondulait à la faible brise. Il faisait sombre à l'intérieur. Deux ou trois clients étaient attablés; ils mangeaient en feuilletant d'épais volumes de bandes dessinées et en fumant des cigarettes. On m'a crié quelque chose dont j'ai compris, le premier instant de surprise passé, que c'était sans doute la formule de bienvenue.

Une serveuse entre deux âges s'est approchée, je lui ai fait signe de sortir. Devant la vitrine, je lui ai montré le plat que je voulais commander et, de mes deux index, j'ai tenté de lui expliquer que je souhaitais changer la garniture pour celle d'un autre plat. Elle m'a fait signe d'attendre.

Elle est revenue avec un des clients que j'avais aperçus dans le restaurant. Il parlait un excellent anglais, j'ai donc pu lui expliquer ce que je voulais.

« Je vais traduire, mais cela m'étonnerait que ce soit possible ! »

J'ai dit que j'étais prêt à payer un supplément pour les frites s'il le fallait. Il m'a répondu en riant que là n'était pas le problème. Il a parlé à la serveuse qui m'a regardé, médusée. Elle a secoué la tête et est retournée dans le restaurant.

« Elle va demander au cuisinier, mais elle ne pense pas que cela puisse se faire. »

Elle est ressortie quelques instants plus tard avec un air désolé. Effectivement, l'échange n'était pas possible. Le client a ri en voyant ma moue dubitative.

« Bienvenue au Japon ! C'est votre premier jour dans ce pays, je suppose… Eh bien, jeune homme, apprenez que tout chez nous est comme ce restaurant ! La vitrine montre un hamburger-légumes, pas un hamburger-frites, vous ne pouvez donc commander qu'un hamburger-légumes ! La semaine prochaine ou dans un mois, il y aura peut-être un hamburger-frites et un steak-légumes, alors vous pourrez avoir votre hamburger-frites, mais aujourd'hui ce n'est pas le cas ! C'est ainsi parce que c'est ainsi, il n'y a pas d'autre explication ! »

Il était inutile d'insister.

J'ai remercié l'affable client et j'ai commandé le hamburger, que j'ai mangé tristement en laissant les légumes bouillis et fades sur le côté de mon assiette.

Lorsque je me suis levé pour payer, le cuisinier est sorti de son antre. Il a jeté un coup d'œil sur mon assiette et a fait toute une série de courbettes devant moi en répétant : « *Sorry, sorry !* » Il a donné un ordre à la soubrette, qui m'a fait payer cinquante yens de moins que le prix affiché, en montrant du doigt les légumes que je n'avais pas mangés.

« En vérité, me suis-je dit, encore interloqué, bienvenue au Japon ! »

17

1972, Tokyo

Je suis arrivé dans la boutique d'appareils photo en début d'après-midi. Debout derrière le guichet, se tenait un vieux monsieur aux cheveux blancs vêtu d'une sorte de veste en coton de couleur indigo croisée sur la poitrine et chaussé de socques de bois. Il avait une moustache grise un peu tombante, portait des lunettes rondes à la monture en écaille. Un mégot pendouillait au coin de sa bouche. Ses doigts étaient tachés de nicotine. Je l'ai trouvé totalement anachronique dans ce quartier moderne.

Il était en grande conversation avec un client qui avait la dégaine d'un correspondant de guerre tout juste revenu de la jungle vietnamienne : sur un T-shirt noir, ce dernier portait un de ces gilets multipoches que les reporters affectionnent. Son pantalon kaki avait de grosses poches sur le côté, il était chaussé de lourds godillots de marche et un chapeau de brousse se balançait dans son dos. On devinait que les poches étaient encombrées de pellicules, d'objectifs, de filtres et de poires à dépoussiérer les lentilles optiques. Un boîtier de Nikon F, dont le prisme du viseur était cabossé, pendait négligemment à son épaule.

La boutique faisait l'angle du carrefour de Yurakucho. Des néons l'éclairaient violemment. Les vitrines étaient encombrées d'appareils et d'objectifs, d'occasion d'un côté, neufs de l'autre. À l'intérieur, c'était un capharnaüm indescriptible. L'unique comptoir vitré était plein d'accessoires : des viseurs compliqués, des stroboscopes sophistiqués, des bagues allonges pour la macrophotographie. Dessus, c'était un empilement de papiers, de factures, de modes d'emploi ; il y avait aussi une machine à calculer et un boulier. Derrière le comptoir, entre les étagères poussiéreuses où s'entassaient des pyramides de marchandises, étaient accrochées de superbes photos dans des cadres bon marché, des tirages en noir et blanc de paysages japonais traités de manière très graphique. Dans le coin inférieur droit de chaque cliché, une date était inscrite au stylo-bille. Tous étaient datés du début des années cinquante.

Au bout de quelques minutes, le vieux monsieur, qui m'avait fait un signe de la tête lorsque j'avais passé le seuil de sa boutique, a pointé le doigt vers moi, abrégeant sa conversation avec le photographe, qu'il a raccompagné à la porte. Puis il s'est adressé à moi avec un large sourire. Le mégot est tombé de sa bouche, il ne s'est pas donné la peine de le ramasser.

« Vous venez de la part de A., n'est-ce pas ? Pardonnez-moi, je vous ai fait attendre. Soyez le bienvenu ! »

Son anglais était impeccable. Je me suis excusé d'avoir interrompu son dialogue avec le correspondant de guerre. Il a rigolé.

« Lui ? Il n'a jamais quitté Tokyo ! Il vient me voir tous les deux jours. De vous à moi, c'est un amateur exécrable ! Il s'achète toutes les dernières nouveautés, qu'il est incapable d'utiliser correctement. Bien sûr, il critique le matériel, mais seule son incompétence est à blâmer ! »

Il a tiré deux tabourets de derrière le comptoir et m'a invité à m'asseoir. Il est passé dans l'arrière-boutique, cachée par un rideau, tout en continuant à me parler dans un bruit de vaisselle entrechoquée.

« Il n'est pas riche et se prive pour acheter ses objectifs ! J'essaie bien de le raisonner, mais que voulez-vous ?, son seul bonheur est de sortir son matériel et de le bichonner à longueur de journée ! Je n'ai jamais vu un tel maniaque ! »

Il est revenu dans la boutique, deux tasses de thé à la main, et s'est assis sur le second tabouret. Il a vu le Topcon que j'avais posé sur le comptoir.

« Très bien, ça, simple et robuste ! Sans histoire, sans surprise ! J'en ai beaucoup vendu ! »

Nous avons devisé un moment sur les mérites de cet appareil. Il m'a posé mille questions sur mes goûts, vérifiant l'air de rien mes connaissances techniques. Il semblait satisfait de mes réponses. Il a sorti d'un tiroir un boîtier neuf de Nikon. Celui-ci était plus lourd que je ne l'avais imaginé, j'avais la sensation d'avoir au creux des mains une masse sensuelle dont le poids traduisait la sophistication. Mon cœur s'est mis à battre plus vite. Je l'ai manié avec une extrême précaution et un respect religieux. Le vieux monsieur m'observait par-dessus ses lunettes en sirotant son thé.

« La première rencontre avec un Nikon est un moment inoubliable ! Allez-y, n'ayez pas peur ! »

J'ai porté l'appareil à mon œil, fait la mise au point, armé, pressé le déclencheur. J'ai demandé le prix avec un objectif standard. Fasciné, j'ai regardé le vieux monsieur manier son boulier. Il m'a donné un chiffre très inférieur à celui qui était indiqué sur l'emballage du boîtier nu. J'ai cru avoir mal compris ou qu'il s'était trompé dans son calcul. Il me l'a confirmé.

« A. est mon plus vieil ami. Nous étions à la communale ensemble. Il m'a rendu tout au long de ma vie de précieux services. Je suis heureux de lui retourner un peu de ses faveurs. Je suis fier qu'un jeune étranger possède un bijou de la technologie japonaise. » Il s'est penché vers moi en clignant de l'œil. « Et puis, je pense que vous méritez un Nikon ! »

Je me suis confondu en remerciements, décidant de compléter mon achat avec un objectif supplémentaire. Il m'a conseillé, puisque j'aimais les portraits, de prendre un 85 mm plutôt qu'un objectif standard et un 105 mm. J'ai suivi son conseil. Il est retourné derrière le comptoir, a tapé sur sa machine à calculer un bon moment, m'a indiqué le prix final en me disant « Attendez, je vais vérifier que je ne me suis pas trompé », et, à ma surprise, a refait tout son calcul sur le boulier.

J'ai sorti une liasse de billets de dix mille yens et lui ai tendu la somme. Quand il a vu cela, il s'est exclamé :

« Si vous payez cash, c'est différent ! »

Et il a retiré quelques milliers de yens supplémentaires du total. Je ne savais plus comment le remercier. Il a indiqué les photos accrochées au mur :

« En réalisant des clichés comme ceux-ci !

– Ils sont de vous ? »

Il a hoché la tête modestement. Il a préparé le matériel, rempli les fiches de garantie, ajouté des filtres neutres qu'il a vissés sur les deux objectifs, une courroie plus large que celle fournie avec l'appareil et une poire avec un pinceau rétractable. Il a tout rangé soigneusement dans une sacoche qu'il m'a également offerte.

Confus devant tant de générosité et de gentillesse, j'ai quitté la boutique le cœur joyeux. J'ai réalisé que j'étais resté très longtemps dans ce magasin. La nuit était en train de tomber sur la ville, que la multitude d'enseignes lumineuses géantes accrochées sur les toits et aux façades des immeubles illuminait d'un feu d'artifice bigarré. Il faisait encore très lourd. L'humidité s'est abattue sur mes épaules. La chaleur semblait surgir du sol maintenant que l'air était plus frais.

Je suis retourné à la gare. Sur le plan, j'ai cherché Meguro, en vain. Un homme en costume est venu à ma rescousse dans un anglais hésitant et m'a accompagné sur le bon quai, où il a attendu près de moi que mon train arrive en me posant les questions que tous mes interlocuteurs japonais me posaient depuis que j'avais posé le pied à Tokyo.

Je suis monté dans le wagon. L'homme est resté devant la porte jusqu'au départ et m'a adressé un salut que je lui ai rendu. Je me suis mis sous un ventilateur car mon visage était inondé de sueur. La sacoche du Nikon pesait lourd sur mon épaule.

J'ai remarqué à côté de moi deux jeunes filles de mon âge qui devisaient en me jetant des regards en coin. Je leur ai fait un sourire. Elles aussi. L'une d'elles s'est approchée de moi. Elle a sorti de son sac un mouchoir blanc et me l'a tendu, me faisant signe de m'en servir pour éponger la sueur sur mon visage. Rougissant, j'ai voulu refuser. Alors, d'autorité, mais visiblement épouvantée de son audace, elle a tamponné mon front et m'a fourré le mouchoir dans la main. Puis elle est retournée près de son amie et elles ont repris leur conversation en me regardant et en m'adressant de petits signes d'encouragement de la tête. À la station suivante, les jeunes filles ont quitté le train et m'ont fait au revoir en agitant la main.

Jusqu'à ma destination, j'ai regardé défiler ce paysage urbain chaotique et dur qui contrastait tant avec la délicatesse de ses habitants.

18

Novembre, Tokyo

La matinée a été fastidieuse. Une réunion sur l'évolution des habitudes de consommation des Japonaises a brisé mon ennui mais les résultats m'ont préoccupé. On y apprenait qu'elles se souciaient moins de leur apparence, et davantage de leur épanouissement intérieur : voilà qui n'allait pas particulièrement doper les ventes des produits de luxe.

À l'heure du déjeuner, je suis allé dans le petit restaurant où j'ai mes habitudes. J'ai commandé le plat du jour. On m'a demandé si cela ne me dérangeait pas de m'asseoir à la table d'une autre personne. Comme à l'accoutumée, j'ai répondu que cela ne me gênait pas si on me plaçait à côté d'une jolie fille. La serveuse a souri et m'a dit que cette fois, oui, c'était une très jolie femme. Effectivement, à la table que l'on m'a désignée était assise une personne ravissante que j'ai saluée d'une brève inclination de la tête. Son regard indifférent a croisé le mien mais elle n'a pas répondu à mon salut. Je me suis désintéressé d'elle et me suis plongé dans la lecture de mon journal en japonais. Au bout d'un moment, ma voisine s'est adressée à moi dans un anglais impeccable :

« Excusez-moi ! Vous lisez le japonais ? »

D'un ton renfrogné, j'ai répliqué en japonais qu'il ne me semblait pas que l'*Asahi* soit rédigé en grec ancien. J'ai horreur qu'on s'adresse à moi en anglais quand il est évident que je parle japonais. En général, je prends un air maussade et je réponds en français. Mais cette fille en rajoutait. Elle croyait peut-être que je faisais semblant de lire ! Du coup, j'ai commencé à lire à haute voix l'article que je parcourais. Cette fois, elle a repris en japonais :

« Pardonnez-moi ! Mais un étranger qui lit le journal en japonais, c'est si rare ! Mon regard a bien vu que c'était le cas. mais l'image de votre visage a été plus forte. C'est stupide, n'est-ce pas ! »

Je l'ai regardée par-dessus mes lunettes. Elle était particulièrement jolie et avait l'air très embarrassé. Je me suis radouci, maudissant ma brusquerie.

« Je vais vous raconter une histoire. Un jour, je suis allé à l'hôtel Impérial. J'ai demandé à une réceptionniste un renseignement en japonais. Elle m'a immédiatement répondu en anglais. Je n'ai pas très bon caractère, comme vous avez pu le constater, alors je lui ai dit que je ne comprenais pas l'anglais, ce qui est faux bien sûr, et je lui ai donné le choix de me répondre soit en japonais, langue dans laquelle je m'étais adressé à elle, soit en français, ma langue maternelle. Elle s'est confondue en excuses et m'a donné mon renseignement. Puis elle m'a dit quelque chose qui m'a intrigué : "Nous, les Japonais, avons une mémoire visuelle plus puissante que notre mémoire auditive ! Je vous ai bien entendu me parler en japonais, mais mon regard a transmis votre visage d'étranger à mon cerveau qui a entendu votre requête en anglais !" Intrigué, j'ai vérifié auprès d'un ami médecin si cette explication avait un fondement scientifique. Il semblerait qu'effectivement les Japonais possèdent une capacité à mémoriser les images supérieure à leur mémoire auditive. Ce qui expliquerait votre indifférence à ces bruits sur les quais de gare, dans les rues, qui indisposent tant les Occidentaux ou la relative difficulté que vous avez à maîtriser les langues étrangères !

– Cela arrive encore souvent qu'on vous réponde en anglais ? »

J'ai pointé mon doigt vers elle en riant :

« La preuve ! »

Elle a rougi de confusion. J'ai repris :

« Mais il m'est aussi arrivé le contraire. Un jour, j'étais sur le seuil de mon bureau et je devisais avec un visiteur français quand une de mes collaboratrices de longue date est passée dans le couloir. Elle s'est arrêtée, m'a écouté un instant, puis elle est allée voir ma secrétaire à laquelle elle a dit : "Je ne savais pas qu'il parlait français !" Ma secrétaire l'a gentiment rabrouée en lui disant : "Mais vous savez bien qu'il est français, pourtant !" Elle lui a répondu : "Bien sûr, mais comme je ne l'ai jamais entendu parler que japonais, j'avais dû l'oublier !" »

La jeune femme a ri de bon cœur. Elle m'a remercié et s'est levée.

Un peu revigoré par cette conversation, j'ai fini mon plat, je me suis levé à mon tour et je suis allé payer à la caisse. J'ai enfilé mon manteau, dont j'ai remonté le col, et mis mon Borsalino. Comme j'allais traverser la rue au passage piétons, une grosse voiture noire m'a foncé dessus, manquant de peu de me heurter. J'ai fait un bond en arrière et tapé du plat de la main contre la vitre fumée du véhicule au moment où il est passé devant moi, puis je l'ai contourné pour traverser. J'ai entendu un bruit de portières qu'on ouvrait brutalement, puis deux types ont bondi de la voiture, qui se sont précipités sur moi et m'ont encadré en vociférant dans le langage typique des voyous, en roulant les consonnes :

« Dis donc, connard, t'as un problème ? »

La foule autour de nous s'est écartée prudemment. Le type en face de moi portait un costume blanc à larges revers sur une chemise de satin bleu nuit et une paire de Ray-Ban noires. Je me suis demandé pourquoi les voyous japonais avaient si mauvais goût. Alors qu'il s'apprêtait à saisir le col de mon manteau, je lui ai postillonné au visage les pires injures en français, sur le même ton. Il en a été si surpris qu'il en est resté sans voix :

« Merde alors, un étranger ! »

Ma frustration, dans ces cas-là, vient de ce que le japonais dispose d'infiniment moins d'injures que le français, mais je me suis appliqué à traduire mes propos en japonais tandis que les deux voyous remontaient dans leur voiture, soudain moins farauds.

Encore tremblant de la décharge d'adrénaline provoquée par l'incident, j'ai regagné mon bureau, où la routine m'attendait : les e-mails, les coups de téléphone de clients, des dossiers que j'avais déplacés pendant plusieurs semaines d'un endroit à un autre comme des pièces de go sur leur échiquier jusqu'à ce qu'il soit vraiment urgent de les traiter.

La distribution du courrier a eu lieu vers seize heures. Ma secrétaire l'a déposé dans le plateau de bois prévu à cet effet. Je l'ai rapidement passé en revue, fébrile. Il n'y avait pas d'enveloppe écrite à l'encre rouge. Mon angoisse s'est un peu atténuée.

Pris d'une paresse subite, j'ai décidé de rentrer un peu plus tôt que d'habitude à Kamakura. J'ai tout laissé en plan, l'insolente liste rouge des messages non lus qui me narguait, la pile de dossiers en cours, les parapheurs de lettres et de factures à signer.

« À demain ! » ai-je lancé, laconique, à ma secrétaire en passant devant son espace de travail.

Elle n'a pas fait de commentaire, a juste levé un regard interrogateur.

19

1972, Tokyo

Monsieur A. m'avait promis une surprise pour le lendemain matin. Il suffisait que je me tienne prêt à dix heures, on passerait me prendre. Je n'avais pas pu en savoir davantage.

J'ai donc attendu dans ma chambre en étudiant le manuel du Nikon.

Un peu avant dix heures, Madame A. est venue me prévenir qu'on m'attendait. Dans le salon se tenait un homme en costume marine et cravate. Il m'a salué et m'a remis sa carte. C'était un responsable du service des relations publiques de la société Nikon. Il m'emmenait visiter l'usine d'appareils photo dans la banlieue proche de Tokyo. Stupéfait, je l'ai suivi devant la maison où nous attendait une de ces luxueuses limousines noires aux sièges recouverts de dentelle que j'avais vu passer la veille aux abords du palais impérial. À l'avant gauche, il y avait un fanion aux couleurs de Nikon. Un chauffeur ganté de blanc en livrée et casquette est venu ouvrir la portière arrière gauche et m'a invité à m'installer sur la banquette, où je me suis senti minuscule. J'étais gêné d'être habillé comme un étudiant, terriblement intimidé de me trouver dans ce véhicule qui devait transporter d'importants personnages. Le responsable des relations publiques s'est assis à côté du chauffeur et nous sommes partis.

L'usine n'était pas très loin de Kita-Senzoku, le trajet a été de courte durée.

Nous sommes entrés dans une vaste cour et avons contourné

un parterre de fleurs avant de nous arrêter devant un bâtiment. Là, nous attendaient trois messieurs portant des blousons d'ouvriers frappés du logo Nikon. D'un côté de l'entrée vitrée, il y avait deux hampes au faîte desquelles claquaient le rond rouge sur fond blanc du Japon et le fanion aux couleurs de l'entreprise. De l'autre côté, au sommet d'une autre hampe, flottait l'étendard tricolore. Les trois messieurs ont descendu les marches du perron, se sont inclinés et se sont présentés en me remettant chacun son tour sa carte de visite. C'étaient le directeur de l'usine, son sous-directeur et un responsable de l'export, zone Europe. Dans un français parfait, ce dernier m'a dit qu'il ferait office d'interprète, car ses collègues ne parlaient que japonais. J'étais stupéfait que des personnages aussi importants décident de prendre de leur temps pour recevoir un simple étudiant étranger.

« Nous sommes très fiers que vous ayez choisi Nikon, a-t-il ajouté comme si j'étais une célébrité. Nous avons encore beaucoup à apprendre, mais nous faisons de gros efforts pour fabriquer les meilleurs appareils au monde et mériter une clientèle d'usagers prestigieux, comme vous allez le voir en visitant notre usine ! »

Dans le hall d'entrée, une jeune fille en uniforme et gants blancs nous attendait. Elle m'a prié de quitter mes chaussures et d'enfiler des espadrilles de toile blanche parfaitement à ma taille. Admiratif d'un tel souci du détail dans la qualité de l'accueil, j'ai compris pourquoi Monsieur A. m'avait demandé ma pointure la veille. Ensuite, elle nous a précédés dans les couloirs immaculés et nous a accompagnés dans une salle de réunion où nous nous sommes assis autour d'une table de bois blond. Il y avait au mur une galerie d'affiches de campagnes publicitaires, des photos extraordinaires, surprenantes, insolites. Le logo noir sur fond jaune de Nikon était fixé au mur opposé, au-dessus d'une vitrine dans laquelle était étalé en milliers de pièces un éclaté du mythique Nikon F avec son viseur protubérant en forme de prisme.

Sur la table devant moi était posée une enveloppe dans laquelle j'ai trouvé une brochure sur papier glacé en anglais, le catalogue des produits et des accessoires et une petite pièce de tissu joliment pliée en forme de kimono miniature sur le revers duquel le logo de Nikon était imprimé. L'hôtesse en uniforme nous a servi du thé et des petits gâteaux imitant le boîtier du Nikon F.

Le directeur a fait un petit discours de bienvenue, puis il m'a expliqué les principales caractéristiques de son usine. Il a passé la parole à son adjoint qui m'a parlé des appareils photo et des optiques que fabriquait l'entreprise. J'ai fait de mon mieux pour être à la hauteur en posant des questions intelligentes. Ma lecture assidue de la revue *Photo* m'a bien aidé et j'ai pensé en voyant la réaction visiblement impressionnée de mes hôtes que je m'en tirais honorablement.

L'hôtesse est revenue avec des blouses, des calots de papier, des masques et des couvre-semelles en plastique. Nous nous sommes équipés. J'avais l'impression de me rendre dans une centrale nucléaire. Le responsable de l'export nous a demandé de nous aligner devant la vitrine sous le logo et nous a photographiés avec un boîtier Nikon, puis nous avons commencé la visite des différents ateliers de polissage des lentilles d'objectifs et d'assemblage des appareils. Je me suis demandé si notre accoutrement était bien utile puisque nous ne sommes pas entrés dans les pièces protégées par des portes à double sas mais avons regardé ce qui s'y passait au travers de larges baies vitrées depuis les couloirs.

Tout était immaculé, ordonné, rangé. Il y avait des slogans sur des bannières aux murs que l'on a traduits à ma demande. Les mots de « propreté », « ordre », « précision », « qualité », « sécurité », « fierté » étaient le leitmotiv de ces phrases. Je n'ai pu m'empêcher de faire le parallèle avec les graffitis dans les corridors de mon lycée qui exhortaient à l'anarchie, la révolution, et clamaient « Le désordre, c'est la vie ! ».

La visite terminée, nous sommes revenus dans la salle de réunion.

Là, on m'a offert un blouson Nikon et remis un album contenant les photos que nous avions prises une demi-heure plus tôt. Pendant notre courte absence, on avait développé le film et réalisé les tirages papier !

On m'a raccompagné dans le hall, devant lequel la limousine m'attendait. Mes hôtes, auxquels le responsable des relations publiques s'était joint, m'ont vigoureusement serré la main en me remerciant de ma visite et ils sont restés sur le seuil de l'immeuble en s'inclinant jusqu'à ce que la voiture passe la grille d'entrée et que je disparaisse de leur vue. Impressionné par cette réception digne d'un chef d'État, j'ai sorti les catalogues de leur enveloppe et les ai feuilletés pendant le trajet du retour en rêvant des accessoires que j'ajouterais à mon achat de la veille s'il me restait de l'argent à la fin de mon séjour.

Plus tard dans la journée, je suis allé jusqu'au quartier de Harajuku pour visiter le sanctuaire de Meiji et les stades olympiques.

J'ai suivi une allée de gravier blanc, essayant de me protéger du soleil à l'ombre des arbres. Il y avait peu de monde en cet après-midi étouffant. Les cigales faisaient un bruit assourdissant. J'ai jeté une pièce dans un énorme râtelier de bois et ai copié, en le suivant du coin de l'œil, le cérémonial auquel un jeune couple sur ma droite se livrait.

Je suis revenu sur mes pas pour visiter l'ensemble olympique. Sur le parvis du stade principal, j'ai acheté un soda dans une drôle de bouteille en verre qu'un marchand, installé sous un parasol multicolore, a sorti d'une glacière en fer-blanc sur roues. Il l'a ouverte pour moi, enfonçant la petite bille qui la fermait dans l'étrange goulot. Je me suis assis pour boire sur un banc à l'ombre sous l'auvent du stade, mais j'avais du mal à faire couler le liquide. Deux jeunes filles sont venues s'asseoir à mon côté. Elles avaient acheté la même boisson. Elles m'ont montré en riant comment faire, renversant la tête et enfonçant leurs petites langues roses dans le goulot pour empêcher la bille de retomber. J'ai fait de même. Comme j'avais dû trop agiter la bouteille, la boisson a giclé, un peu de liquide est entré dans mon nez, me faisant éternuer. Les jeunes filles ont ri de plus belle. Vexé, j'ai fini par réussir à avaler une gorgée, puis une autre et une autre encore. C'était frais mais trop sucré et pas très désaltérant. J'ai pensé que décidément, dans ce pays, on avait l'art de rendre les choses les plus simples bien compliquées.

Les deux jeunes filles se sont rapprochées, nous avons essayé de communiquer. Leur anglais était trop sommaire pour que nous puissions nous comprendre mais le petit dictionnaire que j'avais sur moi, avec la traduction phonétique des mots japonais, a permis des miracles. J'ai compris qu'elles venaient de la province et que c'était leur premier séjour à Tokyo. Je leur ai expliqué que j'étais français. Elles ont battu des mains en poussant de petits cris perçants et ont prononcé une courte phrase que mon dictionnaire a traduite par « Paris, capitale des fleurs ».

Elles voulaient tout savoir de la France, le nom des acteurs en vogue, si j'avais croisé Alain Delon dans les rues de Paris, et est-ce que je pouvais leur interpréter *Tombe la neige* d'Adamo ? À ma grande honte, j'en ai été incapable, je n'ai pu que fredonner le refrain quand elles se sont mises à chanter à tue-tête en japonais.

Un marchand de glaces ambulant est passé. J'ai voulu être courtois, rendre un peu des attentions et de la gentillesse qu'on me témoignait depuis mon arrivée : j'ai offert des sorbets aux jeunes filles, qui ont rougi de confusion. Elles les ont mangés en gloussant de plaisir. Puis elles se sont concertées un moment avant de s'approcher encore davantage de moi. L'une d'elles a sorti de son sac un petit porte-monnaie qu'elle a ouvert. Je me suis mépris et j'ai fait le geste de refuser qu'elles me remboursent les glaces. Elle en a tiré un objet qu'elle a posé dans le creux de ma main. C'était une minuscule grenouille sculptée dans un bois sombre et odorant. Quand j'ai voulu la lui rendre, elle m'a fait signe qu'elle me la donnait. Elle m'a dit un mot en japonais que nous avons cherché dans le petit dictionnaire. Ses cheveux ont frôlé ma tête quand elle s'est penchée sur les pages. Elle a posé le doigt sur le mot qu'elle avait trouvé : « amulette ». Elle a tourné les pages et a indiqué un autre mot : « prospérité ». Elle m'a montré mon porte-monnaie, que j'avais posé sur le banc après avoir payé les sorbets. J'ai compris que je devais mettre la jolie petite grenouille dedans. Elle y est encore, trente-cinq années plus tard. J'aime à croire que je lui dois ma relative aisance.

Les deux jeunes filles ont tour à tour fixé mon visage, comme fascinées. Je leur ai demandé ce qu'elles regardaient. Le dictionnaire a répondu « œil », « bleu » et « première fois ». J'ai ri. Elles ont pouffé puis l'une d'elles a dit à l'autre quelque chose qui les a fait rougir. J'ai demandé pourquoi. Elles ont rougi de plus belle puis se sont emparées de mon dictionnaire, qu'elles ont feuilleté avec frénésie. De leur recherche est sorti « beau », « étrange, bizarre », « mal au cœur ». J'ai interprété que c'était la première fois qu'elles voyaient des yeux bleus, qu'elles trouvaient cela beau, mais étrange voire bizarre, et que cela les indisposait. Puis elles ont regardé mes cheveux et l'une d'elles s'est enhardie à les toucher du bout de l'index, qu'elle a retiré bien vite comme si elle s'était brûlée. Plus courageuse, la seconde a enroulé une de mes boucles autour de ses doigts. J'ai trouvé que ces jeunes filles de province étaient bien délurées pour toucher ainsi les cheveux du premier étranger leur tombant sous la main. J'ai ri de nouveau pour cacher mon propre embarras.

Enfin, je me suis levé, elles aussi, nous nous sommes fait un petit salut de la main et elles sont parties. Je suis allé prendre le train à la gare d'Harajuku en vieil habitué de la ligne Yamate.

K. est rentré tôt ce soir-là, comme il me l'avait promis la veille. Il est allé rapidement se changer et nous sommes partis pour l'établissement de bains publics. Il tenait au creux de son bras une bassine de plastique dans laquelle il avait mis un savon, un flacon de shampooing, un rasoir mécanique, un tube de mousse à raser et deux de ces fameuses serviettes minuscules. Il avait enfilé des socques de bois et m'en avait prêté une paire.

J'ai eu beaucoup de mal à maîtriser ces sabots sur lesquels mes pieds se tordaient. Heureusement, l'établissement de bains n'était pas trop loin. L'ardillon entre mes orteils me faisait un mal de chien et le frottement sur mon pied nu a mis la chair à vif.

L'établissement, un haut bâtiment en bois, était très élégant avec ses toits recourbés. Il y avait deux accès, chacun à demi masqué par une enseigne en tissu, bleu d'un côté, rouge de l'autre. Nous sommes entrés par la porte au rideau bleu. Nous avons laissé nos getas dans de petits casiers en bois et nous sommes passés dans une salle haute de plafond, séparée en son milieu par un mur de casiers plus grands dans lesquels se trouvaient des paniers en osier. On entendait des voix et des rires de femmes de l'autre côté du mur. Dans l'axe de cette paroi, sur une estrade à hauteur d'homme, trônait une grosse femme assise en tailleur. Ainsi installée, elle contrôlait les allées et venues dans le vestiaire des hommes et dans celui des femmes. Autour d'elle étaient disposés sur une petite étagère des bouteilles de produits capillaires, des savons en piles précaires, des rasoirs, des brosses à dents jetables présentées en bouquet dans des pots de verre et des tubes de dentifrice. Au pied de l'estrade, il y avait une vitrine réfrigérée dans laquelle étaient empilés des canettes de bière, des verres de saké encapsulés et des sodas comme celui que j'avais bu dans l'après-midi. De gros ventilateurs rotatifs fixés aux murs brassaient l'air lourd.

K. a payé la matrone impassible sur son estrade. Elle nous a donné à chacun une petite serviette pliée dans un sac en plastique. K. s'est dirigé vers un des casiers en m'invitant à faire de même.

« On se déshabille ici ?

– Oui, pourquoi ? »

J'ai indiqué la grosse femme qui avait sur le vestiaire une vue plongeante.

« Devant elle ? »

K. a haussé les épaules et a répondu en faisant tomber son pantalon sur ses jambes :

« Tu sais, des fesses, elle en a vu de toutes les formes et de toutes les tailles !

– De toutes les couleurs aussi ? » n'ai-je pu m'empêcher de répliquer au souvenir de la curiosité des jeunes filles sur le banc devant le stade olympique, peu désireux que quelqu'un vienne tâter mes muscles fessiers ou soupeser mes testicules comme elles avaient détaillé mes yeux et tripoté mes cheveux.

K. est parti d'un éclat de rire que sa grosse voix de basse a amplifié.

« Tu as raison, je n'ai jamais vu beaucoup d'étrangers ici ! Mais ne t'en fais pas, personne ne prêtera attention à toi. Dépêche-toi de te déshabiller ! »

Je me suis dit : « À la guerre comme à la guerre ! » Et je me suis dévêtu à mon tour, cachant mon sexe comme je le pouvais avec ma petite serviette ; ça dépassait un peu.

Nous sommes entrés dans la salle d'eau, où le plafond était encore plus élevé que dans le vestiaire, d'au moins cinq ou six mètres. Le bain des hommes et celui des femmes étaient séparés par un mur qui ne montait qu'à mi-hauteur. Les voix et le choc des baquets en bois résonnaient sur le carrelage.

Le mur au fond de la salle, contre lequel se trouvait un grand bassin d'eau fumante, était décoré d'une fresque naïve représentant un immense mont Fuji. K. a plaisanté :

« C'est presque comme Obao, n'est-ce pas ! »

De part et d'autre de la salle, il y avait des robinets devant lesquels, assis sur des petits bancs de bois, nus, se lavait une bonne vingtaine d'hommes. Des miroirs étaient fixés au mur devant chaque robinet. Nous nous sommes installés côte à côte et avons commencé nos ablutions.

À un moment, K., dont le corps était recouvert de mousse, m'a passé sa serviette imbibée de savon et m'a demandé de lui laver le dos. Je n'avais encore jamais fait une telle chose de ma vie mais je me suis exécuté de bonne grâce. Son dos était large et long. J'ai consciencieusement passé la serviette sur toute la surface de son dos, de la base du cou à la raie des fesses, entre ses omoplates, insistant au niveau des reins et des épaules. Il m'a encouragé à frotter plus fort, ce que j'ai fait.

Lorsque son dos a été bien propre, il m'a fait me retourner et s'est mis à me frotter à m'en arracher la peau du dos. J'ai perdu l'équilibre, j'ai glissé de mon petit banc et je suis tombé sur le carrelage, me faisant mal au coccyx. K. s'est excusé mais il n'en a pas moins continué à m'étriller. Une fois rincés, nous nous sommes dirigés vers le bain où bouillonnait une eau dont la température me paraissait incompatible avec un épiderme normalement constitué. K. s'y est plongé sans une grimace, je me suis brûlé les chevilles. J'ai voulu être stoïque et j'y suis entré jusqu'aux hanches mais j'en suis ressorti immédiatement, persuadé que mes testicules étaient cuits comme deux œufs à la coque. Ma peau était rouge vif des pieds à la taille et faisait un contraste brutal avec la partie supérieure de mon corps, toute blanche. On aurait dit que je portais des bas de fille de cabaret couleur vermillon. Pendant ce temps, K. se prélassait, sa serviette pliée sur la tête, un air de béatitude absolue sur le visage. Je me suis contenté de m'asperger de l'eau du bain avec un baquet en bois et suis allé dans un coin de la salle dans l'intention de me sécher, mais je me suis aperçu que l'eau s'était évaporée naturellement de ma peau brûlante et que j'étais pratiquement sec. J'ai enfin compris pourquoi les Japonais n'avaient pas besoin de serviette-éponge de taille occidentale.

K. a fini par sortir de son bain, cramoisi, ce qui m'a un peu consolé. Nous sommes retournés dans le vestiaire où soudain l'air a paru bien plus frais grâce aux ventilateurs. J'ai trouvé ce moment très agréable et j'ai un peu traîné pour me rhabiller.

Avant de sortir, K. a pris dans la vitrine réfrigérée deux canettes de bière qu'il a payées à la femme sur son trône. Nous les avons bues sur le chemin du retour en devisant, nos serviettes humides sur la tête, nos socques grattant l'asphalte chaud de la route. À chaque gorgée, on sentait le liquide glacé descendre dans l'œsophage jusqu'au fond de notre estomac. C'était sublimement bon. Je me suis dit que je retournerais aux bains publics aussi souvent que possible.

20

1972, Tokyo

La fin de la semaine est arrivée très vite. K. avait prévu au programme Nikko et l'ascension du mont Fuji.

Nous sommes partis de bonne heure le samedi matin dans la Toyopet familiale. K. m'a dit qu'il nous faudrait environ cinq heures pour rejoindre Nikko. J'ai pensé que nous allions vraiment très loin, mais quand il m'a montré où cela se situait sur la carte, j'ai cru qu'il s'était trompé, tant la distance me semblait courte : deux cents kilomètres tout au plus. K. m'a répondu qu'au Japon, où les routes étaient étroites et encombrées, on comptait les trajets en temps plus qu'en distance. J'ai eu du mal à le croire.

Il nous a d'abord fallu très longtemps pour quitter la ville. Malgré l'heure matinale, la circulation était infernale. Les feux semblaient durer le double de chez nous avec leurs flèches pour tourner à droite, à gauche ou bien aller tout droit. Nous écoutions à la radio de la musique de variétés. Les chansons japonaises étaient mélodieuses, les voix des filles, fraîches, celles des garçons, un peu efféminées. À un moment donné, le présentateur a annoncé un chanteur américain, ce qui a fait hurler K. de joie :

« Mon idole ! Tu connais Neil Diamond ? »

Je ne le connaissais pas : à Paris, j'écoutais plus souvent les programmes de musique classique que les tubes du moment. K. s'est mis à chanter d'une voix très fausse mais très forte avec le chanteur. « *Song, song blue…* », susurrait Neil, « *Song, song blue !* » bramait K. Je me suis pris à beugler avec lui. Neil Diamond est devenu un de mes meilleurs souvenirs du Japon.

La route était vraiment très étroite. On aurait dit que tout le monde s'était donné rendez-vous pour aller au même endroit. Il y avait beaucoup de gros camions aux bennes décorées de figures allégoriques religieuses ou de paysages où le mont Fuji dominait. Pendant un long moment, nous avons roulé collés au cul d'un camion sur lequel était peinte une sorte de Pietà bouddhiste qui nous regardait avec miséricorde.

« La déesse Kwanon, m'a dit K. Parfois, il y a des chauffeurs chrétiens. Leurs camions sont décorés de Christ en croix et de reproductions de la Cène d'après Vinci ! Il y a de véritables artistes parmi les décorateurs de camions ! »

J'ai trouvé cette forme d'art ambulant divertissante.

Le paysage était beau. À la vitesse à laquelle nous roulions, j'ai eu le temps d'en jouir pleinement. Les habitations dispersées au milieu des rizières trempées où le ciel se reflétait avaient des toits de tuiles de toutes les couleurs, bleu, orange, mais le gris dominait. Comme il avait plu, ils étaient luisants.

Nous avons commencé à monter vers la montagne. Les rizières ont fait place à une forêt de plus en plus dense.

Il nous a fallu près d'une heure pour parcourir les cinq cents derniers mètres, dans un embouteillage de voitures qui semblait serpenter à l'infini. Nous nous sommes garés dans un grand parking déjà presque plein et avons suivi la foule sur le trottoir qui longeait une myriade de petites boutiques de souvenirs.

La forêt au-delà du village était impressionnante, avec ses immenses cryptomerias solennels qui s'élevaient droit dans le ciel. Cette forêt à elle seule était un sanctuaire. Nous avons visité les temples de Nikko, que j'ai trouvés chargés et bien éloignés de la sobriété de l'architecture japonaise classique avec leurs sculptures baroques et leurs couleurs criardes. Un flot ininterrompu de touristes se déversait d'énormes autocars et suivait un guide qui agitait son petit drapeau au-dessus de sa tête. Pour la première fois, j'ai croisé une troupe d'étrangers, des Américains au bob vissé sur le crâne qui parlaient trop fort.

Nous sommes allés récupérer la voiture et avons pris une route qui montait en lacets vers le lac de Shuzenji.

« Cette route a autant de virages qu'il y a de hiraganas, les signes de notre écriture phonétique, m'a dit K. C'est pourquoi on l'appelle IroHa, un peu comme si on baptisait une route en France ABC-XYZ. »

Je m'en suis aperçu en comptant les virages en épingle tout en luttant contre la nausée.

Enfin, nous avons garé la voiture et continué notre promenade à pied. Le site était magnifique avec ses arbres plongeant dans le lac dont on devinait, à la couleur sombre, qu'il était très profond. Il y avait quelques maisons avec des pontons sur les berges dans la partie proche du village, mais, plus loin, régnait la forêt. Certaines constructions étaient très belles, de ce style japonais occidentalisé de la fin du XIXe siècle. L'une d'elles, en contrebas de la route, a attiré mon attention : un drapeau tricolore peint sur une plaque de tôle oscillait doucement sur la chaîne qui barrait l'accès de l'allée y menant. K. m'a dit que c'était la résidence d'été de l'ambassade de France. On disait que l'écrivain Paul Claudel, ambassadeur dans les années vingt, y avait écrit *L'Annonce faite à Marie*.

J'ai senti un souffle poétique passer sur ce lieu magique qui ressemblait un peu à la scène du crime dans un roman d'Agatha Christie. J'ai imaginé toutes les tragédies qui avaient dû se nouer là. J'ai pensé qu'ici l'hiver devait être austère.

« Tu ne crois pas si bien dire ! m'a répondu K. Plus haut, sur le plateau au-dessus du lac, s'est déroulée une des batailles les plus célèbres et les plus meurtrières du Japon féodal ! Le plateau est d'ailleurs hanté par les fantômes de tous ces soldats massacrés. Personne ne se risquerait à traverser le plateau de nuit ! Quant aux chutes Kegon que nous allons voir maintenant, c'est là que viennent se suicider de nombreux couples.

– Des couples ?

– Oui. Des hommes et des femmes empêtrés dans des amours interdites, dont les parents, pour une raison ou pour une autre, rejettent l'union. Ou encore des couples qui ont atteint un niveau de félicité qu'il leur paraît impossible de surpasser et qu'épouvante l'idée d'une vie morne après tant de fortune et d'harmonie ! Alors ils se jettent du haut des chutes et s'écrasent sur les rochers dans le bassin.

– Encore maintenant ?

– Parfois, oui. »

Nous sommes arrivés au pied des chutes après une descente vertigineuse par un escalier creusé dans la roche et menant à une plateforme. Les embruns glacés trempaient nos cheveux et nos chemises. J'ai protégé du mieux que j'ai pu mon appareil photo. L'eau qui se déversait était pure et claire. On voyait le fond du bassin rocailleux en contrebas. Le romantisme ténébreux émanant de ce lieu m'a pris à la gorge.

« Autrefois, ce devait être plus joli, quand ils se lançaient dans le vide en kimono ! » ai-je hurlé à K. pour couvrir le grondement des chutes.

Il a acquiescé.

J'imaginais des amants se tenant par la main et se jetant dans le vide, leurs kimonos se déployant en parachute autour de leurs jambes dévoilées puis formant une corolle autour de leurs corps démantelés dans le bassin alors que leur sang se diluait dans l'eau glacée.

Curieusement, je comprenais cette quête de l'absolu, je la trouvais admirable et digne de respect. Cette culture étrange où volupté et désespoir fusionnent commençait à m'envoûter. Le suicide, interdit dans ma morale chrétienne, était en train de devenir dans mon esprit un concept tangible, presque une valeur estimable. Où qu'on se tourne au Japon, on trouve le suicide comme arme ultime et imparable face aux vicissitudes du sort, un pied de nez aux dieux qui s'acharnent à vous imposer leur volonté.

Nous sommes repartis en fin de matinée après avoir acheté des boîtes de repas que nous avons mangées dans la voiture. La route au retour était moins encombrée qu'à l'aller. Par contre, nous avons croisé une file de véhicules complètement figée sur une bonne vingtaine de kilomètres. K. m'a dit qu'au Japon tout était prévisible, qu'il suffisait parfois de se décaler un tout petit peu pour tirer bénéfice de cette routine. Nous avons rejoint une autoroute et sommes descendus vers le mont Fuji. Il faisait un temps magnifique, mais très chaud et très humide. Nous avons roulé toutes vitres ouvertes. Le vent s'engouffrait dans l'habitacle, plus rafraîchissant que l'air conditionné poussif de la Toyopet.

Nous sommes arrivés en fin d'après-midi dans une auberge au bord d'un lac. K. m'a dit que nous étions dans une source thermale. On nous a guidés jusqu'à notre chambre, une pièce de dix tatamis. K. m'a expliqué que le tatami était une unité de mesure immuable. J'ai trouvé les proportions du rectangle du tatami d'une harmonie parfaite, un nombre d'or qui ne demandait aucun ajustement. Je me suis dit qu'un jour j'aimerais bien me construire une maison selon les rythmes du tatami. Nous nous sommes déshabillés et nous avons enfilé des yukatas. Nous étions fourbus après cette longue journée de route. K. m'a invité à le suivre au bain.

Nous nous sommes dévêtus dans le vestiaire au sol couvert de nattes de bambou. K. a ouvert la porte coulissante du bain d'une façon théâtrale, comme s'il soulevait un épais rideau de velours. Il m'a fait signe de passer le premier.

Je suis resté un instant stupide. J'avais devant moi le spectacle de la publicité de mon enfance ! La salle de bains était une pièce assez vaste aux murs tapissés d'un bois clair. L'eau coulait paisiblement au fond d'une baignoire qui dégageait une agréable odeur de paulownia mouillé. La vapeur qui montait de la surface du bain saturait l'air. Derrière la baignoire, une fenêtre à shoji était à demi ouverte sur le paysage même qui avait fait rêver l'enfant que j'étais au Maroc. Au-delà d'une rizière noyée, à l'horizon, le mont Fuji se détachait sur le ciel, caressé par la lumière pourpre du couchant. Une branche de cerisier en fleur occupait un angle du tableau délimité par le cadre de la fenêtre. Sur le coup, je ne me suis pas demandé comment un cerisier pouvait être en fleur en plein été. Un flacon de bain moussant était posé sur la margelle de bois poli de la baignoire. Ce n'était pas de l'Obao, mais une marque locale. Je me suis retourné vers K., qui, appuyé contre le chambranle de la porte, me regardait, hilare.

« Ce n'est pas faute d'avoir essayé, mais on n'a pas trouvé de geisha qui accepte de se mettre dans le bain toute coiffée ! On n'a pas trouvé non plus de flacon de sels de bain Obao : cette marque n'est pas vendue dans notre pays. Enfin, malgré leur esprit compréhensif, les propriétaires du ryokan ont refusé de déverser de la mousse dans l'eau du bain ! Pour le reste, on a fait pour le mieux en fonction de ta description ! »

Il m'a ensuite expliqué qu'il avait téléphoné à au moins une dizaine d'auberges, demandant si on voyait le mont Fuji au bout de rizières depuis la salle de bains. Il m'a dit que les propriétaires avaient été très coopératifs, car la fenêtre par laquelle on voyait ce paysage était à l'origine une simple vitre montée sur un châssis en aluminium qu'il avait fallu changer pour un shoji afin que l'effet soit vraiment proche de l'image de la publicité. Le plus dur avait été de trouver une branche de cerisier en fleur à ce moment de l'année. Un copain de bureau de K., dont le père était régisseur au Kabuki za, avait réglé le problème en fournissant une branche de cerisier artificielle utilisée dans les scènes de printemps. Je me suis penché à la fenêtre ouverte et j'ai vu qu'effectivement la branche était fichée dans un tube planté dans la terre.

Nous sommes entrés dans le bain après nous être lavés et frotté mutuellement le dos. Cela commençait à devenir naturel. L'eau était à une température acceptable pour moi ; ou alors je me faisais aussi à la chaleur des bains japonais, telle la grenouille plongée dans de l'eau froide chauffée peu à peu et qui meurt ébouillantée sans avoir essayé de s'échapper. K. a sorti d'un sac en plastique deux gobelets en carton et un flacon de saké et m'a dit avec un regard complice :

« Pas de vrai onsen sans un peu de saké ! »

Dans l'eau jusqu'au cou, sa petite serviette sur la tête, ses lunettes embuées sur le nez, il a levé son gobelet et porté un toast à Obao. J'ai savouré ce moment en regardant le Fuji s'estomper dans le ciel qui s'obscurcissait. J'ai pensé que c'était la première fois de ma vie que je ressentais une telle béatitude.

Lorsque nous sommes sortis du bain, la maîtresse de maison nous attendait, vêtue d'un kimono léger comme un nuage. Je l'ai remerciée à profusion. Elle s'est excusée de son incapacité à convaincre une geisha de venir compléter le tableau.

Nous avons dîné et nous nous sommes couchés tôt, K. ayant décrété que nous commencerions l'ascension du Fuji à deux heures du matin, afin d'être près du sommet quand le soleil se lèverait.

Nous sommes partis dans la nuit noire jusqu'à la cinquième station, où nous avons abandonné la voiture sur un vaste parking. Avant de nous éloigner, nous avons acheté un stick en bois blanc de forme octogonale sur lequel K. m'a dit que nous ferions graver au fer chaud le sceau de chacune des sept stations jusqu'au sommet. Il y avait déjà sur le bâton celui des cinq premières haltes du sentier d'approche.

Voyant autour de nous que beaucoup de gens étaient équipés de grosses chaussures de marche, de guêtres de toile, d'épais pantalons de montagnards, de lampes frontales sur leur bonnet, de sacs à dos sophistiqués et, pour certains, de piolets étincelants, j'ai fait part à K. de mon peu d'expérience en fait de randonnées ou d'escalade en montagne. Nous n'étions équipés que de chandails de laine, d'anoraks relativement fins et de baskets montantes. K. a rigolé et m'a dit que les Japonais se prenaient pour le sherpa Tensing à l'assaut de l'Anapurna lorsqu'ils empruntaient le sentier du mont Fuji qui, sauf son respect, n'était qu'une montagne à vaches, un simple cône de cendres et de scories volcaniques. J'ai trouvé bien désinvolte son manque de dévotion pour le symbole du Japon mais je n'ai rien ajouté, et nous avons commencé notre ascension à la lueur de deux lampes torches.

Le sentier était large, un boulevard gris de gravier et de poussière sur lequel nous piétinions en file indienne. Nous avons croisé des randonneurs qui redescendaient. K. m'a expliqué qu'ils étaient montés la veille dans la journée pour admirer le coucher du soleil. Jusqu'à la station suivante, la pente n'a pas été trop rude, et malgré mon peu d'entraînement je n'ai pas eu de mal à suivre le rythme imposé par la file de grimpeurs. Nous nous sommes reposés quelques minutes en buvant un thé bouillant, assis sur la plateforme de la station où se bousculait une foule aussi dense que dans le quartier de Shibuya, où je m'étais rendu deux jours plus tôt.

Puis nous avons repris notre marche, plus lentement car la pente était plus raide et l'air se faisait plus rare. Nous glissions sur le gravier du chemin et devions parfois nous aider de nos mains en nous agrippant aux blocs de lave qui le bordaient. La file s'est un peu étirée au fur et à mesure que nous montions. Nous ne parlions plus. Une vague lueur commençait à baigner les flancs de la montagne. Vu de près, elle n'était pas très belle, noiraude, un tas de pierres et de poussière sale que nos godillots soulevaient.

À la halte suivante, je me suis mouché. Une morve noire a souillé mon mouchoir. J'ai regardé K., il avait des traces de suie sur le visage.

Nous avons entamé la dernière portion avant la station du sommet. Le jour s'était enfin levé sur le paysage raboté. On se serait cru sur du poussier de mine de charbon. La pente était devenue vraiment difficile. Le vent s'est mis à souffler, nous déséquilibrant. À un moment, K. m'a hurlé de me baisser. Un panneau de tôle ondulée rouillée a traversé le sentier à hauteur d'homme et est allé se fracasser dans l'abîme sans occasionner de dégâts ni décapiter qui que ce soit.

Nous sommes enfin arrivés à la halte près du sommet. On nous a interdit d'aller sur la crête du cratère du volcan, car il y avait trop de vent. De là où nous étions, nous avions une vue splendide sur l'ouest du Japon. On distinguait très nettement le massif d'Hakone et, plus loin, la péninsule d'Izu qui plongeait dans la mer. C'était un cours de géographie grandeur nature. Le soleil baignait maintenant les flancs de la montagne mais le vent l'empêchait de nous réchauffer.

Nous avons bu un verre de saké laiteux et chaud qui nous a revigorés. Nous avons mangé un bento de riz et de poisson froid.

Nous avons acheté une amulette comme preuve de notre ascension puis nous sommes redescendus. Nous avons mis deux fois moins de temps qu'à l'aller, dévalant la pente, bondissant de roc en roc. Nous soulevions des nuages de cendres qui pénétraient partout, dans notre nez, nos oreilles, nos poumons, nos cheveux, irritaient nos yeux et nous faisaient tousser.

Haletants, trempés d'une sueur qui dégoulinait sur nos visages en laissant des traces noires, nous avons rejoint la voiture au parking de la cinquième station.

K. m'a tendu des serviettes humides et deux canettes de bière qu'il a sorties d'une glacière rangée dans le coffre. Nous nous sommes essuyé tant bien que mal le visage, le cou et les mains et nous avons bu en toussant la bière qui a fait glisser dans nos gorges le tampon de suie qui s'y trouvait. K. a ri.

« Le proverbe dit : "Il faut être stupide pour ne pas monter une fois. Il faut être fou pour monter deux fois !" Moi, je dois être complètement idiot, c'est la cinquième fois que je fais cela ! »

J'étais fourbu, brisé, mes mollets étaient en feu, mais j'étais heureux de ces deux journées. J'avais l'impression de vivre dans le corps du Japon, pas en surface. Ce que je ressentais me faisait vibrer.

Nous sommes rentrés à Tokyo. En nous voyant si sales, Madame A. nous a interdit l'accès à sa demeure, elle nous a collé dans les mains deux bassines avec le nécessaire de toilette et nous sommes retournés au bain public où nous nous sommes récurés, frottés, grattés, avons craché, expectoré jusqu'à ce que nous soyons débarrassés de toute trace de la poussière du mont Fuji

Affamés, nous sommes allés dîner. Sur le chemin du retour nous avons bu une bière glacée. K. m'a fait observer que je marchais déjà bien mieux sur mes getas. Je ne m'en étais pas aperçu

21

Novembre, gare de Shimbashi

J'ai attendu mon train pour Kamakura à la gare de Shimbashi. Il y avait plus de monde que d'habitude à cette heure sur le quai. Je me suis mis dans la file des passagers, feuilletant l'hebdomadaire que je reçois directement de France.

Les nouvelles de mon pays me consternent. Après le « non » à la Constitution européenne, voilà que la France s'embrasait dans une insurrection de banlieue digne des *riots* de Los Angeles dans les années soixante-dix.

Au bout d'un moment, trouvant le temps bien long, j'ai jeté un œil par-dessus mon épaule vers le tunnel pour voir si le train arrivait. À ce moment-là, j'ai aperçu une jeune fille accroupie derrière moi qui fourrageait dans un sac en papier. Elle m'a regardé et s'est excusée en rougissant. Je lui ai demandé de quoi.

« De vous avoir distrait de votre lecture avec le bruit de papier froissé que je fais depuis un moment, a-t-elle répondu. Pardonnez-moi, je n'avais pas réalisé que j'étais si bruyante ! »

Je l'ai rassurée et lui ai dit que je n'avais même pas remarqué qu'elle était là. Attendri, j'ai pensé qu'il y avait encore des jeunes gens délicats dans ce pays et que le Japon serait finalement toujours le Japon.

Le train n'arrivant toujours pas, j'ai demandé à la jeune fille si elle savait ce qui se passait.

« Vous n'avez pas entendu l'annonce ? Il y a eu un suicide ! Notre train a dix minutes de retard. »

J'ai soupiré. Encore ! Cela arrive au moins une fois par mois sur cette ligne. Sur toutes les lignes. J'ai pensé que se jeter sous un train était une manière certes radicale mais peu élégante de mettre fin à ses jours. Où était donc passée l'esthétique du seppuku ?

Cette culture du suicide pour un oui ou pour un non continue de m'impressionner après tant d'années. Je n'arrive pas à m'y faire.

J'ai repensé à cet acteur de films X qui avait jeté sur la maison d'Osano Kenji, un des protagonistes du scandale Lockheed, l'avion de tourisme qu'il convoyait entre deux terrains d'aviation après une prise de vues que j'avais imaginée torride dans le cockpit. À l'époque, je travaillais à l'ambassade. J'avais trouvé ce suicide terriblement romantique, bien que totalement inutile puisque le pilote avait manqué la chambre où se terrait Osano. Cette histoire truculente était si typiquement japonaise ! Se sacrifier avec son avion pour effacer la souillure d'un scandale politique d'ampleur nationale et laver l'honneur bafoué de la Mère Patrie, voilà qui ne manquait pas d'allure !

Je me suis aussi rappelé le suicide de l'acteur Oki Masaya, plusieurs années plus tard. Il s'était précipité dans le vide depuis un balcon de l'escalier de secours de l'hôtel Keio Plaza. Nos bureaux étaient dans une tour de Shinjuku qui faisait face à l'hôtel. Il était tard mais je travaillais encore. Ankylosé, je m'étais levé de mon fauteuil pour m'étirer et m'étais retourné vers la fenêtre. La partie étroite du Keio, avec l'escalier de secours, se trouvait juste en face de la baie vitrée de mon bureau, à moins de cinquante mètres. Comme j'allais me rasseoir, un mouvement sur le balcon de l'escalier à l'étage le plus élevé de l'hôtel avait attiré mon attention. Une silhouette s'était découpée sur le rectangle de lumière de la porte de secours qu'elle avait ouverte et j'avais pensé qu'un client venait prendre l'air ou griller une cigarette. La silhouette était restée un moment accoudée au balcon puis l'avait enjambé au moment où était arrivée une seconde personne qui s'était précipitée pour la retenir. L'estomac noué, glacé d'horreur, j'avais vu la silhouette s'élancer dans le vide et le corps tournoyer comme une hélice. Quelques secondes après, elle s'écrasait sur le trottoir. J'avais eu l'impression que la chute avait duré une éternité. Encore tout tremblant, j'avais appelé ma femme, qui avait immédiatement allumé la télévision. Nous avions appris plus tard que c'était un acteur connu.

Une image en appelant une autre, je me suis souvenu de ce journaliste français qui avait échoué au Japon tel un cétacé épuisé sur une plage, après avoir baroudé des années en Corée et en Indochine. Je l'avais connu lorsque je travaillais au service de presse de l'ambassade de France. Il semblait un peu perdu, loin de la fureur et des atrocités des combats. On racontait qu'il avait été fait prisonnier par les Viets mais qu'il avait gagné sa liberté en jouant sa vie à la roulette russe, comme Robert De Niro dans *Voyage au bout de l'enfer*, et que cela l'avait un peu dérangé. La routine somnolente d'un bureau de presse à Tokyo lui pesait. Il errait dans les cocktails de l'ambassade, un verre de cognac à la main, le regard brouillé, égaré dans une jungle improbable, à la recherche d'une âme charitable qui écouterait son histoire. Les gens l'évitaient. Il faisait un peu pitié. Un jour, on nous a dit qu'il s'était jeté du haut de la première grande tour de Tokyo, l'immeuble Kasumigaseki, par un de ces beaux dimanches clairs d'hiver, quand on peut voir le mont Fuji. Les mauvaises langues ont prétendu qu'il avait pas mal d'amphétamines et d'alcool dans le sang. Moi, je savais que c'était surtout beaucoup de désespoir et de solitude.

Finalement, le train est arrivé, chassant ces histoires macabres de ma tête. Je suis monté dans mon wagon, pressé de rentrer à Kamakura. Alors l'année 1972 est revenue à la surface comme un feuilleton qui m'aurait patiemment attendu à la dernière page de mon journal quotidien.

22

1972, Tokyo

L'hôtesse que j'avais rencontrée dans l'avion a téléphoné pour confirmer que je pouvais me rendre chez ses parents à Kobe. J'ai donc fait mes préparatifs. Comme je souhaitais garder le plus d'argent possible pour les accessoires que j'avais décidé d'ajouter à mon Nikon, j'ai cherché un moyen de transport d'un coût raisonnable. J'aurais bien pris le Shinkansen, mais je trouvais le prix prohibitif. Aussi ai-je opté pour quelque chose de moins rapide mais plus économique : les autocars des chemins de fer nationaux, qui effectuaient le trajet de nuit par l'autoroute.

K. m'a prêté un sac à dos où j'ai serré ce dont j'avais besoin pour un voyage d'une dizaine de jours. Il m'a aussi donné un éventail d'homme, plus grand et plus sobre que celui pour femme que j'avais trouvé aux arcades Nikatsu, sous la gare de Yurakucho. Ma sacoche d'appareils photo constituait mon autre bagage.

Le soir de mon départ, je me suis rendu un peu plus tôt que nécessaire à la gare de Tokyo pour photographier le Super Express. J'ai laissé mon sac à dos à la consigne, j'ai acheté un ticket de quai, puis j'ai gagné la plate-forme des Shinkansen et mitraillé les trains. Leur gros nez rond futuriste et leurs phares en ellipse rendaient très bien au grand angle de mon Topcon que j'avais chargé d'un film noir et blanc à grande sensibilité. J'ai pris des photos couleur avec le Nikon en vitesse lente. J'ai calé l'appareil sur une rambarde pour qu'il ne bouge pas. J'espérais capter les phares rouges des rames qui partaient en traits de lumière à la poursuite du train. Comme j'avais acheté à l'avance mon billet d'autocar pour Kobe, j'ai pu rester assez longtemps pour faire deux rouleaux de pellicules.

J'ai aussi photographié des passagers, la plupart du temps à leur insu. Comme les halls d'aéroport, les quais de gare sont rarement des lieux neutres. S'y déroulent à qui sait bien regarder des tragédies et des instants de bonheur palpables. Lieux de départ ou d'arrivée, ce sont aussi des lieux de commencement et de fin.

Un jeune couple a attiré mon attention. Lui était vêtu d'un jean et d'un T-shirt, elle portait un kimono. Ils étaient accrochés l'un à l'autre par le petit doigt de leurs mains et par leurs regards, indifférents au reste du monde. Leur détresse était encore plus palpable dans sa sobriété que s'ils s'étaient étreints de manière exubérante. J'ai photographié leurs silhouettes à contre-jour. Finalement, on a annoncé le départ du train et leurs doigts se sont séparés. J'ai pris au téléobjectif un cliché de l'infinie tristesse de ces deux mains suspendues dans le temps à l'instant où elles se sont lâchées. La jeune fille est montée dans le train, dont les portes se sont fermées. Le jeune homme a plaqué un court instant sa paume contre la vitre, puis il a reculé et est resté figé sur le quai, hébété, tandis que le Shinkansen prenait de la vitesse. Quand le wagon est passé devant moi, suffisamment lentement pour que je puisse voir à l'intérieur, la main de la jeune fille était posée contre la porte, comme si elle pouvait encore sentir la chaleur de celle de son compagnon. Dans le reflet de son regard sur la vitre, il y avait une larme.

J'ai repensé aux suicidés des chutes Kegon, à la violence avec laquelle les sentiments pouvaient s'exprimer dans ce pays malgré la délicatesse de leur manifestation au quotidien. Je n'avais pas vu, en une semaine de déambulation attentive dans Tokyo, de jeunes s'embrasser ou simplement se tenir par la main, pas même dans le quartier des universités. Ces deux-là, sur le quai, étaient les premiers que je voyais manifester, mais avec quelle retenue !, leur tendresse et leur chagrin. Je me suis demandé comment pouvait s'exprimer l'amour ordinaire dans ce pays où tout semblait codifié, mesuré, pesé. Les mouvements du cœur au Japon étaient-ils si éloignés des nôtres ou s'agissait-il seulement d'une expression différente, bridée par la pudeur, les conventions? Les Japonais étaient-ils autistes dès qu'il s'agissait d'ouvrir leur âme? Ils étaient pourtant attentionnés, généreux, attentifs, comme j'avais pu le constater. Comment pouvait-on aimer d'amour au Japon et, surtout, comment pouvait-on l'exprimer?

J'ai quitté le quai à regret, mais l'heure du départ de mon autocar approchait. J'ai repris mon sac à dos à la consigne et je me suis mis dans la file d'attente du car en partance pour Kobe à l'emplacement peint sur le sol qu'un préposé m'avait indiqué quand je lui avais tendu mon billet. Des haut-parleurs déversaient un tas de recommandations que personne n'écoutait.

Sur le quai des Shinkansen, j'avais déjà été frappé par l'incroyable tintamarre qui accompagnait une arrivée ou un départ. Une voix débitait le numéro du train, de voie, la provenance ou la destination, puis ces informations étaient reprises par une voie de femme synthétique, répétées enfin par le chef de quai qui s'époumonait ensuite dans un sifflet à roulettes tandis qu'un bourdonnement électronique à haute fréquence achevait de vous vriller les tympans.

L'autocar est arrivé. La voix dans le haut-parleur a augmenté son débit pendant qu'un employé ouvrait les soutes et collectait sacs, valises et colis pour les y entasser selon un ordre précis. Les passagers ont été invités à monter et à s'installer à la place indiquée sur leur billet. J'étais le seul étranger. Un vieux monsieur m'a aimablement montré mon siège. Le car n'était pas plein. Le voyage serait confortable malgré l'étroitesse des fauteuils. Les gens, une fois assis, ne bougeaient plus, déjà prêts à dormir. Ceux qui voyageaient en compagnie chuchotaient pour ne pas déranger. Devant moi, le vieillard qui m'avait aidé à trouver ma place a ôté ses chaussures et dégrafé son pantalon, qu'il a retiré. Un justaucorps de coton couvrait ses courtes jambes maigres. Il a soigneusement plié le pantalon avant de le poser dans le filet à bagages au-dessus de sa tête puis il s'est assis les pieds sous les fesses. Il s'est endormi aussitôt. Il était vingt et une heures, l'heure du départ. Le chauffeur a éteint les plafonniers et fermé les portes.

Alors que l'autocar allait s'ébranler, un jeune Japonais aux cheveux mi-longs est arrivé en courant et en brandissant son billet. On a rouvert les soutes pour qu'il puisse y ranger son gros sac de toile frappé du sigle d'une université américaine. Encore tout essoufflé, il est monté en proférant des excuses à l'adresse du chauffeur. Enfin, il s'est affalé, tel un pantin désarticulé, sur le siège en vis-à-vis du mien de l'autre côté du couloir.

« Salut ! »

Il parlait l'anglais avec un fort accent américain et mâchait du chewing-gum. Il m'a tendu la main ; en une semaine à Tokyo, j'en avais perdu l'habitude.

« Moi c'est I. Et toi ? »

Je lui ai dit mon prénom. Il l'a répété à l'américaine.

« Tu viens d'où ?

– De France !

– Ah ! La Fayette ! J'ai une copine française là-bas ! Elles sont plus faciles à vivre que les Américaines ! Les Américaines, tu sors avec elles une semaine, et alors elles veulent te présenter à leurs parents et ne pensent plus qu'au mariage. Ou bien ce sont des folles furieuses du *Love and Peace*, free sex et multipartenaires. Très peu pour moi !

– Tu vis aux États-Unis ?

– Oui, depuis deux ans, sur la côte Ouest, à Los Angeles. Je fais des études de dentisterie. C'est mon père qui m'a poussé à partir. Quand il était jeune, il en rêvait, mais cela n'a pas pu se faire. À cause de la guerre. En quelque sorte, il réalise son rêve par procuration.

– Cela te plaît ?

– Ah, ça oui, j'aime ! Tu comprends, à L.A., je suis un individu !

– Pas ici ?

– Pas de la même façon. Ici, je ne suis que le membre d'un

groupe, une partie d'un tout plus grand, plus fort, plus exigeant. À L.A., je suis moi, rien que moi mais totalement moi. Je ne peux compter sur personne que moi-même. J'aime cela, ne compter que sur moi-même, c'est le fondement de la liberté ! Ce n'est pas comme cela, dans ton pays ?

– Un peu les deux, je suppose. Nous sommes individualistes, mais très accrochés aux privilèges du groupe auquel nous appartenons. Dès que cela va mal, nous blâmons le reste du monde. Si tu es un peu trop différent, en France aussi on finit par te regarder de travers. En fait, nous sommes très conventionnels, sous nos dehors révolutionnaires ! »

Il a réfléchi un moment puis il a fait la moue.

« Cela ne m'irait pas, d'être conventionnel ! C'est aussi pour ça que je n'ai pas voulu faire mes études ici ! Le milieu médical, celui des dentistes, des avocats, les professions libérales, tout est figé. Si tu es différent, on te tape sur la gueule, on t'enfonce la tête jusqu'à ce qu'elle ne dépasse plus ! On dit ici que le clou qui dépasse doit être enfoncé !

– J'ai déjà entendu cela !

– Le résultat, c'est un archaïsme terrifiant ! Si tu savais à quel point nous sommes en retard dans ma spécialité ! J'apprends dix fois plus et dix fois plus vite à L.A. ! » Puis il a sauté du coq à l'âne. « Où vas-tu comme cela ? Un étranger, d'habitude, ça prend le Shinkansen !

– Peut-être ne suis-je pas très conventionnel ! Je vais à Kobe, je suis attendu dans une famille. Et toi ?

– Je prends un bateau à Kobe, un ferry, pour rentrer chez moi. On habite une île dans la mer Intérieure. J'y suis né et j'y ai été élevé. C'est un petit paradis couvert de pins. On y fait pousser des mandarines et des citrons, les meilleurs du Japon ! Mes parents tiennent une auberge de jeunesse dans la montagne ! On a une vue imprenable sur la mer Intérieure ! Il y a un tas de choses à faire et à voir ! Des plages fabuleuses, des criques tranquilles qu'on ne peut atteindre qu'en bateau, où on peut pêcher. C'est plein de poissons et de poulpes. Sur la colline qui domine le village, il y a une ancienne pagode réputée. Il y a aussi un temple bouddhiste fameux, le Kosanji, fondé par un natif de l'île. Ça, c'était un mec ! Il a fait fortune à Osaka, puis il est revenu à la mort de sa mère fonder le temple et il est devenu moine ! Un autre type très célèbre est originaire de l'île, le peintre Hirayama Ikuo. Maintenant, il habite Kamakura, mais il revient souvent ! De l'île, on peut se rendre partout en ferry : Hiroshima, Shikoku, Omishima. Si tu viens, je pourrai t'accompagner et on prendra du bon temps. C'est aussi la fête des Morts, l'O Bon. Chez nous, l'O Bon, c'est un moment important de l'année ! Toute l'île se met sur son trente et un pour aller danser sur la plage ! Il y a des baraques foraines traditionnelles. Tu pourrais assister à une vraie fête japonaise. C'est si important, au Japon, les fêtes ! Viens donc passer quelques jours chez nous ! »

La perspective d'un séjour dans une île de la mer Intérieure m'enchantait. I. m'a donné son adresse et son numéro de téléphone et m'a expliqué comment prendre le ferry pour me rendre à Setoda, son village dans l'île d'Ikuchi. J'ai promis de l'y rejoindre vers la fin de la semaine.

L'autocar avait pris l'autoroute Tomei. Nous avions dépassé Yokohama, la plupart des passagers dormaient déjà. I. m'a offert une boulette de riz fourrée à la prune. J'ai trouvé cela bon bien que le riz soit froid et gluant, la feuille d'algue qui l'enveloppait, humide et collant au palais, et la prune, vraiment très salée. Bref, une saveur et une consistance à l'opposé de ce qu'on trouvait chez nous.

Nous avons encore parlé à voix basse pendant une heure. Finalement, le ronron régulier du moteur nous a bercés et nous nous sommes endormis alors que l'autocar entamait la montée vers Gotemba.

23

1972, Kobe

Dans la nuit, l'autocar a fait une halte sur une aire de l'autoroute qui ressemblait à toutes les aires d'autoroute du monde, glauque sous l'arc des lampadaires. Il y avait des camions aux guirlandes de feux multicolores et au cul décoré d'où descendaient des routiers dans des débardeurs qui laissaient voir leurs bras tatoués de dragons et d'ogres à la mine patibulaire. Peu de passagers ont bougé. Les yeux bouffis de sommeil, je suis sorti faire un tour pour me dégourdir les jambes. Bien que seul sur ma banquette, j'avais eu du mal à les caser dans l'étroit espace et j'avais des crampes. Quand je suis passé devant lui, le chauffeur m'a fait signe de ses trois doigts que nous faisions une halte de trente minutes. Dehors, l'air était tiède, presque frais.

Je suis allé aux pissotières, immaculées. Ensuite, j'ai traîné sur le parking autour des camions rutilants. Un routier appuyé contre la calandre de son véhicule était en train d'ouvrir un Tupperware décoré d'un petit chat vêtu d'une robe en vichy rose. Des petites prunes salées étaient arrangées en forme de cœur sur un lit de riz blanc. Dans un autre compartiment, il y avait un morceau d'omelette, une tranche de poisson blanc et des condiments. Il a vu que je regardais son casse-croûte et a eu un rire un peu gêné en pointant du doigt le cœur en prunes salées :

« *Wife ! Nice, ne !* » Puis il m'a demandé : « *American ?* »

J'ai répondu :

« *No, French.* »

Il en a fait tomber ses baguettes, a posé son repas sur le pare-chocs chromé de son camion et s'est exclamé comme si j'avais annoncé que je venais de la planète Mars :

« *French ? French ? Good ! Good movies ! Jean Gabin, nice yakuza ! Michèle Morgan, beautiful eyes ! Jean-Paul Belmondo, Pierrot le Fou, very good ! Yves Montand, like me truck yarou, good, good !* »

Il a pointé le pouce sur sa poitrine et a saisi un volant imaginaire. J'ai compris qu'il singeait la dernière scène du *Salaire de la peur*. J'avais devant moi un cinéphile, un fin connaisseur des meilleures œuvres françaises, dont il avait retenu les titres originaux ! J'ai cité Brigitte Bardot, Lino Ventura, Vadim, Godard, Truffaut. À chaque nom il opinait vigoureusement et me donnait un titre de film. J'ai mimé la scène du *Passager de la pluie* où l'acteur Charles Bronson fait tomber des pièces de monnaie dans un verre plein d'eau, jeu auquel, adolescent, je me suis livré mille fois avec mes copains. Il a rugi :

« *Bronson ! Marlène Jobert !* »

Comme s'il était enchanté de réussir un test important. J'ai levé les deux pouces en l'air. Il m'a fait signe d'attendre et il est monté dans la cabine de son camion. Je l'ai vu prendre un bouddha miniature en métal doré qui était coincé entre le pare-brise et le tableau de bord. Je me suis dit : « Oh non ! Pas encore ! » Il a sauté du marchepied et m'a tendu la statuette :

« *Good God, good trip !* »

Je ne savais plus où me mettre. Je l'ai remercié et suis retourné vers l'autocar. Le chauffeur grillait une cigarette devant la calandre. Il m'a fait un signe de connivence et m'a tendu un sac en papier dans lequel il y avait du café chaud et des friandises.

« *For you* », m'a-t-il dit.

Je me suis demandé ce que j'avais bien pu faire pour mériter tant d'attentions.

Je suis remonté dans le car et nous sommes repartis. I., pelotonné sur son siège comme un chat dans sa corbeille, n'avait pas ouvert l'œil. Il dormait bouche ouverte. La mèche de ses cheveux sur son front voletait au gré de son souffle.

Vers six heures du matin, le chauffeur de l'autocar a enclenché une cassette qui a diffusé une ritournelle et un petit discours prononcé par une voix de femme aux intonations enfantines. Les passagers ont commencé à se réveiller. Le vieux monsieur devant moi a sorti d'une boîte en fer-blanc une serviette humide dont il s'est frotté le visage et qu'il a passée dans ses cheveux. Puis il a enfilé son pantalon et mis ses chaussures. Une femme d'âge moyen a sorti de son sac un nécessaire à maquillage et s'est refait une beauté. I. s'est finalement réveillé. Il s'est étiré en bâillant et m'a fait un petit signe.

L'autocar est arrivé à sept heures précises à Hashiya, la banlieue chic de Kobe où l'hôtesse de l'air m'avait dit de descendre. Elle m'avait envoyé un plan du domicile de ses parents, c'était à cinq minutes à pied de l'arrêt. Avant de le quitter, je me suis assuré auprès de I. que son invitation tenait toujours. Je ne voulais pas commettre d'impair. Il a confirmé, me demandant de téléphoner avant de prendre le ferry pour qu'il vienne me chercher avec son père au port de Setoda.

«*Bye*», m'a-t-il dit quand je suis descendu du car.

Sac à dos sur les épaules, j'ai sorti le plan. Il était très détaillé. J'ai suivi les indications et pris en face de l'arrêt d'autocar une ruelle que j'ai suivie jusqu'à une petite boutique de fruits et légumes. Là, j'ai tourné sur ma gauche dans une ruelle plus étroite encore. J'ai longé sur une trentaine de mètres un élégant mur de terre beige surmonté d'une corniche de tuiles grises. Je me suis retrouvé devant un imposant portail de bois surmonté d'un magnifique auvent au toit de chaume à l'endroit même où le plan indiquait d'une flèche et d'un péremptoire «Ici!» l'entrée de la maison. J'ai pensé que j'avais mal suivi les indications du plan. L'hôtesse de l'air m'avait dit que sa famille habitait une modeste demeure, or cette clôture et cette entrée ressemblaient à tout sauf à cela. J'ai fait demi-tour et je suis retourné sur mes pas jusqu'à une épicerie. J'ai montré le plan avec l'adresse à la petite vieille toute tordue assise sur le seuil. Elle m'a indiqué le portail au bout de la ruelle. J'ai insisté :

« *W. San ?* »

Elle a confirmé. Perplexe, me disant que les parents de l'hôtesse de l'air habitaient peut-être une dépendance de ce domaine, je suis revenu devant le portail et j'ai pressé l'interphone.

Une voix a répondu « *Hai ! Hai !* » et au bout de quelques minutes j'ai entendu le bruit typique des socques de bois sur le pavé. Une petite porte que je n'avais pas remarquée sur le côté du portail s'est ouverte sur une femme entre deux âges en tablier blanc. Elle m'a salué et fait signe de la suivre.

Nous avons traversé un magnifique jardin japonais aux arbres et aux buissons impeccablement taillés. Sur la gauche, un gazon en pente douce descendait vers un étang que traversait un petit pont en dos d'âne. Au bout de l'étang, il y avait un pavillon sur pilotis. Devant nous s'élevait une élégante bâtisse composée de plusieurs bâtiments reliés les uns aux autres par des couloirs qui enjambaient un cours d'eau. Bien qu'ancienne, elle était admirablement préservée. Je me suis dit en suivant la femme sur ses socques que j'avais vraiment dû me tromper d'adresse, à moins qu'il ne s'agisse d'un canular.

La femme a ouvert un shoji et m'a invité à entrer dans un vestibule de terre compacte dure comme du ciment. Il y avait un bassin de pierre rempli d'une eau claire où flottait un nénuphar. J'ai retiré mes chaussures et j'ai suivi la femme dans une enfilade de pièces à tatamis et de couloirs aux lattes de bois noir luisant. Le plancher chantait comme un rossignol sous notre poids. On entendait les cigales dans le jardin. Dans chaque alcôve, à chaque détour de couloir, on pouvait voir un arrangement floral différent.

Elle m'a laissé dans une pièce de huit tatamis dont elle a ouvert les shojis sur un minuscule jardin de mousse orné d'un petit bassin de pierre.

«*Your room*», m'a-t-elle dit en me conviant à m'asseoir à la table basse sur un coussin qui tournait le dos à l'alcôve.

Puis elle a disparu dans la pénombre du couloir, me laissant seul, totalement dérouté. Le filet d'eau qui coulait d'un mince tuyau de bambou dans le bassin de pierre faisait un bruit de cristal auquel répondait une clochette de bronze qui pendait à l'auvent du toit. La petite langue de bambou tressé accrochée à son battant vibrait sous la brise. Il faisait frais. C'était calme et serein. Je n'osais pas bouger. La femme au tablier est revenue au bout d'un moment avec un nécessaire à thé et des friandises. Elle a préparé une tasse de breuvage qu'elle a posée devant moi puis elle s'est éclipsée de nouveau.

J'ai dû rester ainsi dix bonnes minutes dans le silence de la maison. Enfin, il y a eu un frôlement de pas sur le parquet. Une voix derrière la paroi de papier a murmuré quelques mots et la porte a coulissé sur une dame âgée agenouillée en kimono. Elle était d'une beauté stupéfiante malgré son âge, que trahissaient ses cheveux blancs tirés en un chignon simple sur son crâne. J'ai reconnu les traits de l'hôtesse de l'air dans ce beau visage impassible. Je ne m'étais donc pas trompé d'adresse. J'étais bien chez les W.

Elle m'a salué et m'a remis une lettre de bienvenue rédigée par son fils. Il me disait de me sentir chez moi dans cette maison classée au patrimoine culturel du Japon. Sa mère me la ferait visiter. Dans l'après-midi, j'étais convié à une cérémonie du thé dans le pavillon sur l'étang. Avant le dîner, je pourrais prendre mon bain dans la salle de bains attenante à ma chambre, un yukata serait mis à ma disposition. J'ai remercié Madame W. du mieux que j'ai pu avec les quelques formules de politesse que j'avais retenues. Elle a eu un bon sourire indulgent et m'a invité à la suivre pour la visite.

Il nous a fallu plus d'une heure pour faire le tour de la maison. L'architecture en était magnifique. Une série de pavillons étaient reliés entre eux par des ponts recouverts. Chaque pièce donnait sur un jardin ou une cour intérieure. Partout l'intimité était préservée. Il y avait une partie occidentale datant de l'ère Meiji, avec un salon où trônait un piano droit, une salle à manger d'inspiration Régence et une bibliothèque aux murs tapissés de boiseries et d'étagères de livres rares. J'ai demandé l'autorisation de dessiner le plan de cette demeure si simple en apparence mais si complexe dans sa réalisation. J'ai passé le reste de la matinée à essayer de comprendre l'articulation des différents bâtiments sans vraiment y parvenir. Chaque fois que je pensais avoir compris, il manquait une pièce sur mon plan ou elle se superposait à une autre que je croyais pourtant avoir bien positionnée. Madame W. a bien ri quand je lui ai montré mon piteux résultat.

Nous avons déjeuné de beignets de légumes et d'une soupe de miso dans la salle à manger occidentale. La femme qui m'avait accueilli le matin a fait le service en silence, glissant sur ses tabis.

Je suis allé me reposer un moment dans ma chambre, que j'ai fini par retrouver après m'être égaré par deux fois. On est venu me chercher à trois heures. J'ai traversé le jardin écrasé de chaleur jusqu'au pavillon sur l'étang où j'ai été présenté par Madame W. à quatre femmes distinguées en kimono. Elle m'a invité à m'asseoir en tailleur mais j'ai voulu respecter la position sur les talons. J'ai tenu cinq minutes, puis j'ai capitulé. Madame W. a commencé la cérémonie. Je m'attendais à ce que ce soit très solennel, mais c'était très gai bien qu'assez formel dans la gestuelle. Les cinq femmes pépiaient à voix basse et riaient en mettant leur main devant leur bouche. J'ai bien observé le rituel et je m'en suis assez bien tiré quand mon tour est venu. Les dames m'ont félicité. Le thé était amer mais rafraîchissant. Un peu de mousse verte est restée sur mes lèvres après que je l'ai bu, ce qui les a fait beaucoup rire.

Après la cérémonie du thé, on m'a raccompagné à ma chambre. Un yukata m'attendait, plié sur un plateau de laque rouge. Je suis allé prendre mon bain. La salle de bains donnait sur un autre jardin. J'ai fait coulisser les shojis et en ai admiré la délicatesse en me prélassant dans la baignoire en bois de hinoki qui parfumait la pièce. Ma félicité était intense. J'avais l'impression d'une osmose absolue entre mon corps et mon esprit. J'aurais aimé pouvoir fredonner une chanson en japonais.

Lorsque je suis sorti du bain, Madame W. m'a fait appeler pour me dire que son mari allait arriver. J'étais à ses côtés sur le seuil de la partie occidentale de la maison quand une grosse Mercedes est entrée. Le chauffeur est descendu ouvrir la portière à Monsieur W. Il était en costume trois pièces. Un secrétaire portait sa mallette. Monsieur W. avait une belle tête joviale mais on devinait la sévérité du regard derrière le sourire. Il m'a chaleureusement serré la main en me souhaitant la bienvenue. Puis il s'est engouffré dans la maison, suivi du secrétaire et de son épouse qui trottinait derrière lui. Un peu après, le fils des W. est arrivé, sa femme et deux adorables petites filles sur ses talons. J'ai enfin pu remercier correctement la famille grâce à sa traduction. Nous avons bavardé un moment. J'ai compris que Monsieur W. avait une grosse affaire d'import-export, une usine de saké, et qu'il était actionnaire d'une entreprise qui fabriquait de l'acier. Le fils était chirurgien obstétricien. Il m'a dit que son père regrettait qu'il n'ait pas suivi sa voie.

Monsieur W. est revenu vêtu d'un kimono. Il avait pris son bain. Son fils nous a servi des whiskys dans des verres en cristal. Nous les avons bus dans la bibliothèque. J'étais intimidé par Monsieur W. Visiblement, son fils aussi. Il se tenait modestement à ses côtés. Attentif à ses désirs, il remplissait son verre quand il était vide ou y ajoutait des glaçons.

Nous sommes passés à table. Les femmes ne nous ont pas rejoints. On les entendait parler à voix basse dans l'office attenant à la salle à manger. Madame W. venait de temps à autre s'assurer que nous ne manquions de rien. Monsieur W. nous a fait goûter une nouvelle race de saké. Son fils a bien insisté sur le mot « race » quand il a traduit ce que son père disait. Après le dîner, Monsieur W. m'a offert de goûter un cognac rare. Déjà passablement saoul, j'ai poliment refusé.

Vers huit heures, le téléphone a sonné. C'était la fille des W. qui appelait de Paris pour s'assurer que j'étais bien arrivé et que je ne manquais de rien. On me l'a passée. Nous avons parlé cinq minutes et je l'ai remerciée avec effusion. Quand je lui ai dit à quel point j'avais été surpris en arrivant devant cette propriété qu'elle m'avait décrite comme une modeste demeure, elle a ri. « Simple formule de politesse que j'ai mal traduite », a-t-elle déclaré.

Il n'était pas très tard quand Monsieur W. a décrété qu'il était l'heure d'aller se coucher. Son fils m'a dit que, si je pouvais me réveiller à cinq heures le lendemain matin, Monsieur W. m'invitait à me joindre à lui pour assister à la préparation des bouquets d'ikebana de la maison, qu'il ne laissait à personne le soin de réaliser à sa place. J'ai accepté avec enthousiasme. Le fils de Monsieur W. m'a dit que j'étais courageux et que cela ferait plaisir à son père de me montrer son savoir-faire.

Nous nous sommes souhaité bonne nuit et j'ai regagné ma chambre, où mon futon m'attendait. Une carafe d'eau avec un verre retourné sur le goulot était posée sur un petit plateau près de l'oreiller. Grisé d'alcool et de la conscience de vivre une expérience précieuse et unique, je me suis glissé sous la couette de coton éponge et endormi.

24

Novembre, Kamakura

En descendant du train à la gare de Kamakura, je n'étais pas dans mon assiette. Cette histoire de lettre m'obsédait. J'avais l'impression d'être un plongeur donnant un coup de talon au fond de la mer pour remonter mais dont le battement de palmes serait totalement inefficace.

Je ne suis pas un adepte du retour sur soi, l'introspection n'est pas mon fort. Pourtant, les jours précédents, je m'étais replongé dans mon passé. Cela m'avait épuisé. D'infimes détails avaient resurgi, comme cette histoire de camionneur fou de cinéma français sur une aire perdue d'autoroute au beau milieu du Japon, mais l'essentiel m'échappait. Pourtant, je savais bien que le déroulement de mon premier voyage y menait inexorablement. Je l'avais occulté pendant plus de trente ans, il était normal que mon cerveau prenne son temps pour se le remémorer, l'apprivoiser en quelque sorte.

Et puis il y avait tous ces suicides qui remontaient à la surface comme des noyés. J'ai appelé ma femme pour lui dire que je faisais un crochet par The Post Office. The Post Office, c'est un minuscule bar de la rue de Yuigahama, installé dans un immeuble du début de l'ère Taisho ou peut-être Showa, je n'ai jamais vraiment posé la question. Autrefois, c'était un vrai bureau de poste. Il en reste un comptoir, une décoration un peu austère et, bien sûr, le nom. La lumière y est tamisée, le propriétaire est taciturne, le jazz est mélancolique, les clients quand il y en a sont silencieux.

C'est un sas parfait pour décompresser lorsque j'ai eu une journée difficile au bureau.

J'ai marché jusqu'à The Post Office par les rues déjà désertes. Dans le bar, il n'y avait qu'un couple. Un flacon de whisky précieux avec une étiquette accrochée au col était posé sur le comptoir devant eux. Des habitués. L'homme devait avoir une bonne quarantaine d'années. La fille était jeune, vingt-cinq ans tout au plus, un peu vulgaire mais plutôt jolie. Sa jupe était remontée assez haut sur ses cuisses et dévoilait de longues jambes terminées par des chaussures aux talons très effilés. J'ai remarqué que, malgré la saison, elle ne portait pas de bas. L'homme, une main posée sur le dossier de son tabouret de bar, était penché sur elle et lui parlait à voix basse. Elle gloussait de temps en temps, un rire de gorge sensuel et aguicheur.

Le barman a grogné un mot d'accueil et posé un flacon de saké chaud, une coupe et une petite assiette de lamelles de seiches au fromage devant moi. Je n'ai pas besoin de demander, il sait ce que je commande. C'est immuable. Du saké chaud en hiver, froid en été, avec ces petites friandises dont je raffole. J'ai bu en silence.

« Vous n'avez pas l'air en forme, ce soir, a-t-il dit au bout d'un moment. Des soucis au bureau ? »

J'ai soupiré. Ce mec, il a le chic pour vous confesser et vous réconforter ensuite, quand vous avez lâché le morceau.

« Pas vraiment. Je rumine le passé et cela me tourmente.

– Ce n'est pas une mauvaise chose, le passé. C'est la trace qu'on laisse derrière soi. Vivre, c'est fabriquer du passé ! C'est inévitable. »

J'ai haussé les épaules sans répondre. En fait, je n'avais rien à raconter. J'ai tripoté un moment un bout de peau qui dépassait sur le pourtour d'un ongle. J'ai la sale manie d'arracher les envies avec mes dents. À mon âge et dans la position que j'occupe, c'est puéril, mais je ne supporte pas ces bouts de peau. Ma version du clou qui dépasse, je suppose. J'ai voulu le sectionner, mais comme je n'y suis pas parvenu j'ai tiré dessus et j'ai arraché mon épiderme sur quelques millimètres. Le sang a perlé. J'ai trempé mon doigt dans le saké brûlant où le sang s'est dilué. La morsure de la chaleur du liquide sur la blessure m'a fait sursauter. Sans se départir de son flegme, le barman m'a tendu un sparadrap que j'ai collé sur le petit croissant cramoisi de la plaie. J'ai bu le saké imperceptiblement teinté de mon propre sang.

Du coin de l'œil, j'ai suivi un moment le manège du couple. L'homme ne parlait plus à l'oreille de la fille, qui avait fermé les yeux et respirait fort, le nez pincé et le visage pâle, les coudes posés sur le comptoir. J'ai cru qu'elle avait un malaise puis je me suis aperçu qu'elle avait les cuisses écartées et que la main de l'homme caressait son sexe. Il la masturbait ! Je ne suis pas voyeur de nature mais je n'arrivais pas à détacher mon regard du visage de la fille. Finalement, ses lèvres se sont contractées, elle a serré les poings, refermé violemment les cuisses sur la main de son compagnon et elle a joui, sans une plainte, sans émettre un son, comme si elle était devenue muette. Imperturbable, l'homme a retiré sa main. Le barman lui a tendu une serviette chaude comme si de rien n'était. La fille est allée aux toilettes pendant que l'homme payait puis ils sont partis. La hanche de la jeune femme m'a frôlé quand elle est passée derrière moi. Ses talons hauts lui donnaient une démarche qui faisait danser sa jupe de manière provocante.

Le barman a attendu un moment avant de parler :

« Ils viennent une fois par mois et ils font toujours cela. Le bonhomme raconte à la fille des histoires salaces pour la chauffer pendant qu'ils vident une bouteille de vieux Chivas, il lui accorde une gâterie, il paie cash et ils s'en vont.

– C'est probablement tout ce qu'il lui fait !

– Probablement, a repris en écho le barman, rêveur. Elle ne porte jamais de culotte, comme les femmes en kimono ! »

J'ai ri.

« Les traditions se perdent, elle ne porte pas de kimono non plus ! À propos de kimono et de culotte, connaissez-vous l'histoire du grand magasin Shirakiya à Nihonbashi ? »

Il a secoué la tête.

« C'est pourtant une histoire fameuse ! Le 16 décembre 1932 il y a eu un incendie terrible. Les pompiers sont arrivés à temps, ils ont déployé leurs échelles et tendu des draps au-dessous des cordes de secours arrimées aux fenêtres. Il suffisait aux personnes coincées dans les étages de descendre en rappel. Les vendeuses en kimono ont refusé de le faire parce que cela aurait dévoilé leur sexe nu et elles ont péri dans les flammes. Pourtant, elles auraient pu s'échapper sans dommage. C'est après cet incident, dit-on, que les Japonaises ont commencé à porter des culottes sous leur kimono !

– Trop de vertu tue, je l'ai toujours pensé, a conclu sentencieusement le barman. Ce n'est pas une histoire très morale, contrairement aux apparences ! »

Il a posé un autre flacon de saké devant moi, s'est servi un verre de whisky, a allumé une cigarette. La clarinette de Sidney Bechet se lamentait dans les haut-parleurs Bose. Nous nous sommes tus un moment, perdus dans nos pensées. Je me suis demandé comment faisaient les amantes qui se précipitaient en kimono dans les chutes Kegon. La pudeur n'avait sans doute plus d'importance, mais le souci esthétique ?

Le barman est venu s'asseoir près de moi. Il a rompu le silence :

« Tenez, moi je vais vous raconter un truc qu'une vieille dame m'a rapporté hier. Savez-vous qu'autrefois on pouvait passer la nuit dans les ryotei ?

– Parce qu'on ne peut plus ?

– Non. Un ryotei, ce n'est pas un ryokan !

– Je sais bien. Mais après tout il y a des pièces à tatamis ! C'est confortable, discret, certainement le meilleur endroit du monde pour avoir une petite affaire intime !

– Justement ! C'était le cas ! Comme les hommes d'affaires ou les politiciens s'y retrouvent secrètement pour leurs manigances, autrefois on y donnait rendez-vous à sa maîtresse ou on y faisait venir des putains. Depuis la fin des années cinquante, ce n'est plus possible ! Pour empêcher les coucheries, on a tout simplement interdit les salles de bains et les placards pour ranger les futons dans les ryotei. Cela date de la loi de l'année Showa 33 sur la prostitution. Quand la vieille dame m'a raconté cela, elle en tremblait encore d'indignation ! Elle répétait : "Vous vous rendez compte ? Est-ce que vous vous rendez compte ?"

– En quoi une loi datant de 1958 pouvait bien la déranger près de cinquante ans plus tard ?

– Je lui ai posé la même question ! Elle m'a dit qu'elle était une jeune geisha à la fin des années trente. Quand les affaires ont repris après la guerre, le ryotei était un endroit propice aux petits trafics sexuels auxquels se livraient certaines filles pour arrondir leurs fins de mois. Cette loi leur a coupé une source non négligeable de revenus et a obligé certaines de ces filles à se reconvertir en masseuses dans des bordels sordides. La vieille dame m'a raconté qu'entre le moment où la loi a été votée et son application, des inspecteurs de police vicieux faisaient irruption dans les ryotei et vérifiaient en passant la main sur les futons s'ils étaient encore tièdes ! Si c'était le cas, ils embarquaient tout le monde au poste, clients, personnel de service et geishas ! Elle a prétendu que la loi avait été initiée par une des premières femmes députées du Japon de l'après-guerre pour se venger de son mari qui la trompait avec des filles de joie. »

J'ai soupiré :

« Encore une fois, les effets pervers de la vertu ! »

Le barman a opiné puis il a pris un verre sur la paillasse de l'évier et l'a consciencieusement essuyé, regardant au travers pour s'assurer qu'il ne restait pas de traces de doigts.

Réconforté par cette histoire si typiquement japonaise, j'ai payé ma consommation et je suis rentré à la maison, où m'attendait ma femme.

Sur le chemin, je me suis dit que mon passé avait finalement peu d'importance.

25

1972, mer Intérieure

J'ai passé trois jours avec la famille W. Chaque matin, j'ai fait l'effort de me lever à cinq heures pour regarder Monsieur W. procéder à ses arrangements floraux. Il ne les faisait pas tous le même jour, il y en avait trop et cela lui aurait pris trop de temps. Bien qu'il fût rapide, il lui fallait tout de même deux heures pour en préparer à peine la moitié. Nous ne pouvions nous parler car il ne comprenait pas l'anglais, mais je sentais que j'étais en phase avec lui. Il appréciait que je me lève si tôt. Il méditait quelques instants devant les végétaux, branches, fleurs, écorces, et le vase qu'il avait sélectionnés pour une alcôve ou une étagère précise, puis il réalisait son bouquet très vite, sans jamais hésiter, réfléchir ni corriger. Le résultat était parfait, équilibré, harmonieux, en osmose avec l'endroit où le vase était posé. C'était à la gestion d'un espace bien plus qu'à une simple composition de bouquets que j'assistais. Bien que conscient de n'effleurer que la surface de cet art dont je devinais la part d'ésotérisme, j'admirais la virilité qui se dégageait de son travail.

Quand il avait fini, il allait s'habiller, et le vieux monsieur altier dans son kimono se transformait en un homme d'affaires à l'air redoutable. À huit heures, l'éternel secrétaire porteur de mallette venait s'incliner devant lui, sa voiture passait le prendre et tous les membres de la famille se tenaient figés sur le seuil de la maison jusqu'à ce que la Mercedes disparaisse derrière le mur d'enceinte de la propriété.

Le soir, on se livrait à l'envers au même cérémonial immuable. Monsieur W. disparaissait, sa femme sur ses talons, dans les profondeurs de la maison d'où il revenait quelques minutes plus tard en kimono.

La révérence pour cet homme était totale, de son épouse à sa dernière petite-fille qu'il faisait pourtant sauter sur ses genoux en lui chantant des comptines avant le dîner. Le second soir, j'ai assisté à une scène surprenante. Le fils de Monsieur W. m'a expliqué qu'il y aurait en direct à la télévision un important match de base-ball qu'il ne voulait absolument pas manquer. À l'heure dite, nous nous sommes installés devant l'unique poste de la maison dans la bibliothèque et nous avons commencé à regarder le match. Je le suivais d'un œil distrait, car je ne comprenais rien aux règles de ce sport qui me paraissait particulièrement ennuyeux avec son alternance de longues périodes d'inaction et de brefs moments d'hystérie où tout le monde sur le terrain courait dans tous les sens, telle une cohorte de fourmis dérangée dans son travail. Les yeux du fils de Monsieur W. étaient rivés sur l'écran et il hurlait quand un point était marqué par son équipe favorite. À un moment crucial du match à en juger par le niveau d'excitation de son fils, son père est entré dans la pièce et a dit quelque chose en se dirigeant vers le poste pour changer de chaîne. Le fils de Monsieur W. m'a regardé d'un air désolé.

« La nouvelle campagne de publicité du saké que nous avons goûté hier est programmée sur cette chaîne, mais il ne sait pas exactement à quelle heure ! » m'a-t-il annoncé.

Et, sans protester, il a suivi le mélodrame sirupeux que diffusait la chaîne jusqu'à ce que le spot publicitaire passe, une demi-heure plus tard. J'ai contemplé son visage consterné en me disant que j'avais devant moi un homme de quarante ans, chirurgien respecté, qui avait fait une partie de ses études aux États-Unis.

Au bout de quatre jours, j'ai quitté cette famille attachante qui m'a fait promettre de revenir. Le chauffeur de Monsieur W. m'a emmené au port et m'a accompagné au guichet des ferries, où il a acheté un billet qu'il a refusé que je lui rembourse. Il s'est assuré que je montais sur le bon bateau et est resté sur le quai à me saluer de sa main levée haut au-dessus de sa tête jusqu'à ce que je ne puisse plus distinguer qu'un petit point noir anonyme.

Le temps était superbe, la mer, d'huile. Je me suis installé sur le pont, où un vent chaud chargé de relents de fuel brûlé m'a fouetté le visage. Le bateau a bientôt navigué entre une kyrielle d'îles bleues qui flottaient à l'horizon dans l'air tremblant de chaleur. Nous avons fait plusieurs haltes pour décharger et charger des véhicules et des passagers. Chaque fois, le marin qui réglait la circulation sur le plan incliné du ferry me faisait signe de la main que ce n'était pas encore Setoda.

À Onomichi, toute une classe de lycéennes en chemisier blanc à col marin et jupe plissée bleu marine est montée à bord. Quand elles m'ont vu, elles se sont précipitées vers moi avec des couinements aigus. Elles baragouinaient quelques mots d'anglais qu'elles étaient ravies d'avoir l'occasion d'utiliser. Quand j'ai répondu à la sempiternelle question que je n'étais pas américain mais français, elles ont paru un instant déroutées, puis leur niveau d'excitation est monté d'un cran. L'une d'elles s'est enhardie et m'a mis sous le nez un cahier d'écolier et un stylo en me disant : « *Your name, your name ! Sign, please !* »

J'ai dessiné sur une page vierge une tour Eiffel avec un drapeau tricolore, un Arc de triomphe au bout des Champs-Élysées et un petit bonhomme rond avec les cheveux tout frisés qui me ressemblait un peu, au-dessus duquel voletaient deux cœurs et sous lequel j'ai écrit mon nom. Cela a déclenché une hystérie collective et les autres gamines m'ont tendu leur cahier pour que j'y fasse le même dessin. Enfin, l'une d'elles a sorti de son sac un appareil photo qu'elle a tendu à un passager et elles se sont groupées en se bousculant car elles voulaient toutes être près de moi. Elles ont fait le V de la victoire quand le passager a pris la photo.

Le coup de sirène du ferry approchant du port de Setoda les a égaillées sur le pont. J'étais arrivé à destination.

J'ai immédiatement repéré I., qui me faisait de grands signes depuis le quai. Son père nous attendait dans une camionnette qui sentait le poisson. C'était un gaillard râblé sympathique aux traits burinés par le grand air. Il m'a souhaité la bienvenue dans un anglais tout à fait potable. I. lui ressemblait beaucoup. Nous avons quitté le quai et sommes passés devant le chantier naval de l'île, où un énorme navire était en construction. Le bruit était infernal : coups de marteau sur la coque, scies qui mordaient dans l'acier, moteurs électriques des grues.

« On fabrique des supertankers plus bas, à Kure. Ici, ce sont des chalutiers pour la pêche en haute mer », m'a dit le père de I.

Nous avons laissé la fureur sonore du chantier naval derrière nous et longé sur notre droite une colline avec un temple bariolé et une pagode à cinq étages dans l'esprit de ceux de Nikko. Sous le soleil de midi, les toits de tuiles paraissaient chauffés à blanc.

« C'est le Kosanji dont je t'ai parlé. On ira le visiter plus tard. »

Nous avons emprunté une route étroite et sinueuse qui montait entre des champs de mandarines vers la montagne devant nous. Un parfum de fruits flottait dans l'air chaud, je me suis cru un instant dans le Maroc de mon enfance. Nous avons grimpé un bon moment. Enfin, nous sommes arrivés sur un petit plateau presque au sommet de la montagne dans un verger au milieu duquel il y avait une grande maison à deux étages. Devant la maison, une terrasse en bois dominait la mer. Le paysage était féerique, avec les arbres fruitiers au premier plan, une forêt drue de pins qui dévalaient la pente en contrebas et les îles entre lesquelles la mer semblait difficilement se frayer un passage. I. m'a présenté à sa mère et m'a emmené dans une pièce à tatamis recouverte de moquette dont j'ai compris aux fanions punaisés aux murs et au bureau de bois blanc encombré de manuels scolaires que c'était sa chambre.

La vue depuis les portes-fenêtres en angle était spectaculaire. On avait l'impression que les îles pénétraient dans la pièce.

« Tu coucheras là, il y a plus de place que dans les chambres de l'auberge ! »

J'ai protesté mollement. Je commençais à savoir que les Japonais étaient têtus.

Nous avons déjeuné rapidement puis I. a emprunté la camionnette de son père et nous sommes partis faire le tour de l'île. Nous sommes repassés devant le chantier naval et le port de Sawa et avons suivi la route côtière qui menait au village de Setoda. Nous avons contourné une colline.

« Là-haut, il y a une jolie pagode très ancienne. En face, c'est l'île de Kone. On dit qu'un jour il y aura un pont entre les deux îles. Mais on en parle depuis si longtemps que je n'y crois pas trop ! Il suffit de traverser en barque. Les enfants qui y habitent traversent tous les jours pour se rendre à l'école communale de Setoda. Quand la marée monte ou descend, on a l'impression d'être dans des montagnes russes ! Il faut une bonne technique pour ne pas se retrouver au large ! Tu verras. En ce moment, c'est la fête des lanternes, on en met des centaines au bout du chenal et elles sont emportées par le courant. On viendra voir ce soir. C'est très beau ! »

Nous avons longé le village et roulé vers le sud, dépassant des écoliers casqués qui rentraient de l'école à bicyclette. Il y avait de belles plages. Au milieu de l'une d'elles, assez vaste, des ouvriers étaient en train de monter une sorte d'estrade sur pilotis pendant que d'autres tendaient des guirlandes d'ampoules entre des mâts. Tout autour, des stands de fête foraine aux parois de bambou et de lattes de planches mal jointes étaient déjà installés.

« Dans deux jours, c'est la fête de l'O Bon. On danse l'O Bon odori traditionnelle sur cette plage. Nous y viendrons également. »

Nous avons garé la camionnette plus loin au bord de la route et sommes descendus dans une crique où une barque avec un moteur Yamaha était amarrée à un gros rocher.

« Mon bateau, a dit I. Viens, allons faire un tour. »

Il a retiré son pantalon et ses chaussures, qu'il a posés sur un rocher en surplomb. Il m'a invité à faire de même. En maillot de bain, nous sommes entrés dans l'eau limpide et avons détaché la barque. Des petits poissons translucides nageaient entre nos orteils, pas effarouchés. Nous sommes montés dans la barque, qui a un peu tangué. I. a lancé le moteur et nous sommes partis vers le large, assez loin pour qu'on puisse embrasser toute l'île de notre regard. Il m'a montré un toit bleu qui brillait au soleil dans la montagne :

« Chez moi ! »

Nous sommes revenus vers une crique de rochers où nous avons mouillé une petite ancre. On voyait bien le fond rocailleux à environ trois mètres sous la coque. I. a pris deux masques dans un coffret et m'en a passé un. Il a glissé un couteau dans son étui de caoutchouc qu'il a fixé à son mollet. Nous avons plongé. Entre les rochers se cachaient des langoustes de bonne taille. I. en a attrapé trois ou quatre entre son pouce et son index et les a remontées pour les jeter au fond de la barque. Il a aussi décollé avec son couteau de gros coquillages coniques comme je n'en avais jamais vu. Quand nous sommes remontés dans la barque, il a chantonné une rengaine : « *Saazae San, Sazae San...* » Ce n'est que des années plus tard que j'ai compris le sens de cette chanson, bien après que je me fus installé au Japon.

« Pour les langoustes, il ne faut rien dire. La pêche est réglementée ! Dans les parages, il y a aussi des huîtres et des poulpes en pagaille, mais je n'en ai pas vu aujourd'hui. »

Nous sommes retournés à la crique où nous avions laissé nos affaires. Le vent séchait nos cheveux que le sel collait à nos fronts. Les pattes des langoustes crissaient au fond de la barque. Leurs mandibules faisaient un bruit mouillé de bulle qui éclate. Je me suis dit que j'avais une chance inouïe d'être là.

Nous avons fini le tour de l'île en une petite heure et nous sommes remontés avec notre pêche miraculeuse à l'auberge de jeunesse. La mère de I. l'a tancé pour la forme quand elle a vu les langoustes, qu'elle a tout de même prises en disant qu'on les mangerait le soir et qu'on mettrait les têtes dans la soupe de miso. Nous nous sommes lavés dans le bain commun, dont la baie vitrée donnait sur les îles. Là, il n'était pas nécessaire de peindre un mont Fuji kitsch au mur. Il y avait deux ou trois étudiants au crâne rasé avec lesquels nous avons bavardé. Ils appartenaient à un club de karaté d'Hiroshima et comptaient faire le tour de l'île en courant le lendemain.

Nous avons dégusté les langoustes et les coquillages qui avaient cuit sur un feu de braise entre des pierres dans la cour de l'auberge. Ensuite, nous sommes redescendus à Setoda pour voir les lanternes voguer dans le chenal entre les deux îles. Il y avait beaucoup de monde, des enfants qui couraient entre les jambes des adultes, des jeunes filles en yukata, pieds nus sur leurs getas, de larges éventails de papier passés dans leur ceinture leur battant le dos. Les hommes étaient assis par groupes sur des nattes et buvaient du saké en grignotant des petits poissons qui ressemblaient à ceux qui paressaient entre nos pieds dans la crique. I. connaissait tout le monde. Il me présentait aux uns et aux autres. Partout on m'a accueilli avec gentillesse, m'offrant de trinquer, me tendant des bouquets de poulpes séchés, des tranches de radis noir confit et des lanières d'algues salées. Les bougies dans les lanternes flottaient par milliers dans le chenal. Le spectacle était féerique. On aurait dit des âmes errantes. Je l'ai dit à I. qui m'a répondu :

« Tu ne crois pas si bien dire ! C'est exactement ce que cela représente ! »

Nous sommes restés encore une heure puis nous sommes remontés dans la montagne, où il faisait un peu plus frais. Nous nous sommes installés sur la terrasse en bois et avons contemplé le paysage. La lune se reflétait dans la mer. Les rares bateaux qui passaient dans un murmure que nous percevions au loin brisaient ces reflets en myriades de fragments. L'île d'en face était piquetée de rares lumières. On devinait le contour de son sommet à la ligne plus sombre qu'il faisait sur le ciel encombré d'un magnifique tatouage d'étoiles. Le vent chantait dans les pins. I. s'est étiré.

« Même en Californie, on n'a pas cela ! Demain, il fera beau. On ira à Takamatsu, dans l'île de Shikoku. »

Nous sommes allés nous coucher sur cette promesse. J'ai laissé les shojis de ma chambre ouverts pour profiter de la beauté de la nuit.

26

1972, mer Intérieure

Nous avons pris un ferry pour Takamatsu très tôt le matin. La mère de I. avait préparé un sac à dos chargé de victuailles et de boissons fraîches comme si nous partions pour une randonnée d'une semaine. Je me suis dit que les mères étaient les mêmes sous toutes les latitudes.

Le ferry a louvoyé entre une autre série d'îles. Depuis le port de Takamatsu, assez éloigné de la ville, nous avons pris un autobus et nous avons d'abord visité l'immense jardin Ritsurin. Puis nous sommes montés dans un train à la gare de Takamatsu pour nous rendre au pied du mont Kompira, d'où l'on a une vue unique sur la mer Intérieure. C'était un petit train nerveux de quatre courtes rames dont la voie fendait les rizières. Nous avons grignoté des graines de tournesol en buvant du nectar de pêche que nous avions acheté à un distributeur automatique. Cela n'allait pas très bien ensemble, ce mélange de sucré et de salé. Mais le nectar velouté était délicieux et les graines de tournesol me rappelaient les cours au lycée à Casablanca. J'ai raconté ma vie d'enfant au Maroc à I. Cela l'a passionné. Il a beaucoup ri et ne m'a pas cru quand je lui ai dit que je me rendais à l'école à dos de chameau.

« Tu es certain que tu n'as pas rencontré Humphrey Bogart et Ingrid Bergman, pendant que tu y es ? »

Nous sommes arrivés à la gare du Kompira. De là, nous avons déambulé un long moment au milieu des boutiques de souvenirs avant d'atteindre la volée de marches qui menait aux temples. Il y avait beaucoup de touristes. De jeunes hommes musclés chaussés de sandales de paille portaient des passagers dans des chaises suspendues à de longs madriers. Un devant, un derrière, ils trottinaient en soufflant et criaient pour qu'on les laisse passer. Je transpirais énormément. J'ai sorti l'éventail que m'avait donné K. à Tokyo.

« Tu es en train de devenir un véritable Japonais ! » m'a dit I.

Nous avons commencé l'ascension du Kompira. Les marches étaient régulières au début, moins à mesure que nous grimpions. Nous avons croisé des pèlerins en vêtements de coton blanc coiffés de larges chapeaux de paille coniques. Ils tenaient de longs bâtons au bout desquels étaient accrochés des grelots qui tintaient au rythme de leur marche. À une halte, un moine mendiant était debout devant un bassin de pierre. Il psalmodiait des sutras, indifférent à l'agitation autour du bassin où les gens venaient se désaltérer, mouiller des mouchoirs ou des linges qu'ils ajustaient autour de leur cou avant de reprendre leur ascension. Sa coiffe cachait entièrement son visage. Il élevait sa sébile au-dessus de sa tête pour remercier quand quelqu'un y mettait une pièce. L'ambiance était différente de tout ce que j'avais pu voir depuis que j'étais au Japon. On sentait là une sorte de ferveur, de recueillement. Comme une magie étrange et envoûtante sous les grands arbres. J'avais le sentiment d'être loin, très loin au bout de la terre, dépouillé de toutes mes références habituelles. Mais ce n'était pas oppressant.

Nous avons finalement atteint le sommet du Kompira, d'où la vue sur la mer Intérieure était surprenante – ce n'est pas pour rien qu'on l'appelle le mont Fuji du Shikoku. Nous nous sommes installés au pied d'un arbre et nous avons déballé les victuailles que la mère de I. avait préparées pour nous. Dans la boîte de lunch de son fils, elle avait dessiné sur le riz un cœur avec des haricots rouges. J'ai éclaté de rire au souvenir du camionneur sur l'aire d'autoroute. I. était rouge de confusion.

« Elle me croit toujours en maternelle ! » a-t-il grommelé.

Je lui ai expliqué la raison de mon hilarité. J'ai ajouté que j'avais l'impression que pour une femme japonaise, mère ou épouse, un homme était toujours un enfant.

« C'est bien là le problème », a-t-il marmonné.

Et il s'est appliqué à faire disparaître le cœur en mangeant les haricots, mais la trace est restée sur le riz jusqu'à ce qu'il le mange à son tour.

Rassasiés, reposés, nous avons pris le chemin du retour.

Tôt le lendemain matin, nous étions de nouveau dans le port de Sawa pour prendre un ferry qui cette fois descendait vers Kure et Hiroshima. Je n'avais jamais autant pris le bateau que ces derniers jours. Il faisait encore plus chaud que la veille, on avait l'impression que la mer allait s'évaporer. La courroie de la sacoche de mes appareils photo tirait sur mon épaule.

Du port des ferries au parc de la Paix à Hiroshima, nous avons pris un tramway. I. était aussi ému que moi de se trouver dans cette ville. Nous avons d'abord fait le tour du Palais du Peuple. J'ai trouvé que le dôme ressemblait à une cage, peut-être parce que des tourterelles tournoyaient autour. J'ai cru voir la silhouette d'une personne vaporisée par le souffle atomique sur un des murs. Je suppose que c'était un effet de mon imagination, sans doute une tache sur le mur que j'avais interprétée comme un test de Rorschach, car je n'ai jamais retrouvé cette silhouette bien que j'y sois retourné plusieurs fois.

Nous sommes allés sur la dalle du parc, où brûle la flamme du souvenir sous l'arche de granit noir. I. s'est éloigné pour se mettre à l'ombre sous les arbres. J'ai sorti mon Topcon chargé d'une pellicule en noir et blanc et commencé à prendre des photos. J'ai photographié au téléobjectif depuis l'autre côté de l'arche les gens qui se recueillaient selon un angle où la flamme qui flottait ressemblait à une larme de feu coulant de leur regard. Ces visages exprimaient toutes sortes de sentiments où dominaient l'horreur, l'incrédulité, la compassion. Il y avait des enfants, des adolescents, des femmes, des vieillards, des étrangers, des amoureux qui se tenaient par la main comme s'ils avaient peur de trébucher. Dans le feu de l'action, j'en ai oublié ma sacoche dans laquelle il y avait le Nikon et ses objectifs, ceux du Topcon, tous les accessoires ainsi que mon passeport. Je l'avais posée à côté de moi pour être plus libre de mes mouvements. À la recherche des meilleurs angles, je me suis déplacé plusieurs fois de plusieurs mètres. Quand ma pellicule a été épuisée et que j'ai voulu en prendre une nouvelle dans la sacoche, je n'ai rien trouvé. J'ai regardé autour de moi, paniqué. On me l'avait volée ! J'allais appeler I. à la rescousse, mais quelqu'un a tapoté mon épaule pour attirer mon attention. C'était un jeune homme. Il m'a indiqué un petit parapet en bordure de l'esplanade, sur lequel il avait posé la sacoche pour la protéger du soleil et de la foule qui se pressait autour de la vasque de la flamme. Je me suis confondu en remerciements.

I. m'a rejoint. Nous sommes allés visiter le musée. Nous y sommes restés longtemps : je voulais voir toutes les projections dans les pièces situées autour de la salle principale.

I., que tout cela ennuyait, a fini par aller m'attendre à l'ombre en buvant un nectar de pêche. Quand je suis ressorti, il m'en a tendu un. C'était frais et doux après toute cette désolation. Je suis cependant resté prostré sur le banc à côté de I. un long moment, assommé par ce que je venais de voir. Les photos de champignons magiques que mon copain m'avait rapportées de Mururoa m'ont paru soudain bien maléfiques. Je me suis juré de les détruire à mon retour à Paris.

« Si on allait voir quelque chose de plus gai, maintenant ? » a enfin dit I.

Nous avons pris un autre tramway qui nous a amenés au débarcadère des navettes pour l'île d'Itsukushima, à quelques encablures de la côte. Il y avait la foule habituelle de touristes japonais arrimés au drapeau de leur guide, des écoliers en uniforme, beaucoup d'étrangers ; pas des routards barbus, le voyage jusqu'au

Japon était encore trop cher pour eux, mais des couples d'âge mur dont on devinait qu'ils étaient aisés.

Nous avons traversé le bras de mer en quelques minutes. L'imposant torii de bois laqué de rouge planté dans la mer est venu à notre rencontre alors que le bateau approchait de l'île. La marée était basse. Des badauds au pied du torii allaient et venaient, ils ressemblaient à un essaim de mouches agglutinées autour d'une sucrerie. La taille des troncs profondément enfoncés dans la vase était phénoménale.

Le bateau a abordé le débarcadère et vomi son flot de touristes. Nous avons suivi le mouvement et nous nous sommes retrouvés sur la promenade sablonneuse du rivage, bordée de lanternes de pierre du côté de la mer, de pins penchés sur l'allée du côté du village. On piétinait tant il y avait de monde. J'ai senti qu'on me poussait dans le bas du dos. J'ai cru que c'était un enfant très insistant et je me suis retourné pour le tancer. J'ai fait un bond terrible : je venais de toucher le museau rêche et humide d'une biche. Je n'avais pas remarqué que l'endroit était truffé de petits cervidés. Ils étaient très agressifs, tentant de mettre leur tête dans les sacs des promeneurs pour y dénicher une friandise. Des échoppes sur le bord du chemin vendaient des sortes de galettes bretonnes pour les nourrir.

Nous avons suivi le chemin jusqu'à l'endroit où il fait un coude et d'où on découvre la baie du sanctuaire de Miyajima et le torii planté dans la mer. C'était beau à couper le souffle. I. a regretté que la marée soit basse. Il m'a dit que la magie du torii se reflétant dans la mer et des bâtiments sur pilotis qui semblaient flotter sur l'eau était incomparable. Je lui ai répondu que je trouvais déjà exceptionnel d'être là et que je faisais volontiers contre mauvaise fortune bon cœur.

Nous avons visité le temple. Il y avait trop de monde, on avançait en file indienne dans les corridors, mais l'endroit était d'une élégance folle, des toits de briquettes en écorce aux formes douces au pont qui bombait le torse derrière le temple. J'ai imaginé le débarcadère sans toute cette masse de touristes, dans l'alignement du torii, avec son énorme lanterne légèrement désaxée pour ne pas rompre l'harmonie. Les lattes du plancher dessinaient une ligne de fuite imaginaire qui traversait le torii en son centre exact. Je n'ai pas pu prendre de photo.

Derrière moi, j'ai entendu parler français. Je me suis retourné. Ils étaient une dizaine, rien que des hommes. Ils avaient le visage couperosé, barré d'une moustache. C'étaient des caricatures de Français moyens. Il ne leur manquait que le béret vissé sur la tête, la baguette sous le bras et le kil de rouge entamé dans une besace. Je me suis approché pour leur parler. Ils m'ont dit qu'ils venaient de Bretagne et qu'ils étaient en voyage d'études organisé par leur syndicat de marins pêcheurs.

« C'est formidable d'être ici, vous ne trouvez pas ? » me suis-je exclamé.

Ils ont répondu que cela faisait une semaine qu'ils traînaient dans ce pays et qu'ils en avaient marre de bouffer des algues qui collaient au palais et du poisson mal préparé.

« Vivement le retour au pays et un bon steak-frites avec du rouge qui tache ! » a conclu un gros bonhomme qui se donnait des airs de leader.

Écœuré, je suis parti sans les saluer. « Les cons, me suis-je dit. C'est bien de la confiture donnée à une tripotée de porcs ! » I. m'a demandé pourquoi j'avais l'air en colère. Je lui ai dit d'oublier. Nous sommes sortis du sanctuaire de l'autre côté de la baie de Miyajima.

Nous nous sommes égarés dans une petite vallée qui longeait une rivière. Il y avait moins de monde. Il faisait frais sous les arbres au bord du cours d'eau. Une auberge ancienne était accrochée au-dessus du lit de la rivière. J'ai pensé que j'aimerais bien un jour passer une nuit dans cet endroit calme et serein.

Nous avons suivi les flèches qui indiquaient un belvédère avec une vue unique. I. m'a dit qu'il y avait un téléphérique mais que nous pouvions monter à pied si cela me chantait. Nous avons donc entrepris l'ascension, insouciants de l'heure. Nous avons croisé des gens qui redescendaient en nous regardant d'un air curieux mais personne ne nous a fait d'observation. On entendait dans la forêt de brefs cris, comme des appels. J'ai d'abord cru que c'étaient des promeneurs égarés mais il y en avait vraiment trop souvent pour que ce soit le cas. Enfin j'ai vu sur le bord du chemin une pancarte avec le dessin d'un singe au cul barbouillé de rouge et une courte phrase suivie d'un énorme point d'exclamation: «*Don't feed the monkeys!*» J'ai compris que nous étions dans une montagne à singes et j'ai mieux regardé entre les arbres pour essayer d'en voir. On devinait parfois des ombres, on sentait qu'ils n'étaient pas loin au frémissement des branches des arbres autour de nous. I. m'a dit que j'en verrais de près au sommet et qu'il faudrait faire attention, car ils étaient très culottés et pouvaient aller jusqu'à vous arracher votre sac s'ils sentaient de la nourriture dedans. J'ai trouvé extraordinaire que l'on puisse ainsi côtoyer des singes comme dans une jungle à deux pas de la civilisation.

Nous sommes enfin arrivés au belvédère, essoufflés et en sueur. La vue sur la mer Intérieure était sublime. Il n'y avait plus personne, que des singes qui bondissaient de rocher en rocher et s'enhardissaient à nous approcher. I. a juré: le dernier téléphérique était parti depuis un moment. Il nous fallait redescendre à pied.

«Nous allons rater la dernière navette!» a-t-il râlé.

Effectivement, des pancartes indiquaient les horaires des bateaux Le dernier de la journée partait dans dix minutes. Il était trop tard.

J'ai pensé que ce n'était pas très grave, mais I. était tendu. Rouge de confusion, il s'est excusé en se frottant le haut de la tête et en se courbant dans une gestuelle totalement japonaise.

«Je suis impardonnable, impardonnable! Je ne sais comment te demander de m'excuser!»

Il parlait si bien l'anglais et se comportait avec tant de naturel comme un étudiant américain, que j'avais oublié qu'il était japonais. Je trouvais ce naturel japonais très sympathique et je me suis pris à espérer qu'il ne disparaîtrait pas de sitôt : au-delà de la beauté des paysages, de l'élégance et du raffinement inimaginable de leur culture, c'étaient la gentillesse, la courtoisie et la délicatesse de ce peuple qui m'émouvaient au plus profond.

J'ai rassuré I. :

« C'est l'imprévu qui fait le piment du voyage ! En avant pour l'aventure ! »

Il a eu cette réponse admirable qui m'a fait éclater de rire :

« Justement, je n'avais pas prévu l'imprévu ! »

J'ai répliqué que cet imprévu-là allait nous donner l'occasion de voir Miyajima à marée haute. Cela l'a déridé quelque peu.

Nous sommes redescendus au village. Il était désert, comme frappé d'une épidémie soudaine. Il était surprenant de voir ce lieu si encombré de touristes quelques heures plus tôt totalement dépeuplé. Les boutiques avaient tiré leur rideau de fer, l'allée au bord de la mer était vide. Seules quelques biches, l'âme en peine et la tête basse, traînaient encore, fouinant dans les coins et les recoins pour essayer de trouver des miettes de friandises. Quand elles nous ont vus, elles ont accouru. Nous les avons chassées en faisant des moulinets de nos bras et en tapant du pied dans la poussière. Elles se sont à peine éloignées. J'ai pensé que c'était ainsi qu'il fallait aborder cette île, au couchant, une fois le dernier bateau reparti avec sa cargaison de touristes.

Nous sommes retournés au bout du chemin. La marée montait assez vite. Le torii avait déjà les pieds dans l'eau. Dans moins d'une heure l'eau aurait recouvert toute la surface de la crique. J'ai fait quelques belles photos. Une mouette s'est posée sur la lanterne du débarcadère du sanctuaire, sentinelle solitaire. Le bruit des vagues qui clapotaient contre les pilotis était apaisant.

I. a dit qu'il nous fallait songer à trouver un toit où passer la nuit. Je lui ai répondu qu'il faudrait peut-être aussi appeler ses parents. Nous avons trouvé une cabine d'où il a passé son coup de téléphone. Il est ressorti penaud. Son père l'avait tancé pour son insouciance.

« Il m'a dit que cela ne se faisait pas d'être irresponsable avec un hôte venu de si loin ! »

Je lui ai mis une grande claque dans le dos.

« Mais l'hôte-venu-de-si-loin est ravi ! Grâce à toi, on a cet endroit merveilleux pour nous tout seuls et on aura vu le sanctuaire à marée haute ! Et puis nous avons vingt ans, que diable, nous ne sommes pas des vieillards cacochymes qu'il faut envelopper de ouate ! »

Nous sommes partis à la recherche d'un logement, mais nous n'en avons pas trouvé. Les rares hôtels étaient pleins. On entendait en passant sous les fenêtres des rires, des applaudissements, des bribes de chants, des accords plaqués sur des shamisen. Il n'y avait pas d'auberge de jeunesse dans l'île. Nous nous sommes résolus à coucher dehors, sur un des bancs de l'allée sablonneuse. Il faisait chaud et beau, nous n'aurions pas froid et n'avions pas à craindre la pluie. C'était compter sans les biches : elles se sont précipitées sur nous quand nous avons fait mine d'ouvrir le sac chargé de victuailles. Nous nous sommes sauvés en courant, poursuivis par une harde entêtée. Une petite biche particulièrement hargneuse me filait des coups de ses cornes heureusement élimées dans le bas des reins chaque fois qu'elle parvenait à me rattraper. Nous nous sommes réfugiés sur le ponton des navettes fermé pour la nuit en sautant par-dessus la grille et nous avons mangé assis par terre sur le pont huileux d'où émanait une odeur fade de vase, bercés par la houle. Une vingtaine de biches nous regardaient avec haine en donnant des coups de tête dans le portail cadenassé, semblant attendre, telle une horde de hooligans, le moment où il faudrait bien que nous sortions de notre cage protectrice pour nous faire la peau. Elles se sont finalement dispersées et nous avons pu revenir sur la terre ferme, un peu écœurés par le roulis et le tangage du ponton sous la marée qui finissait de monter.

Nous sommes repassés devant le sanctuaire. La mer avait envahi la crique. Les faibles lumières des lanternes brouillaient la surface de l'eau d'une onde blanche qui s'étalait en flaques argentées et se glissait sous le torii. La lune s'était levée. Elle illuminait de son halo glauque les arêtes des toits du sanctuaire. Ma gorge s'est serrée d'un chagrin inexplicable. J'ai posé la main sur l'épaule de I. et j'ai murmuré, pour ne pas déranger l'harmonie du moment :

« Merci ! De ma vie je n'oublierai ces instants que tu m'as offerts. »

Embarrassé par mon émotion, il s'est doucement dégagé et nous sommes montés vers le temple sur la colline qui surplombe Miyajima sur la gauche. Nous nous sommes installés sur la galerie du bâtiment principal, à l'opposé de la mer pour nous protéger de la brise qui s'était levée. Nous y avons passé une nuit moins inconfortable que nous ne l'avions imaginé.

Au petit matin, un moine nous a trouvés endormis en chien de fusil. Il nous a réveillés sans faire de commentaire et nous a emmenés dans la petite cuisine du temple où il nous a offert un bouillon chaud au miso dans lequel nageaient des morceaux de pommes de terre bouillies et de lard coupé fin.

Plus tard, nous avons pris la première navette du matin qui déjà avait débarqué un troupeau de touristes bruyants et nous sommes rentrés à l'île d'Ikuchi où nous sommes arrivés en début d'après-midi.

27

Décembre, Tokyo-Kamakura

Nos bureaux ferment comme toutes les entreprises japonaises le 29 décembre mais j'ai pris trois jours de congé supplémentaires. J'étouffe, au bureau. Ma secrétaire m'a lancé une œillade complice hier soir, accompagnée d'un « Alors, vous tirez au flanc, maintenant ! », lorsque je l'ai remerciée pour l'année écoulée et ai sollicité sa bienveillance pour celle à venir, dérogeant à la tradition en l'embrassant sur les deux joues, qu'elle a fraîches et douces, au lieu de la saluer comme il se doit. C'est mon rite à moi : je l'embrasse une fois par an, une seule fois, toujours à la fin de l'année. Le reste du temps, nous n'avons aucun contact physique, nous ne nous serrons pas la main, nous ne nous frôlons jamais. Mon côté méridional, ce besoin de toucher les gens, de tapoter leur épaule pour exprimer une satisfaction, ne souffre plus depuis longtemps de cette retenue imposée par la société japonaise. Ce n'est pas plus mal, en cette époque où la moindre attention, le moindre signe d'affection prend des allures de geste déplacé, d'intention maligne, de viol en puissance. L'équivoque au Japon s'exprime de manière plus subtile, furtive, délicate.

Les salutations rituelles achevées, j'ai pris l'ascenseur. Les portes de métal tressé se sont refermées et mon visage s'est reflété dans leur encadrement en acier poli, un miroir de quelques millimètres de large. Avec mon Borsalino un peu de travers et mes lunettes rondes, mes amis américains disent que je ressemble à Truman Capote. Mais à cet instant précis mon visage ne ressemblait à rien : une gueule cassée, une composition à la Picasso, un œil au-dessus de l'autre, le verre des lunettes réfléchissant l'éclairage du plafond en éclats aigus, le chapeau cabossé par le dépoli de l'acier, le menton démesurément allongé, la bouche en dentelle de fermeture éclair. Au-delà de cette brisure apparaissait la profondeur de mon chagrin, comme si le reflet des portes avait déchiré la peau, le faisant apparaître à vif.

C'est pendant le court moment d'apesanteur entre le neuvième étage de mon bureau et le rez-de-chaussée que j'ai pris la décision de coucher sur le papier ce que je ne peux confier à personne.

Inutile confession dont je ne sais ce que je ferai une fois qu'elle sera achevée.

Je suis rentré tard en voiture à Kamakura, après un concert qui a augmenté ma mélancolie et approfondi le gouffre dans lequel je me trouvais. La Neuvième de Beethoven, une autre tradition japonaise en fin d'année. Cent cinquante musiciens, un chœur de deux cents personnes ont déversé la mélodie dans le Suntory Hall où une audience élégante écoutait dans une atmosphère studieuse, révérencieuse, quasi religieuse. Nous avons reçu pour le mois de décembre pas moins de quatre invitations pour la Neuvième. Je les ai distribuées à ma secrétaire, n'en gardant qu'une pour moi-même. En d'autres temps, j'aurais insisté pour que nous allions aux quatre concerts. J'adore comparer les performances, repérer le dynamisme de telle formation, le raffinement de telle autre, le tranchant de la reprise d'un mouvement.

Mais pas cette année. J'ai quatre jours pour fixer dans la mémoire de mon ordinateur cette histoire qui encombre la mienne et l'étouffe. Quatre jours durant lesquels je serai seul dans notre maison protégée par le Grand Bouddha, dans la bulle de silence de la petite vallée, car ma femme est partie ce matin auprès de ses parents dans le Hokkaido, comme chaque année avant la semaine du jour de l'an.

D'habitude, je fais ce court voyage avec elle. Ses parents habitent Hakodate, à cette période enfouie sous la neige, le long de la majestueuse baie encadrée de montagnes. C'est, pour nous qui voyons rarement tant de neige, un moment d'exotisme. Nous allons au port acheter des sardines, des crabes velus et des poulpes translucides à la halle aux poissons et faisons d'incroyables festins de sashimis posés sur des lits de neige ramassée au fond du jardin et de pot-au-feu au miso dans lesquels on jette les morceaux de crabes dont on a coupé la carapace à coups de ciseaux. Nous arrosons ces repas d'un saké Onigoroshi qu'une de mes anciennes collaboratrices, qui a repris la petite brasserie de son père, nous envoie de la région d'Akita.

Mon beau-père descend d'une assez illustre lignée de samouraïs restés fidèles à la famille Tokugawa et que l'avènement de l'empereur Meiji a ruinés après la dernière bataille d'Hakodate. Il me raconte ce combat au travers des notes laissées par son aïeul. Serrant entre ses lèvres une feuille de papier pliée pour ne pas souiller la lame de son haleine, il sort de son fourreau le sabre de l'arrière-grand-père que son père lui a légué. Ma belle-mère proteste toujours un peu, inquiète que nos gestes d'ivrognes ne déclenchent une catastrophe tant la lame est dangereuse, mais nous ne nous blessons jamais. Mon beau-père pose perpendiculairement sur la lame une feuille de papier qui se fend silencieusement sous la pression de son simple poids. J'ai assisté à cette démonstration depuis autant d'années que mon mariage dure, mais je reste fasciné par la magie de cette feuille blanche se divisant sous la lame et tournoyant vers le sol en deux morceaux aux bords aussi nets que s'ils avaient été massicotés. Le saké et la chaleur du kotatsu aidant, une somnolence finit par nous saisir, bercée par le ronronnement des femmes dans la cuisine qui chuchotent d'interminables histoires de cousines dévoyées en faisant la vaisselle.

Ce voyage rituel est la première étape que nous traversons lentement pour quitter l'année passée et nous diriger vers la nouvelle.

Je suis arrivé à Kamakura vers onze heures. La ville semblait déserte, figée par le gel. Le ciel était limpide et chargé d'étoiles. Il faisait un froid intense dans la maison, six degrés au thermomètre. Je me suis précipité dans le pavillon de thé que j'ai fait construire au fond du jardin il y a quelques années, où une pièce a été aménagée en bureau, dans le style occidental de l'ère Meiji. Là, j'ai le choix entre m'asseoir à l'occidentale à mon bureau ou dans une des pièces à tatamis équipée d'un kotatsu. Je me suis rendu dans la pièce à tatamis. Je m'y suis calfeutré, emmitouflé dans une veste de ouate épaisse, et j'ai branché le chauffage du kotatsu au maximum, qui m'a rapidement brûlé les genoux et les cuisses.

J'ai allumé mon ordinateur et j'ai commencé à rédiger. Je n'ai pas vu passer le temps. J'ai tapé et tapé page après page, cognant à mon habitude sans méthode et trop fort sur le clavier, à m'en ébrécher les ongles pourtant coupés ras. C'est la douleur que je ressentais dans les épaules, les avant-bras et les poignets, cassés par le bord de la table, ainsi que les picotements de mes yeux desséchés, qui m'a obligé à m'arrêter. Il était quatre heures du matin. Je n'avais pas sommeil, mais la pointe entre mes omoplates, un coup de poignard lancinant, m'a forcé à m'allonger sous la couette que j'avais sortie du placard et pliée pour caler mon dos. J'ai plongé un moment dans un état de léthargie où flottaient les images de ces dernières semaines.

Plus tard, alors que le jour pointait au travers des shojis, j'ai relu les cinquante pages écrites au cours de la nuit. J'ai été saisi d'une sorte d'ivresse à la découverte de ces images surgies des abysses de mon passé. C'était comme si je retrouvais des objets que j'aurais rangés il y a bien longtemps dans une malle entreposée au fond d'un grenier et dont j'aurais oublié jusqu'à l'existence.

Trop ankylosé pour reprendre mon récit, le cerveau embrumé de fatigue et figé par le froid, tenaillé par la faim, j'ai décidé de faire une pause.

Je me suis douché rapidement, j'ai enfilé un pantalon de velours côtelé et un gros pull marin. Ma femme a préparé pour mes quatre jours en solitaire tout un ensemble de plats dont elle a bourré le réfrigérateur avant de partir. Mais j'avais besoin de marcher, de respirer l'air vif, de pomper la luminosité intense du ciel et la clarté aveuglante de ces matins si purs qu'on voit le mont Fuji à le toucher depuis Hayama.

Je suis allé prendre mon petit déjeuner au Gasto, *family restaurant* au coin de la route côtière et de l'allée qui mène au temple Hachiman. Le restaurant est construit sur pilotis, au-dessus du parking pour les clients. Il domine la baie. La lumière y entre à flots, aveuglante, à laquelle s'ajoute le reflet de la mer. Ce matin, cette luminosité était presque insupportable, j'ai été obligé de m'asseoir à une table en retrait des baies vitrées. Le dimanche, il y a des couples très jeunes, aux cheveux teints, les garçons portent des jeans informes qui donnent l'impression qu'ils ont vidé leurs intestins dedans, les filles ont des pantalons taille basse qui révèlent de jolis ventres plats et d'orgueilleux nombrils. Tout ce petit monde piaille et fume à plaisir. Mais en semaine c'est très calme, il n'y a que les habitués, des hommes entre deux âges en survêtement, parfois accompagnés d'un chien, un ou deux couples silencieux. Le froissement des journaux qu'ils lisent est le seul bruit avec le chuintement des voitures passant sur la corniche en contrebas.

J'ai pris un plateau de petit déjeuner japonais, avec une darne de saumon grillé, un œuf mollet, l'inévitable soja fermenté et un bol de soupe. J'ai mangé sans même y penser, immergé dans le récit que je venais d'écrire. Cette histoire me dévore, elle échappe à mon contrôle bien que ce soit la mienne. On dirait que le personnage que j'ai lâché sur l'écran de mon ordinateur a décidé de vivre sa propre vie. Dans un sens, c'est bien ce qui s'est produit : ma vie a dérapé à mon insu, elle a pris une direction autonome. Cette vie parallèle, inconnue de moi il y a seulement trois semaines, ronge mon autre vie, s'est attaquée au personnage simple et bien propre dont je croisais le regard énergique tous les matins dans le miroir en me rasant.

Il y a un imposteur dans une de ces deux vies. Je me sens soudain incapable de déterminer si c'est l'intrus au visage fragmenté de l'ascenseur ou l'autre, celui que je vois depuis si longtemps dans ma salle de bains.

Lorsque je suis sorti du restaurant, j'ai chancelé sous la lumière trop vive. La main en visière pour protéger mes yeux des reflets de la mer, j'ai traversé la route et je suis descendu sur la plage de Yuigahama. De là, il me faut vingt minutes environ d'un bon pas pour rentrer chez moi. Le sable y est volcanique, grossier, noirâtre par endroits. Il y a hélas trop de tessons de verre, de bouts de cordage de nylon bleu et de bouteilles en plastique éventrées malgré le passage des équipes de nettoyage bénévoles, mais la mer est émeraude, la courbe de la baie, délicate. L'alignement hétéroclite de maisons de bois de l'autre côté de la route, avec leurs couleurs pimpantes de bagnoles américaines des années cinquante, vous a un petit air de Californie et les barques de pêcheurs tirées au pied des baraques au bout de la baie forment avec elles un contraste désuet. Il fait bon au soleil.

Sur la route est passé un essaim de ces voitures trafiquées qui ressemblent aux héros de *Dragon Ball*, avec des ailerons agressifs, des gueules patibulaires, des décalcomanies de flammes multicolores qui lèchent leurs flancs, des vitres recouvertes de feuilletage moiré. Les pots d'échappement émettaient des borborygmes furieux qui ont couvert un moment le bruit du ressac.

Je me suis arrêté quelques instants pour regarder un groupe de jeunes gens vêtus de tenues de judo. Ils étaient une dizaine, filles et garçons, qui s'entraînaient en tirant au pas de charge comme des bêtes de trait des billots de bois fixés aux deux extrémités à des cordes passées en harnais sur leurs épaules. Un groupe remontait de la mer la pente de la plage vers le mur que surplombe la route tandis que l'autre dévalait vers les flots. Quand ils arrivaient au but, ils faisaient demi-tour et repartaient dans le sens inverse en une noria incessante qui barrait mon chemin. Les filles clamaient de leurs voix perçantes des encouragements repris par les garçons sur un ton plus grave, des mèches de leurs cheveux retenus en catogans battaient leurs joues rougies par l'effort, les orteils de leurs pieds nus accrochaient le sable et leurs mollets se gonflaient quand elles remontaient la pente, la naissance de leur poitrine se devinait à la croisée du col du kimono. Elles me souriaient et me faisaient des petits signes de la tête en passant devant moi.

J'ai profité d'un instant de flottement dans le rythme du groupe pour en traverser le flux sans l'interrompre et je suis reparti en regardant la grappe des surfeurs couchés sur leur planche qui attendaient en pagayant mollement des mains une vague hypothétique. Il y avait très peu de brise, l'eau était parfaitement calme. Mais ce carré d'irréductibles patientait, transi de froid malgré les combinaisons isolantes. Cette situation absurde m'a rappelé la phrase favorite d'un de mes compères américains lorsque j'étais à la Business School de Harvard, qu'il prononçait en toutes circonstances : « *There is a fine line between dedication and stupidity !* » De toute évidence, ces petits bonshommes allongés sur leur planche avaient dépassé la fameuse ligne, à barboter ainsi dans une eau glaciale qui ne leur ferait sans doute pas la grâce de la plus timide vaguelette.

J'ai tourné le dos à l'océan et je me suis dirigé vers la rampe d'accès à la route la plus proche. Une jeune femme était assise en tailleur sur une natte en raphia, à une cinquantaine de mètres devant moi. Son visage au soleil se résumait à une tache blanche encadrée de cheveux noirs. Deux très jeunes enfants jouaient dans le sable un peu plus loin. Au-dessus de nos têtes planaient, accents circonflexes dans le bleu du ciel, deux rapaces, buses ou éperviers. Alors que je me rapprochais, j'ai mieux distingué les traits de la femme, un peu poupins mais réguliers. Elle était en train de sortir d'un cabas de plage en toile un sac en papier taché de graisse frappé au logo jaune de McDonald's. Elle a hélé les deux enfants, qui, trop occupés à finir un château de sable, n'ont pas répondu immédiatement. Elle a ouvert le sac en papier, en a sorti un hamburger encore dans son emballage et l'a agité au-dessus d'elle en appelant ses enfants une nouvelle fois. Au moment où ils levaient enfin la tête, une immense ombre noire s'est abattue sur la jeune mère dans un froissement d'ailes qui a claqué comme un drapeau au vent en balayant sa chevelure et lui a arraché le hamburger de la main. Le rapace était déjà haut dans le ciel, l'emballage du hamburger fermement encastré entre ses serres, quand la femme a émis un petit cri de surprise et baissé enfin sa main vide qu'il n'avait même pas effleurée.

Une nuée de corbeaux s'est approchée, visant le sac posé entre ses jambes croisées. Je me suis précipité et j'ai agité les bras tel un sémaphore pour faire fuir les oiseaux qui opéraient une sorte d'encerclement stratégique. Ils se sont enfuis en rouspétant et se sont posés un peu plus loin, formant une ronde au-delà des enfants qui avaient couru vers leur mère. Tout en gesticulant pour tenir à distance les corbeaux qui commençaient à resserrer leur cercle, j'ai aidé la femme à ranger ses affaires et à plier la natte. Puis je l'ai accompagnée jusqu'au trottoir où elle avait garé sa bicyclette. Les enfants suivaient, littéralement collés à nous. Elle a installé la petite fille et le garçonnet sur les sièges pour enfants fixés à l'avant et à l'arrière du vélo, a calé son cabas sur le porte-bagages, m'a remercié en m'assurant qu'elle était en mesure de rentrer chez elle toute seule, puis a enfourché son engin qu'elle a lancé d'un coup de pédale vigoureux. J'ai regardé la bicyclette s'éloigner en zigzaguant dans un équilibre précaire. Les couettes de la petite fille assise derrière sa mère voletaient au gré des oscillations du vélo.

Mon cœur s'est serré. Je me suis soudain senti pressé de retourner chez moi, de me retrouver devant mon ordinateur, de continuer à dérouler le fil de mon histoire.

Et me voici de nouveau assis dans le pavillon à thé, à essayer de capturer le personnage qui se promène impunément sur mon écran. Je n'ai plus que quatre jours devant moi.

28

1972, mer Intérieure

Nous avons passé le reste de la journée à paresser dans des transats sur la terrasse devant l'auberge. À notre arrivée, le père de I. s'était confondu en excuses pour l'inconséquence de son fils. J'ai eu du mal à le convaincre que ce petit contretemps avait apporté son lot de joies supplémentaires.

En fin d'après-midi, nous sommes allés prendre notre bain. La mère de I. avait posé dans ma chambre un yukata, une large ceinture en crêpe et des getas. I. m'a dit que nous irions dans la soirée sur la plage pour la fête de l'O Bon. J'ai revêtu le yukata du mieux que j'ai pu et j'ai sorti de mon sac la pièce de tissu que le vieillard sur l'esplanade du palais impérial à Tokyo m'avait offerte. Je l'ai torsadée, attentif à ne pas cacher les idéogrammes de chaque côté du soleil levant, et en ai ceint mon front. Les parents de I. et les clients de l'auberge, regroupés sur la terrasse comme chaque soir avant le dîner, ont applaudi quand je suis arrivé. Lorsqu'ils ont vu le bandeau, ils se sont esclaffés en se tapant sur les cuisses.

« Où as-tu eu ça ? » m'a demandé I. en se tordant de rire.

Je lui ai expliqué. Il a traduit. Tout le monde a ri de plus belle.

« Tu vas faire un effet bœuf avec ça sur le front !

– Qu'y a-t-il donc d'écrit pour que ce soit si drôle ?

– Ce n'est pas drôle du tout ! D'un côté du soleil il y a l'idéogramme “Dieu”, de l'autre, “vent”. Cela veut dire “kamikaze” ! Montre un peu ! »

J'ai dénoué le bandeau, qui est passé de main en main. Ils sont soudain devenus plus sérieux.

« Tu sais quoi ? Ce truc a l'air authentique. Le type qui te l'a donné, c'était sûrement un vrai kamikaze ! Un de ceux que la fin de la guerre a laissés au sol. Il t'a fait un cadeau important en se séparant ainsi d'une relique aussi précieuse pour lui ! Tu ne devrais pas le trimbaler comme cela ! »

I. m'a rendu le bout de tissu un peu effiloché, taché de rouille par endroits. Je l'ai pris avec une révérence nouvelle et je suis allé le ranger dans mon bagage.

Quand je suis revenu, la mère de I. s'est approchée de moi. Elle a un peu ajusté mon col, tiré le yukata vers le bas, refait le nœud de la ceinture, puis elle a reculé d'un pas pour juger de l'effet de ses corrections. Elle a dit quelque chose que I. a traduit :

« Elle dit que le kimono te va très bien ! Il est un peu court pour toi, mais c'est tout ce qu'elle a trouvé dans l'île. Elle te l'offre. »

Dans un élan d'affection irréfléchi, je me suis approché d'elle et, avant qu'elle ait pu réagir, j'ai claqué un gros baiser sur sa joue. Elle a rougi et reculé brusquement en couvrant sa figure de ses deux mains. Confus, je me suis excusé. I. et son père riaient à gorge déployée. Les jeunes clients de l'auberge ont applaudi à tout rompre en sifflant.

« C'est probablement la première fois que quelqu'un embrasse ainsi ma mère. C'est une vraie révolution pour elle. Quel ennui ! Si elle y prenait plaisir, il faudrait que moi aussi je l'embrasse tous les soirs ! »

La mère de I. est revenue vers moi, elle a posé sa main sur mon bras et m'a parlé. Les jeunes autour de nous ont hurlé leur approbation. I. a traduit une nouvelle fois :

« Elle dit qu'elle est très honorée de ton geste. Elle dit que si elle avait une fille, elle te la donnerait volontiers en mariage et qu'elle serait heureuse de t'avoir pour gendre parce que tu es très galant. Pouah ! Un étranger aux yeux bleus pour beau-frère, très peu pour moi !

– Quel regret que vous n'ayez pas de fille. J'aurais été enchanté d'être votre gendre et je puis vous assurer que j'aurais été pour vous un meilleur fils que votre propre fils.»

I. a protesté mais il a traduit fidèlement mes paroles à voir la réaction de sa mère et ce qu'elle m'a répondu :

«Elle a le culot de dire qu'elle en est persuadée ! Elle répond que tu seras toujours le bienvenu chez nous, comme un fils adoptif. Tu lui as sacrément tapé dans l'œil ! »

Le père de I. est revenu de la cuisine avec une bouteille de mousseux qu'il a ouverte. Il en a versé une larme dans des gobelets en carton, nous avons levé les bras au ciel en criant «*Banzai !*» et nous avons trinqué à toutes sortes de choses, l'amitié entre les peuples, la jeunesse, le fils adoptif que j'étais devenu et à la fête.

Après le dîner, le père de I. nous a descendus à la plage. La route du bord de mer était encombrée de véhicules de toutes sortes. Des jeunes gens à bicyclette pédalaient en ahanant sous la charge de leur passagère en yukata assise en amazone sur le porte-bagages ou debout en équilibre précaire, pieds calés sur les moyeux de la roue arrière, mains posées sur les épaules de leur chauffeur. Je me suis demandé comment on pouvait bien faire cela.

Nous sommes sortis de la camionnette et avons fait les deux ou trois cents derniers mètres à pied. La foule était dense. Les getas raclaient le bitume de la route en cadence. Pratiquement tout le monde était en yukata. Certains garçons étaient vêtus de pagnes courts croisés sur leurs cuisses et de vestes de coton léger au revers desquelles il y avait des caractères. Un gros idéogramme était imprimé dans un rond rouge au dos du vêtement indigo d'autres garçons. Les yukatas des femmes étaient bariolés, les ceintures, nouées de façons diverses, rivalisaient d'élégance. Leurs cheveux étaient relevés en chignons ornés de peignes et de breloques qui se balançaient au rythme de la marche. Il y avait beaucoup d'enfants également vêtus de charmants petits yukatas et chaussés de socques miniatures qu'ils perdaient quand ils couraient entre les adultes ; alors ils faisaient demi-tour pour venir les récupérer. Certains avaient le front ceint de linges torsadés, le bout du nœud rebiquant vers le haut sur leur crâne rasé. Devant moi, un homme portait dans ses bras un tout petit garçon qui me regardait par-dessus l'épaule de son père de ses grands yeux noirs étonnés. Je lui ai fait un petit signe et un sourire. Soudain il s'est mis à pleurer. L'homme s'est arrêté pour le consoler puis il me l'a tendu. Le petit a hurlé de plus belle, s'accrochant au col du yukata de son père.

J'étais désolé d'être la cause d'un tel chagrin. I. m'a dit :

« Ce n'est pas grave. On ne voit pas d'étranger si souvent par ici. Tu dois être son premier. »

De fait, tout le monde me regardait avec une curiosité amicale, interpellant I. pour lui poser des questions à mon sujet. Dans ses réponses, le mot « Français » revenait invariablement. Alors les gens me faisaient des petits signes complices.

Curieusement, bien qu'attirant l'attention, je ne me sentais pas ridicule en yukata et j'avais bien pris le coup pour marcher avec mes getas à un rythme régulier en laissant traîner un peu le talon. « Koron, koron », faisaient mes getas sur deux tons, l'un clair, l'autre plus sourd. « Koron, koron », répondaient les getas des gens autour de moi.

Devant les baraques foraines, des cuisiniers en tablier indigo faisaient frire sur des plaques chaudes des océans de nouilles brunes d'où dépassaient les têtes de minuscules poulpes, servaient du saké, des bières et de la limonade en bouteille. I. m'a confié qu'aux fêtes de l'automne il y avait bien plus de stands, avec des distractions qu'il m'a décrites. Je me suis dit que je reviendrais bien à l'automne pour assister à une de ces kermesses.

Nous sommes arrivés sur la plage. Les guirlandes d'ampoules de toutes les couleurs se balançaient mollement sous la brise. Elles n'auraient pas été suffisantes pour éclairer la vaste étendue que d'énormes bûchers allumés tout autour illuminaient de leurs flammes. On aurait dit que celles-ci dansaient au rythme des tambours de tailles diverses placés sur l'estrade. Le plus gros, posé sur un pied en X, faisait bien un mètre de diamètre et émettait un grondement sourd qui secouait les tripes. Une femme d'un certain âge tenait un micro et chantait d'une voix nasillarde une rengaine entraînante et lancinante à la fois que diffusaient des haut-parleurs installés aux quatre coins de l'estrade. Les échos de la chanson se perdaient à la surface de la mer. Quand la femme ouvrait la bouche, sa dentition chargée d'or étincelait aux flammes des bûchers.

Autour de l'estrade, les gens formaient une ronde et dansaient pieds nus dans le sable sur la plainte de la chanteuse. Les getas étaient éparpillées sur la plage, semblables à des morceaux d'épave dont personne ne se souciait. La danse était gracieuse, surtout chez les femmes. Leur corps ondulait sous les yukatas, émettant une sensualité troublante et plus puissante que si elles avaient été dévêtues. Leurs cuisses et leurs fesses tendaient le coton du vêtement quand elles avançaient d'un pas, le pied cambré. Leurs bras au-dessus de leur tête ondoyaient de droite à gauche en faisant voltiger les longues manches qui dévoilaient un instant leur chair blanche et tendre jusqu'au coude. Leurs mains caressaient le ciel étoilé de tous leurs doigts, qui semblaient avoir une vie propre, se déployant et se repliant gracieusement autour de leurs poignets. On aurait dit qu'elles cueillaient les étoiles. Les mouvements de leur tête, qu'elles tournaient de gauche à droite à l'opposé de leurs bras, étaient gracieux et souples. Leurs cheveux relevés haut et le col de leur yukata rejeté loin à la base du cou exposaient leurs nuques ployées. La pulsation des flammes des bûchers sculptait ces corps d'une clarté qui accrochait leurs rondeurs et d'une ombre qui accentuait leurs creux. C'était voluptueux, j'en sentais les effets à l'accélération de mon pouls.

Malgré le chant et les tambours, on entendait le ressac des vagues un peu plus bas sur la plage. À l'odeur du bois qui brûlait se mêlait l'air marin en un parfum voluptueux.

À côté de la grande ronde, un adulte dirigeait des enfants. Les gestes maladroits des tout-petits étaient touchants. Parfois, une petite fille lassée de danser quittait la ronde et s'asseyait sur le sable pour faire des pâtés.

La joie de vivre imprégnait cette fête et pourtant l'ambiance était envoûtante. C'était une communion des éléments et des êtres qui allait au-delà du simple folklore. Nulle vulgarité, aucune fausse note dans cette assemblée. Cette nuit-là, j'ai ressenti un bonheur d'être, simplement d'être, une harmonie paisible coulait dans mes veines. Étranger à ce peuple, à ses mœurs, à sa culture, à l'expression même de ses sentiments, maladroit, pataud, aveugle les yeux ouverts, totalement dérouté, je ne me sentais pourtant pas étranger ni isolé sur cette plage du bout du monde.

J'ai commencé à prendre beaucoup de photos. J'avais chargé mes deux appareils de films à haute sensibilité qui me permettaient de jouer avec la vitesse d'obturation. Pour saisir la grâce d'un geste, je choisissais une vitesse élevée. Pour capter la sinuosité d'un corps dans l'espace, j'affichais une vitesse lente. I., à côté de moi, bavardait avec des jeunes gens de notre âge. Certains fumaient des cigarettes, d'autres buvaient des canettes de bière. On m'en a offert une, bien glacée. Dans la chaleur salée de la nuit, c'était agréable.

À la femme sur l'estrade avait succédé un vieil homme à la voix rauque. Il allait puiser très loin au fond de sa gorge des intonations aiguës qu'on aurait dites sorties de ses tripes. Son chant était puissant, il explosait dans les haut-parleurs, s'évadait au-delà de la plage vers la masse sombre de l'océan. Cela ressemblait à une incantation faite aux dieux de la mer.

Alors les jeunes autour de nous ont décidé de rejoindre les danseurs et m'ont invité à les suivre. J'ai posé mes appareils sur un rocher et, moi qui n'avais jamais aimé danser de ma vie, je suis entré dans la ronde sans appréhension, balourd, à contre-mesure et à contretemps, mais animé d'une joie indicible. Les spectateurs assis dans le sable applaudissaient à mon passage et m'encourageaient de la voix. Les jeunes formaient une phalange qui me guidait et, petit à petit, pris par le rythme, envoûté à mon tour, coordonnant mes mouvements avec la personne qui me précédait, j'ai réussi à ne plus être un pantin incohérent mais à me fondre dans le groupe et à faire avec lui un seul corps animé de la même fièvre. J'avais le sentiment diffus de n'être plus un clou qui dépassait mais l'infime partie d'un ensemble qui me protégeait de son unité et de son harmonie.

Sans m'en rendre compte, j'avais perdu le groupe de jeunes gens qui m'avait entraîné dans la danse et je me suis retrouvé dans une file de danseurs que je ne connaissais pas. Le nouveau groupe était aussi accueillant, bienveillant et indulgent que les amis de I., qui avait également disparu dans la pénombre au-delà du cercle de lumière des bûchers. Je ne pensais plus à mes appareils photo posés sur le rocher.

J'ai dansé longtemps, saoulé par la voix désincarnée du chanteur et les mouvements de mes bras au-dessus de ma tête et de mes talons frappant le sable au rythme des tambours. Le temps ne comptait plus. J'étais comme sorti de mon corps ; il avait sa vie propre, tel cet automate que mon père avait rapporté du Japon une année pour Noël et qui tournait, avançait, s'arrêtait aux impulsions que lui donnait un sifflet. Mon yukata était plaqué à mon dos et à mes cuisses par la sueur, dont mon visage était également inondé, mais le sable que je foulais était frais.

Enfin, comme si on avait arraché la prise qui alimentait la sonorisation, le chant et les battements de tambour se sont évanouis et la ronde s'est arrêtée. Je suis presque entré en collision avec la personne devant moi tant cet arrêt a été brutal. La tête me tournait et j'ai fermé les yeux, tout étourdi. Au tintamarre de la musique ont succédé la rumeur des vagues se déroulant sur le rivage, la cavatine des grillons dans les buissons qui bordaient la route et le brouhaha de la foule.

Quelqu'un m'a tendu une petite serviette pour que je m'éponge le front. Un subtil parfum de brise marine imprégnée de mandarine, de citron et de résine de pin s'en dégageait. J'ai relevé la tête pour remercier.

29

Novembre, Tokyo

Les quelques jours d'introspection déclenchés par cette lettre insolite m'avaient amené au seuil du trou noir de ma mémoire où les souvenirs des derniers jours de cet été 1972 au Japon avaient été engloutis. En astrophysique, les trous noirs absorbent la matière, sans espoir de retour. Mais la matière humaine n'obéit pas aux lois intangibles de l'astrophysique. Propulsé dans ce vacuum, je commençais à retrouver chaque détail de cet épisode que j'avais pourtant parfaitement occulté pendant plus de trente ans.

J'étais arrivé au bureau de bonne heure, comme d'habitude. Je n'avais pas allumé les plafonniers du hall ni ceux de mon bureau malgré la pénombre de ce matin qui n'en finissait pas de se lever sur un ciel de nuages noirs. En bas, très peu de voitures passaient dans l'avenue. Il n'y avait pas encore de piétons sur les trottoirs.

J'étais de mauvaise humeur. Il y avait tous ces e-mails non ouverts sur mon écran et cette pile de courrier à laquelle je n'avais pas daigné jeter un coup d'œil avant de partir la veille. Il y avait ce passé que je m'étais si soigneusement appliqué à oublier et qui maintenant me sautait à la figure et me narguait, soulignant la vanité de mes efforts. J'ai décidé de bousculer un peu ma routine et, au lieu d'allumer l'ordinateur et de me plonger dans la pâle clarté de son écran, j'ai pris le courrier pour le dépouiller.

La seconde lettre m'attendait. Ma secrétaire l'avait déposée bien en évidence sur la pile.

L'enveloppe était identique à la première. L'adresse était de la même écriture à l'élégance un peu hautaine, rédigée avec la même encre rouge rouille. Le même parfum immatériel s'en dégageait. Ma secrétaire ne l'avait pas ouverte.

Je suis resté assis à la regarder fixement pendant un moment, hypnotisé. On aurait pu croire que je craignais de m'empoisonner si je la touchais. Finalement, je me suis levé pour aller fermer la porte vitrée. Je savais que personne n'arriverait à cet étage avant au moins deux heures, mais j'avais besoin de m'isoler davantage dans le silence. J'ai erré dans la pièce, tripotant les livres sur les rayonnages de la bibliothèque, déplaçant les bibelots, retardant le moment où je finirais par aller me rasseoir pour ouvrir la lettre. J'ai pensé que je devais ressembler à un poisson rouge tournant sans but dans son bocal. Une question idiote m'est venue à l'esprit: «Est-ce que les poissons boivent?» Je n'avais pas la réponse. Enfin, je suis revenu m'asseoir à mon bureau. J'ai sorti du tiroir la première lettre. Je n'avais pas besoin de la relire car j'avais parfaitement son contenu en mémoire. Je l'ai posée à côté de l'autre.

Quand j'ai pris l'enveloppe, mes mains tremblaient. Je n'avais pourtant rien à me reprocher. Je l'ai décachetée aussi soigneusement que je l'avais fait pour l'autre lettre et j'ai sorti les feuillets. Il m'a fallu ce qui ressemblait à du courage pour en commencer la lecture. Cette fois, il n'y avait pas de formule de politesse en préambule. Le texte commençait aussi brutalement qu'il s'était arrêté.

Je suis consciente de l'état de perplexité dans lequel mon courrier a dû vous plonger. J'aurais voulu que vous ne voyiez pas dans l'abrupte interruption de ma première lettre une quelconque malveillance. Je conçois que ma pusillanimité de femme ait pu être interprétée comme de la sournoiserie. Mon manque de courage seul est à blâmer. Je vous l'ai dit, je suis une faible femme sans pudeur.

J'ai amèrement regretté mon geste à l'instant où j'ai mis la lettre dans la boîte. Quel droit avais-je de vous importuner ? Assurément, vous alliez penser que vous aviez affaire à une illuminée. Je me suis rassurée en pensant qu'elle ne vous parviendrait probablement pas, que votre secrétariat devait filtrer le courrier d'un personnage aussi important que vous et que la mention « Personnel » sur l'enveloppe était un bien piètre obstacle aux sévères contrôles d'une entreprise telle que la vôtre. Le doute m'a cependant saisie et, dans la soirée, je me suis précipitée à la poste pour essayer de la reprendre avant qu'elle soit expédiée. Peine perdue, bien entendu ! Quelle naïveté ! Je me suis couverte de ridicule en suppliant le préposé. Il m'a éconduite avec morgue et impatience. Mon insistance a dû lui paraître suspecte, au point que j'ai cru qu'il allait faire appel à la police. Cette lettre, pourtant, c'était moi qui l'avais écrite ! Mais cette chose issue de mon esprit et créée de mes mains avait désormais sa propre vie et m'avait irrémédiablement échappé à l'instant même où je l'avais glissée dans la fente de la boîte aux lettres !

Quand j'ai compris que rien ne pourrait arrêter le cours des choses, j'ai attendu. Je n'osais espérer que la lettre s'égare, au Japon le courrier ne se perd jamais, mais j'imaginais un miracle, un de ces revirements dont le destin est friand. Au bout de quelques jours, je me suis faite à l'idée que vous aviez sans doute reçu la lettre et que vous l'aviez peut-être même lue. On dit bien dans l'article de l'« Asahi » que vous maîtrisez le japonais au point de le déchiffrer dans le texte.

Alors me voilà de nouveau, prise d'un vertige devant la page blanche que je vais remplir, résignée pourtant à poursuivre cette entreprise.

Je ne suis pas superstitieuse. Dans les moments les plus tragiques de ma vie, je n'ai jamais cherché à savoir ce que le destin me réservait. Je ne suis pas non plus très religieuse. Comme tout le monde, je vais au temple le premier de l'an, plus par routine que pour implorer la clémence des dieux. Ils m'ont tellement accablée que je n'attends plus rien d'eux. Mais je dois vous avouer que, après avoir lu l'article de l'« Asahi » et compris qui vous étiez, mon bon sens a vacillé. Je suis allée voir une diseuse de bonne aventure, une de ces femmes assises, un châle recouvrant leurs genoux, devant une table pliante sur laquelle est posée une bougie dans une lanterne de papier. Chaque soir en rentrant de mon travail je passe devant une vieille femme installée à l'abri du vent sous l'arcade marchande. Il y a toujours une ou deux personnes qui attendent leur tour. Elle a un bon sourire qui donne confiance et des yeux pétillants derrière ses lunettes cerclées de métal.

Avant-hier soir, désemparée, je me suis assise sur le petit pliant devant elle et sans un mot je lui ai tendu la paume de ma main. Elle l'a d'abord ignorée et m'a regardée intensément. Puis elle a pris mes mains entre les siennes et s'est mise à en masser les paumes de ses pouces tout en continuant à me regarder. J'ai compris qu'en faisant ainsi elle en déchiffrait les lignes.

Au bout d'un moment, elle a retourné mes mains pour les examiner avec une grosse loupe. Elle a passé ainsi un long moment à les observer en silence. Finalement elle a relevé les yeux et s'est mise à me parler.

« Vous avez rencontré votre destin quand vous étiez très jeune et vous l'avez assumé avec courage et détermination, seule et sans soutien », a-t-elle dit.

Je n'ai pas réagi, mais j'ai senti un froid intense engourdir l'extrémité de mes doigts. Je n'avais pas dit une parole mais en une courte phrase elle avait croqué le profil de ma vie. Je ne pouvais plus détacher mon regard du sien, qui brillait de compassion derrière le verre de ses lunettes où la flamme de la lanterne dansait par intermittence. Elle a continué à me parler. Sa voix était douce et chaude.

« Ignorance n'est pas faute. Vous le saurez en accomplissant jusqu'au bout votre tâche. Ne contournez pas l'obstacle que le hasard a placé sur votre chemin. Ne laissez pas inachevé ce que

vous avez commencé. Cela ne changera rien mais vous connaîtrez peut-être ainsi la valeur de votre souffrance. Allez, allez à la rencontre de cet obstacle, je crois qu'il ne se dérobera pas!

– Quoi d'autre? lui ai-je timidement demandé.

– J'ai lu ce qui est gravé dans votre peau et imprègne votre âme, mais je ne vous en dirai pas plus ce soir, car entre toutes je vous ai donné la seule réponse qui importait, celle que vous attendiez!»

Assommée, je l'ai remerciée et lui ai tendu cinq mille yens, le tarif de la consultation inscrit sur le papier de la lanterne. Elle a repoussé le billet:

«Pas ce soir. Quand vous reviendrez, si jamais vous revenez!»

Voilà pourquoi hier soir je me suis assise à mon bureau et j'ai repris la plume pour écrire ce second courrier.

J'ai posé les deux premiers feuillets sur mon bureau. La lourde détresse qui se dégageait de la lettre de cette femme pesait sur mes épaules. Son premier courrier était mordant, ironique, voilé d'une menace sourde. Celui-ci était imprégné de désespoir. J'ai eu la tentation d'arrêter là ma lecture, de jeter cette folie à la corbeille, de la passer au broyeur de documents avec l'autre lettre, de la déchiqueter, la brûler, d'en nier l'existence. Je crois que c'est à cet instant que j'ai compris qui était cette femme. Presque malgré moi, j'ai pris les autres feuillets et continué ma lecture.

J'abandonne ici toute fierté et toute décence pour vous supplier de ne pas abandonner la lecture de cette lettre. On a assez de son propre malheur sans avoir à assumer celui d'autrui, n'est-ce pas? Je devine que mon premier courrier a dû vous agacer, vous intriguer. Je sens au moment même où je le rédige que celui-ci vous irritera ou vous inquiétera. J'ai déjà beaucoup abusé de votre temps et de votre patience, mais ne disiez-vous pas que le Japon vous a appris la patience et l'indulgence?

Je suppose que, malgré les trente années que vous avez pas-

sées au Japon, ce pays continue à vous charmer, vous enchanter, vous émouvoir, embraser vos sens et votre curiosité, vous intriguer, vous agacer, vous irriter, vous fâcher, parfois vous inquiéter.

Ne disiez-vous pas également que vous ne déchiffrez toujours pas le Japon et les Japonais, que plus vous y vivez et plus vous nous côtoyez, moins vous comprenez, plus vous pénétrez cette masse opaque, plus vous vous y perdez parce que vous avez le sentiment de vous égarer dans le brouillard de notre culture et de nos incohérences ? Vous dites que, quoique demeurant depuis si longtemps au Japon, vous n'en êtes toujours pas lassé parce qu'il vous reste tout à en découvrir. J'ai pensé que votre humilité était un peu feinte, car il me semble que vous en savez bien plus sur nous que ce que vous voulez bien avouer.

Suis-je en train de pécher par orgueil, à espérer ainsi que mon courrier suscite en vous de tels mouvements d'humeur ? Je vous supplie d'être patient et indulgent avec moi comme vous l'êtes avec mon pays !

J'ai retrouvé dans la première partie de l'article le portrait de la page de couverture : vous êtes professionnel, fier, convaincant, vous faites votre travail. Mais j'ai également discerné un zeste de passion, une chaleur, une jubilation que l'on ne croise pas souvent chez un homme d'affaires. Vous parlez de votre société comme il me semble qu'un étranger doit parler d'une femme. Les Japonais, vous le savez, parlent peu des femmes, par pudeur ou simple indifférence. Votre description de l'entreprise que vous dirigez est charnelle, sensuelle, physique. Les Japonais parlent de leur société comme d'une maison qui les héberge, c'est une chose un peu désincarnée et bien sûr asexuée. Cela ne veut pas dire qu'ils n'aiment pas leur entreprise, mais, s'ils devaient la comparer à un être humain, ils diraient plutôt que c'est leur mère nourricière ou leur tuteur. Mais je ne crois pas que les Japonais pensent leur entreprise au féminin. Ils sont dévots, pas amants. Vous parlez de la vôtre comme d'une amante, une maîtresse intransigeante et magnétique ! Je dois dire que j'ai admiré la passion qui vous anime, et je me suis dit que la femme que vous aimez est heureuse, car vous devez être avec elle exigeant, insupportable, colérique, jaloux, invivable, lui donnant ainsi de la substance. Pour une femme esseulée comme moi, fluide et transparente, plus légère qu'un tampopo au gré du vent, il me semble que l'intolérance d'un homme agirait sur moi comme le fluide acide révèle l'encre sympathique. Si étrange que cela puisse paraître, je me suis dit que j'aimerais être aimée d'un homme aussi insupportable que vous!

J'ai abordé la seconde partie de l'article, celle où vous expliquez comment et pourquoi vous êtes venu au Japon, cette destination improbable substituée en dernière minute au Brésil, ce motif bien trivial de venir y acheter un appareil photo. Vous racontez comment petit à petit mon pays vous a charmé avant de vous envoûter. Vous décrivez avec une tendresse désarmante vos enchantements devant les gestes les plus banals, les moindres attentions des personnes que vous avez croisées pendant votre voyage, tous ces petits riens qui vous ont fait tomber amoureux des Japonais. Vous continuez, dites-vous, à les aimer passionnément malgré leurs défauts, parfois leur stupide xénophobie dont vous dites que vous n'avez jamais souffert personnellement.

Je dois dire que je n'ai pas trouvé dans toute cette fraîcheur ce qui aurait pu justifier la faille dans le portrait de Kamakura, l'absence, la tristesse. Elle existait pourtant, sourdant de votre personne quand j'ai regardé la photo une nouvelle fois. Du moins, c'est ce que j'ai cru y lire. Réflexion faite, c'était mon propre reflet que je voyais. Votre visage était le miroir de ma détresse. À ce stade de ma lecture, j'ignorais encore ce que j'ai découvert en finissant de lire cet article, mais je suppose que la certitude commençait sournoisement à cheminer en moi.

Je n'ai pas pu reprendre ma lecture, car on a sonné à ma porte. Une voisine, qui passait me voir. J'ai dû lui servir du thé et des gâteaux de riz. Il m'a fallu endurer son bavardage une bonne heure. Elle n'avait rien de particulier à me dire. La politesse de bon voisinage est un fardeau nécessaire au Japon. Quand elle est enfin partie, il faisait nuit. J'ai lavé les tasses, rangé les petits gâteaux dans leur boîte de fer-blanc, remis les coussins en place, puis j'ai préparé mon repas du soir. J'avais oublié le journal que j'avais précipitamment plié et posé sur mon bureau à l'arrivée de ma voisine. Je suis allée aux bains publics comme je fais tous les soirs. Cela me coupe de ma solitude, j'y retrouve les commères du quartier dont le verbiage me distrait. Rentrée à la maison, j'ai dîné rapidement. Je voulais me coucher tôt, épuisée par une longue semaine de labeur. C'est au moment de me glisser sous le futon que je me suis rappelé que je n'avais pas terminé la lecture de l'article. Je suis allée le chercher dans mon bureau, je me suis allongée sous la couette et dans la pénombre diffusée par la lampe de chevet posée sur le tatami, enveloppée du paisible silence de ma maison, j'en ai repris la lecture.

J'ai ensuite regardé de nouveau les deux photos. Je me suis demandé comment j'avais bien pu faire pour ne pas vous reconnaître immédiatement, comment ma mémoire avait pu à ce point gommer vos traits. Certes, vous avez vieilli. On voit la peau de votre crâne briller là où il y avait cette étonnante chevelure bouclée en désordre. Votre visage est anguleux alors qu'il était plein. Je me suis dit que c'est surprenant ce que le temps peut faire à un visage.

Alors j'ai compris que la première partie de l'article sur le chef de cette entreprise si connue m'avait induite en erreur, car autrefois ce n'est pas de réussite que vous rêviez mais de grandeur. Est-ce pour cela, parce que vous n'avez pas atteint les sommets de la grandeur, seulement la médiocrité de la réussite, est-ce parce que vous avez suivi un chemin dont vous n'aviez pas choisi la destination, est-ce parce que vous n'aimez pas le reflet de votre visage dans le miroir, où vous croyez ne voir qu'un imposteur, que vous paraissez tellement inconsolable ?

J'ai mieux regardé la seconde photo. Je me suis perdue en elle. J'ai enfin reconnu votre âme. Elle affleure sous le masque qui me l'avait d'abord cachée. Votre âme, elle, n'a pas changé, je pourrais en jurer. Elle est telle que je l'ai découverte, il y a trente-cinq ans.

Car c'est bien vous que j'ai rencontré il y a trente-cinq ans sur l'île d'Ikuchi, dans la mer Intérieure, n'est-ce pas ?

30

1972, mer Intérieure

Instantanément, je me suis noyé dans le regard lumineux de la jeune fille qui se tenait devant moi.

La flamme des torches faisait palpiter une aurore boréale dans ses yeux, dont l'arc des sourcils rehaussait l'amande. Une dissymétrie imperceptible rendait ce regard infiniment délicat. L'éclat qui y dansait était joyeux, espiègle, mais les pupilles étaient voilées de mélancolie, comme l'ébauche d'un chagrin à venir.

Jamais de ma vie je n'avais ressenti un tel éblouissement. Je suis resté stupide devant la serviette qu'elle me tendait, les bras le long du corps, mes orteils fouaillant le sable comme des petits crabes agités.

Alors elle s'est rapprochée de moi et très doucement elle a essuyé d'une caresse la sueur qui coulait de mon front et inondait mon visage. L'effluve de mandarine, de citron, de résine de pin et de brise marine a imprégné ma peau. J'ai fermé les yeux, pensant que jamais je n'oublierais l'instant de ce parfum.

Nos regards se sont retrouvés quand je l'ai remerciée. À la différence des jeunes filles que j'avais suivies dans la ronde, elle était presque aussi grande que moi, élancée, aérienne dans son joli kimono de coton. L'obi soulignait sa taille, qui paraissait terriblement fragile tant elle était fine. Sa longue chevelure lisse, de ce noir intense des bols de laque qui absorbent la lumière, accentuait l'ovale de son visage. Elle avait un front immense, un nez fin légèrement épaté, une peau mate et satinée, un cou gracile, presque trop long. Sans doute cela venait-il du col du yukata rejeté bas sur sa nuque. Elle a relevé la masse de ses cheveux d'une main et a passé autour de son cou la serviette imbibée de ma sueur dont elle a glissé les extrémités dans l'échancrure de son kimono d'été.

Une annonce a soudain éclaté dans les haut-parleurs. Le volume était mal réglé et la voix trop forte, suivie d'un sifflement aigu, nous a fait sursauter.

La jeune fille a brusquement tourné la tête. Sa chevelure a fouetté la nuit et frôlé mon visage. Elle s'est exclamée: «*Hanabi! Hanabi!*» Et elle m'a montré le bout de la plage où les gens commençaient à se diriger. Elle avait une voix de cristal. Elle m'a tendu la main. La manche de son kimono est remontée jusqu'à son coude, dévoilant son avant-bras dont j'ai eu envie de caresser la chair dorée. J'en ai été ému au point de sentir des larmes me monter aux yeux. J'ai pris cette main suspendue dans la nuit. Elle était longue, douce et fraîche. Nous avons marché ainsi main dans la main d'un pas vif jusqu'à l'extrémité de la plage. J'aurais voulu que ce moment dure une éternité. Nous nous sommes assis au milieu de la foule sur le sable, face au petit cap de rochers qui finissait la plage. J'ai senti sa hanche peser contre la mienne alors qu'elle se tournait vers un groupe de jeunes gens qui l'interpellaient. J'ai aperçu I. au loin et j'ai fait le geste de me relever, mais il m'a fait signe de rester où j'étais.

Soudain, sur notre droite, un trait a balafré le ciel, suivi d'une explosion sourde. La fusée a éclaté en poussière de lumière blanche, dessinant sur le visage des spectateurs un masque blafard. La foule a applaudi. La jeune fille à mes côtés aussi, d'un rapide battement rapproché de ses mains. Le feu d'artifice commençait.

Les salves se sont succédé pendant une quinzaine de minutes. Les bouquets incandescents enflammaient le paysage avant de retomber en feux follets hésitants à la surface de la mer. La fumée des tirs s'étirait nonchalante vers les flancs de l'île. Cela sentait la poudre et le carton brûlé. Les explosions se répercutaient sur la colline derrière nous. Les gens applaudissaient aux bouquets les plus spectaculaires.

Assis à la gauche de la jeune fille, je voyais son visage en premier plan, qu'irisait la lueur pourpre du spectacle. En fait, je ne regardais qu'elle, indifférent aux fontaines de lumière qui inondaient le ciel. Je me suis dit que mon insistance était impudique mais je ne pouvais détacher mon regard de son profil. En fait, je me fichais bien d'être impudique. Je ne voulais perdre aucun de ces instants. Il me semblait que le reste du monde s'était estompé pour ne laisser que ce visage sur le fond du ciel qui s'embrasait pour en glorifier les contours.

À un moment, elle a dû sentir l'insistance de mon regard et elle s'est tournée vers moi. Nous n'avions pas échangé deux mots. Sa main est venue chercher la mienne sur le sable et s'est posée dessus, aussi légère qu'un souffle. J'ai senti la pulsion chaude de son poignet sur le mien. Nous sommes restés ainsi ancrés l'un à l'autre jusqu'à la fin du feu d'artifice, quand les beuglements de l'animateur dans les haut-parleurs et le mouvement des gens autour de nous qui se relevaient en époussetant le bas de leur kimono nous ont sortis de la léthargie dans laquelle nous étions tombés.

Nous nous sommes levés. Elle m'a fait comprendre en montrant nos pieds nus qu'il nous fallait retrouver nos getas. Je l'ai suivie jusqu'à l'estrade où elle avait laissé les siennes. Les miennes étaient restées là où je les avais abandonnées, échouées sur le bord de la route derrière le stand de boissons. I. aussi m'y attendait. Mon appareil photo, que j'avais complètement oublié, se balançait au bout de son bras. I. a salué la jeune fille et ils se sont parlé un moment. J'avais le sentiment qu'à eux deux ils tenaient mon sort entre leurs mains. I. s'est enfin tourné vers moi. Il m'a expliqué qu'elle habitait la petite île en face du village, qu'elle était venue en barque et qu'elle devait attendre le reflux de la marée pour pouvoir traverser le goulot sans être entraînée vers le large. Il m'a dit comme une évidence :

« Il y en a pour trois ou quatre heures. Tu vas lui tenir compagnie. Nous allons vous déposer près du port. Je reviendrai te prendre à l'embarcadère au petit matin ! »

Nous avons suivi la foule qui s'étirait paisiblement sur la route jusqu'au point où le père de I. nous attendait dans sa camionnette. Sans faire de commentaire, il nous a déposés au port, où les visiteurs se dépêchaient pour prendre le dernier ferry en partance pour Onomichi.

La camionnette s'est éloignée dans la ruelle perpendiculaire au petit immeuble en ciment délavé du port. Par la vitre, I. a fait de grands moulinets de son bras comme si nous nous quittions pour toujours. Le ferry est parti dans le bruit de son hélice qui brassait l'eau épaisse à contre-courant. Le silence est tombé sur le village, seulement troublé par le clapotis du courant furieux dans le chenal où quelques lanternes égarées sur leurs esquifs filaient vers un destin funèbre. Nous nous sommes assis sur un banc face à la mer. Nous avons laissé un espace entre nous, subitement intimidés par le grand vide de la nuit devant nous et par ce que nous allions en faire. Lorsque nous bougions, nos kimonos se frôlaient. Cela me rassurait.

Je me suis rendu compte que je ne savais pas son nom. Je le lui ai demandé. Il était doux comme un crépuscule. Je lui ai dit le mien. Elle a sorti d'un petit sac accroché à son obi un minuscule crayon et un calepin où je l'ai écrit en lettres capitales. Elle l'a prononcé à l'américaine, je le lui ai fait répéter à la française en allongeant la seconde syllabe et sans prononcer la dernière lettre. Elle ne se débrouillait pas mal, mais elle butait sur les *r*. C'était charmant. Elle a ri, puis elle a pointé l'index vers son nez et a dit :

« Akane. »

J'ai répété longuement, « A-ka-ne », en détachant les syllabes.

Elle m'a montré sa barque attachée au mole et qui tirait sur sa corde comme un chien en colère. C'était une toute petite barque blanche avec deux rames et un moteur minuscule qui n'aurait pu lutter contre le flux de la marée. Du doigt, elle a indiqué un endroit dans la masse noire de la petite île en face de nous, à mi-hauteur de la colline où palpitait une faible lumière.

« *My home*, m'a-t-elle dit. *You and me, meet tomorrow ?* »

Son anglais était rudimentaire. Ivre de bonheur de l'entendre me dire qu'il y aurait un lendemain à cette nuit, j'ai répondu :

« *Yes, with dictionary.* »

Elle a ri de nouveau en levant la tête vers le ciel.

« *Me too !* » a-t-elle répondu.

Sa chevelure est tombée sur ses reins. La fraîcheur de son parfum m'a de nouveau enveloppé. Je n'avais besoin de rien d'autre, que de sentir cette subtile odeur, d'être assis près d'elle et peut-être, plus tard, de réchauffer sa main entre les miennes.

Nous avons entendu un bruit de conversation sur notre droite. Un homme et une femme sont apparus au loin sur la route de la côte à la lueur blafarde d'un maigre lampadaire. La jeune fille a mis un doigt sur ses lèvres et m'a fait signe de retirer mes getas. De sa main libre, elle a pris la mienne et nous sommes partis dans le froissement imperceptible de nos kimonos dans la direction opposée, vers la rue principale du village. Nous nous sommes enfoncés entre les maisons aux murs de planches mal jointes et les boutiques, dont les rideaux de fer étaient tirés. Quelques réverbères reliés les uns aux autres par des fils électriques diffusaient une faible clarté sous la corolle de plastique jauni de leurs abat-jour qui ressemblaient à des jupes de mendiantes. Une pancarte mal accrochée dont le néon clignotait en grésillant se balançait au-dessus d'une boutique. Un coq à la fière crête rouge y bombait le torse à côté d'une boîte de ce produit hélicoïdal pour éloigner les moustiques qu'on avait mis dans ma chambre chez I. Curieusement, sous l'énorme caractère rouge vif, le nom du produit était inscrit en alphabet : Kinchoru. Je me suis promis de ne pas oublier ce mot qui ne me servirait probablement à rien. Le bitume était encore tiède du soleil de la journée sous nos pieds nus. La main d'Akane était blottie comme un chaton dans la mienne. Il faisait doux malgré l'humidité venue de la mer.

Au bout d'un moment, nous avons trouvé sur notre gauche un escalier menant vers le temple qui dominait le village. L'impressionnante volée de marches en pierre, toutes de guingois, s'évanouissait dans l'ombre épaisse de la colline. Nous avons commencé à les gravir. La lune s'était levée, projetant nos silhouettes incertaines sur l'escalier.

Nous sommes arrivés au pied d'un torii que nous avons dépassé. Akane s'est arrêtée quelques marches plus haut et s'est retournée. Elle a ramassé deux petits éclats de pierre sur le bord de l'escalier et m'en a donné un. Elle a jeté le sien en un lent mouvement ample qu'a accompagné la longue manche de son kimono. Il est tombé en parfait équilibre sur l'arête du torii avec un bruit mat. Puis elle a joint ses deux mains devant son visage, qu'elle a incliné en fermant les yeux. J'ai retenu ma respiration. Je n'osais bouger de peur de briser la magie de ce moment. Sa prière a duré quelques instants. Elle a rouvert les yeux et m'a invité à faire comme elle. J'ai jeté la pierre à mon tour, d'un mouvement trop brusque, inachevé. Elle a ricoché sur le bord du torii et dégringolé sur les marches en contrebas. Akane m'a tendu un second caillou un peu plus gros que le premier. Son visage était sérieux soudain et j'ai pensé qu'il était vital que je parvienne à mettre cette pierre sur la poutre du torii. Cette fois, j'ai pris mon temps, j'ai bien visé, sans arrêter mon geste j'ai lancé la pierre, qui est tombée sur le torii où elle a oscillé dangereusement avant de finalement s'arrêter, en équilibre un peu instable, à moitié posée sur le caillou d'Akane. Comme elle, j'ai élevé mes mains jointes devant mon visage, j'ai fermé les yeux et à mon tour j'ai formulé un vœu. Peut-être le même qu'elle, ai-je imaginé. J'ai lu de la reconnaissance dans son regard quand je me suis tourné vers elle.

Nous avons repris notre ascension et atteint l'esplanade du

sanctuaire. Au sommet des marches il y avait un autre torii encadré de deux lions de pierre dont les pattes reposaient sur des sphères et de deux lanternes taillées dans le granit. Le sanctuaire dominait la place, campé sur ses piliers de bois. Nous nous sommes approchés, un peu impressionnés par la solennité du lieu, et nous avons fait une courte prière avant de nous asseoir sur les marches du temple à côté du grand bassin en bronze de recueillement des eaux du toit dans lequel plongeait la gouttière. La pleine lune se reflétait à la surface de l'eau immobile et noire. Le paysage semblait pétrifié sous cette lune incroyablement proche dont on pouvait deviner les cratères aux taches plus sombres. Même la brise qui faisait bruisser les pins loin au-dessus de nos têtes ne soufflait plus. J'entendais le battement de mon cœur dans ma poitrine.

À mes côtés, Akane était figée. Je mourais d'envie de sentir sous ma paume la palpitation de sa main mais je n'ai pas bougé. Je craignais de briser cette fragilité. J'avais peur que les ombres des arbres, le silence, le reflet dans l'eau du bassin, la lueur de la lune ne s'effritent, ne tombent en poussière au moindre geste de ma part. Une vague de bonheur comme je n'en avais jamais connu m'a soudain envahi. Je me suis dit que l'harmonie de ce moment ne se reproduirait jamais, que cette fusion de mon corps avec mes sentiments, ce paysage, cette jeune fille dont j'ignorais tout était un éclair éphémère de perfection et j'ai compris l'irrésistible force qui poussait les couples à se jeter dans les chutes Kegon.

J'ai regardé Akane, dont le visage était levé vers le ciel. Elle s'est tournée vers moi et j'ai lu dans ses yeux un bonheur semblable au mien. Elle m'a souri en pointant son doigt vers la lune. Elle a ressorti le calepin et le crayon de son petit sac et a dessiné un rond avec dedans la silhouette d'un animal aux grandes oreilles dont les pattes levées au-dessus de la tête tenaient une sorte de bâton. Elle a désigné la lune une nouvelle fois et m'a montré le dessin. J'ai vu que les taches des cratères à la surface de l'astre ressemblaient à cet animal. Chez les Japonais, un lapin dansait sur la lune !

Akane s'est relevée et a remis de l'ordre dans le bas de son kimono en tirant sur les pans du vêtement. Un sentier s'enfonçait derrière le sanctuaire entre les pins de la colline. Nous avons gravi le chemin raide et étroit. Je glissais sur mes getas et j'ai dû m'aider de mes mains aux endroits les plus escarpés. Devant moi, Akane grimpait avec l'aisance d'un cabri. Le bas de son kimono remontait sur ses mollets graciles à chaque pas qu'elle faisait. Nous avons atteint le sommet de la colline, où se trouvait un minuscule sanctuaire à peine plus grand qu'un adulte avec un petit torii en bois, encadré des statues de deux renards de pierre à la queue fièrement relevée. J'ai trouvé leur museau effilé et leur regard aigu inquiétants. Cette impression était accentuée par la pénombre du sous-bois où la clarté de la lune ne parvenait pas à pénétrer. Akane a fait une courte prière. Un peu en retrait derrière elle, je ne pouvais détacher mon regard du nœud de l'obi de son kimono.

Elle s'est retournée vers moi. Elle m'a tendu sa main et je l'ai gardée dans la mienne tandis qu'elle me guidait sur le chemin accidenté derrière le petit bâtiment. Nous avons commencé la descente de l'autre côté de la colline, sur le versant qui faisait face à l'île où elle habitait. Soudain, alors que nous descendions vers le village dont nous pouvions maintenant voir l'ondulation des toits de tuiles, la silhouette d'une pagode en contrebas s'est détachée sur la mer dont les vagues accrochaient la myriade argentée des reflets de la lune. Sa toiture ondulait en courbes élégantes vers le ciel, la pointe de son clocheton en dentelle festonnée de cuivre se dressait, fière et solitaire, vers les étoiles qu'elle semblait vouloir embrocher. La lune était cachée sur notre gauche par la branche d'un pin tricotée d'aiguilles qui se balançait à la brise. À l'horizon, on devinait la masse sombre des autres îles.

Le souffle coupé par la beauté de ce spectacle, je me suis arrêté. Il y avait un gros rocher devant nous sur lequel nous nous sommes assis. Akane était un peu en contrebas. Au bout d'un moment, elle a appuyé sa tête contre mon genou, si légèrement que je ne m'en suis pas tout de suite aperçu, tellement j'étais fasciné par la féerie du paysage. Enfin, j'ai senti la pression furtive de son corps contre ma jambe et j'ai posé ma main sur son épaule. Elle l'a recouverte de la sienne et nous sommes restés ainsi absorbés dans une contemplation silencieuse, deux ombres minérales figées dont les cœurs battaient à l'unisson.

J'ai compris cette nuit-là qu'on pouvait perdre la notion du temps. C'est au cheminement de la lune dans le ciel, qui est passée de notre gauche par-dessus la flèche de la pagode pour finalement disparaître derrière la montagne de l'île voisine, que je me suis rendu compte que nous étions restés assis là presque toute la nuit. Les reflets de la lune avaient disparu de la surface de la mer comme des néons s'éteignant un à un sur les toits d'une ville sans que nous nous en apercevions, laissant un gouffre sombre devant nous.

Akane s'est redressée. Ses cheveux ont balayé ma main ankylosée toujours posée sur son épaule. Elle l'a caressée furtivement de sa joue fraîche puis elle s'est relevée. Nous avons repris le sentier raide qui descendait vers la pagode, dont l'ombre noire est montée vers nous au fur et à mesure que nous progressions. C'était une pagode à trois étages, aux proportions d'une élégance extrême malgré sa masse, avec de petits balcons sculptés et des toits délicatement recourbés comme la fossette du premier sourire qu'Akane m'avait fait sur la plage. Nous sommes passés devant l'esplanade de pierres sur laquelle elle était posée et avons rejoint un autre escalier qui menait au village, pas très loin du débarcadère.

Quand nous y sommes arrivés, la trace de l'aube effaçait les dernières étoiles du tableau noir du ciel. Le flux de la marée s'était inversé. La barque d'Akane ne tirait plus sur sa corde, battant mollement le bord de l'embarcadère. Akane m'a fait signe de descendre avec elle jusqu'au ponton, où elle s'est agenouillée. Elle m'a fait retirer mes getas, s'est penchée vers la mer, recueillant un peu d'eau entre ses mains, puis elle a aspergé mes pieds, qu'elle a frottés pour en chasser la poussière du sentier. Je me suis laissé faire, totalement chaviré par ce geste biblique dans lequel j'ai senti plus d'amour encore que n'en aurait exprimé un baiser.

Elle a sauté dans sa barque, insensible au tangage soudain elle a adroitement défait le nœud de la corde de la bitte d'amarrage, m'a fait un petit salut enjoué en me disant simplement «*Tomorrow, here!*», dédaignant de lancer le petit moteur elle a pris les rames et a manœuvré son bateau pour en diriger la proue vers le courant qui l'a emportée dans le bras de mer entre les deux îles.

Je suis resté debout, les bras ballants, mes getas à la main, les pieds dans la flaque d'eau sur le bois du ponton, à regarder le minuscule esquif qui filait vers la berge opposée se fondre dans l'obscurité, le cœur serré, jusqu'à ce que j'aperçoive la fine silhouette en kimono penchée sur les avirons. Le jour derrière moi commençait à se lever, brouillant les ombres. Juste avant que la barque ne disparaisse derrière la pointe de l'île d'Ikuchi, Akane s'est retournée et m'a fait un grand signe de ses bras.

Longtemps après qu'elle eut disparu, encore immobile sur le ponton, je me suis entendu pousser une sorte de gémissement venu du fond de mon âme.

Je me suis retourné vers l'aube qui dessinait une frisure mordorée sur la crête des toits des maisons alignées sur le port, vaguement barbouillé par le mouvement du ponton et le manque de sommeil. J'ai vu I. qui m'attendait au bout du quai les mains dans les poches, sans doute depuis un long moment.

31

1972, mer Intérieure

Le soleil a fait son apparition sur la mer quand nous avons attaqué la côte qui menait à l'auberge de jeunesse. Il faisait déjà chaud et les premières cigales se sont mises à chanter dans les champs de mandarines. L'air dans la cabine de la camionnette tourbillonnait par les vitres baissées au maximum, fouettant nos visages. Conduisant avec prudence, I. se taisait. J'étais perdu dans mes pensées. Il n'y avait rien de réprobateur dans son attitude. Il respectait mon silence, tout simplement.

C'est moi qui ai parlé le premier :

« Il ne s'est rien passé.

– Je sais, a-t-il répondu, laconique. Elle fait des études supérieures à Kyoto, a-t-il repris comme pour répondre à une question de ma part. Akane n'a jamais été comme les autres. Toujours à étudier pendant que nous courions à la pêche aux bigorneaux. On ne l'a jamais vue avec un des garçons de l'île. Pourtant ils lui ont tous tourné autour. Cela se comprend, c'est la plus jolie fille du chapelet d'îles. Son coup de foudre pour toi est incroyable ! »

Je n'ai pas répondu, tassé de fatigue sur mon siège, le regard dans le vague.

« Serais-tu en train de trouver plus que tu n'es venu chercher dans ce pays ? »

J'ai ignoré la question.

« Je la revois tout à l'heure.

– Comme tu voudras. Mais ne joue pas avec elle. Ceux qui restent souffrent toujours plus que ceux qui passent !

– Et ceux qui partent ?

– Il ne tient qu'à eux de revenir. C'est ce qui s'est passé pour moi avec la Californie. Mes études sont venues plus tard. Mais celle pour laquelle j'étais revenu ne m'avait pas attendu. »

Il a haussé les épaules avant d'ajouter d'un ton désabusé :

« Avant de revenir, il vaut mieux être sûr de son coup ! »

Nous sommes arrivés sur le parking de l'auberge. Le père de I. était déjà levé, il préparait le petit déjeuner dans la cuisine. Nous sommes passés le saluer et avons bu une tasse de thé. I. m'a donné une tape affectueuse dans le dos :

« Va te coucher ! Je viendrai te réveiller vers dix heures. Je te descendrai au port. »

Je me suis rendu dans la chambre et, sans même retirer mon yukata dont j'ai juste dénoué la ceinture, je me suis écroulé sur le futon et je me suis endormi d'un coup sous l'effet de la chaleur, de la fatigue, la tête pleine des souvenirs de la nuit.

Je dormais profondément, poitrine à l'air, baigné de sueur, quand I. est venu frapper à ma porte. J'ai émergé péniblement, flottant entre deux mondes. Je me suis demandé un instant où je me trouvais. La chaleur était torride. I. a crié :

« Dépêche-toi ! Il est onze heures, la marée va s'inverser ! Si elle revient, c'est bientôt le moment où elle doit traverser ! »

J'ai rajusté mon kimono froissé et je me suis précipité dans la salle d'eau. Le bassin était vide. Je me suis lavé à l'eau froide, ce qui a achevé de me réveiller. J'ai enfilé un maillot de bain et un pantalon et passé une chemisette sur mon torse mal séché avant de revenir dans la chambre prendre mon dictionnaire anglais-japonais et mon appareil photo. Des gouttes d'eau étaient encore accrochées aux boucles de mes cheveux quand je suis monté dans la camionnette. I. a ri.

« Tu es drôlement pressé aujourd'hui ! Si Akane vient, elle t'attendra sur le port ! »

Mais, lorsque nous y sommes arrivés un quart d'heure plus tard, elle n'y était pas. Nous sommes sortis de la camionnette et nous nous sommes assis sur un banc sous l'auvent du débarcadère qui claquait à la brise. I. est allé acheter des canettes de nectar de pêche à l'épicerie. Il m'en a tendu une. Nous avons bu le jus velouté, bercés par le bourdonnement des navires qui passaient dans le chenal, regardant les gens débarquer des ferries qui accostaient toutes les cinq minutes. Pour tromper l'angoisse que je sentais pointer sous mon impatience, je me suis mis à parler :

« Nous sommes montés à la pagode la nuit dernière !

– Nous y allions souvent quand nous étions enfants, mon frère et moi ! Il est bien possible qu'elle soit connue dans le monde entier, car elle a été peinte un tas de fois par le grand artiste Hirayama Ikuo, qui est né ici ! Tu vois, nous produisons des prodiges sur cette île ! L'artiste Hirayama, et le révérend moine Kosanji, qui est décédé il y a deux ans. »

Comme il prononçait ces paroles, j'ai vu la barque d'Akane approcher en tanguant dans le sillage d'un ferry qui venait de partir. Elle manœuvrait son bateau au moteur, assise sur le plat-bord à l'arrière. Je me suis levé et me suis rendu sur le ponton, suivi par I. Elle a accosté et m'a fait un signe en agitant sa main tournée vers le bas d'arrière en avant. Interloqué, ne comprenant pas très bien pourquoi elle me faisait signe de m'en aller alors que le grand sourire qui illuminait son visage semblait montrer qu'elle était heureuse de me revoir, je me suis arrêté. Elle a répété son geste. J'ai fait trois pas en arrière. Elle s'est faite plus pressante, agitant frénétiquement la main. J'ai encore reculé. Plus je reculais, plus elle me faisait signe de m'éloigner. Finalement, perplexe et chagriné, j'ai fait demi-tour pour repartir vers la terre ferme puisqu'elle me chassait. Je me suis cogné à I. qui me regardait d'un air étonné. Il a posé ses mains sur mes épaules pour m'arrêter.

« Que fais-tu ? Pourquoi ne vas-tu pas la rejoindre ?

– Elle me fait signe de décamper !

– Mais pas du tout ! Qu'est-ce qui te fait croire cela ?

– Ce geste de la main, ce "Va-t'en !" impérieux pour chasser un intrus !

– Tu n'y es pas ! C'est comme cela que nous faisons signe pour appeler. »

Je lui ai répondu que ce geste voulait dire exactement le contraire en France et que pour inviter une personne à s'approcher, nous agitions la main tournée vers le haut d'avant en arrière. Il a éclaté de rire et a expliqué ma méprise à Akane, qui a ri à son tour. Il s'est tourné vers moi :

« Elle t'emmène pique-niquer dans une crique de son île. Je me demande s'il ne vaudrait pas mieux que je vienne avec vous pour te servir d'interprète ! » a-t-il ajouté, espiègle.

Confus de ma bévue et bien décidé à ne plus réagir sottement au moindre quiproquo, j'ai haussé les épaules et sauté dans la barque, où j'ai failli perdre mon équilibre et tomber à l'eau. Akane m'a rattrapé de justesse et fait signe de m'asseoir près d'elle. Elle portait un short blanc qui soulignait le bronzage de ses jambes et un T-shirt à manches courtes. Elle était coiffée d'un chapeau de paille à larges bords qui abritait son visage du soleil de midi. Elle a sorti du coffre placé à l'avant du bateau un chapeau identique au sien qu'elle a posé sur ma tête. Elle en a serré la dragonne sous mon menton pour qu'il ne soit pas emporté par le vent. J'ai ôté mes chaussures et retiré mon pantalon, que j'ai roulé en boule dans le coffre, puis je me suis assis sur le banc étroit à l'arrière du bateau.

I. a sorti mon appareil photo du sachet de plastique fermé par un élastique dans lequel je l'avais mis et a pris une photo de nous deux assis côte à côte en disant « *Cheese !* ». Akane s'est penchée un peu, appuyant son épaule contre ma poitrine, et a incliné la tête afin que l'ombre de son chapeau ne coupe pas son visage. I. a pris une autre photo, m'a rendu l'appareil et m'a donné un dépliant touristique sur lequel était dessinée une carte de la mer Intérieure. Puis il a retiré le cordage de la bitte d'amarrage.

Akane a lancé le bateau dans le chenal où le courant l'a tout de suite entraîné vers le large en direction de la petite île du nom de Hyoutanjima sur la carte. La houle a projeté son corps contre moi, ses cuisses sont entrées en contact avec les miennes en une troublante caresse. Sa peau était chaude et douce. Le vent faisait flotter sa chevelure en flammes noires qui se détachaient sur le bleu du ciel. Elle a tourné la tête vers moi et m'a souri.

À la sortie du chenal, elle a fait virer la barque sur tribord, tournant la manette des gaz au maximum afin de la faire échapper au courant de la marée. Un bateau de pêche est passé devant nous. Son sillage nous a fait tanguer, projetant nos corps plus étroitement l'un contre l'autre. Elle ne s'est pas écartée quand le calme est revenu. Nous avons contourné le cap de l'île de Konoshima que nous avons longée jusqu'à une petite crique sablonneuse au pied d'une colline abritée entre deux parenthèses de rochers qui la fermaient presque complètement. Akane a manœuvré la barque dans l'étroit goulot. L'eau dans la crique était lisse comme celle d'un lac. On voyait le sable et les rochers trois mètres plus bas où des escadrilles de poissons argentés survolaient le fond. Moteur coupé, Akane a laissé la barque courir les cent derniers mètres sur son erre et l'a échouée sur le sable. L'eau était presque fraîche comparée à l'air brûlant quand nous avons débarqué pour tirer la barque au sec. Au fond de la crique, il y avait une toute petite cabane de planches vers laquelle Akane s'est dirigée. Elle a ouvert la porte coulissante qu'aucun cadenas ne verrouillait. Dedans flottait une vague odeur de varech et de citron. Posé sur des étagères, un bric-à-brac de pêcheur : des filets et des épuisettes, des cannes à pêche, des moulinets, des masques, des tubas et des palmes délavés par l'eau de mer. Dans un coin contre le mur, deux matelas de mousse recouverts d'une toile rayée blanc et bleu et un grand parasol jaune.

Nous les avons sortis sur la plage étroite avec les masques, les tubas et les palmes. Le sable était fin et brûlant sous nos pieds. J'ai enfoncé le mat du parasol dans le sol et je l'ai ouvert. J'ai regardé l'horizon au-delà de la barre de rochers. La crique était à l'abri du vent et invisible depuis les bateaux qui passaient au large.

Akane a ôté son chapeau. Elle a retiré son T-shirt et quand elle a relevé les bras cela a fait saillir sa poitrine. Elle a dégrafé son short qu'elle a fait glisser le long de ses jambes. Elle portait un maillot de bain une pièce bleu nuit. Elle était élancée. Sa taille était très fine. Ses hanches pointaient sous le tissu. Svelte, elle n'était pas maigre. Ses jambes et ses bras étaient longs et harmonieusement musclés, ses épaules larges, bien rejetées en arrière, dégageaient le joli creux des salières de la clavicule et l'arrondi des seins. Ce corps aux contours délicats était fragile et puissant à la fois, sensuel sans être opulent, sans croupe agressive ni poitrine orgueilleuse, pourtant irrésistiblement féminin. Il était à l'image de ce pays, élégant, discret, lisse, d'une réserve un peu distante mais sous laquelle on devinait que couvait le feu de la passion.

Akane s'est dirigée vers la mer, un masque à la main. Les vaguelettes formaient des bracelets de mousse autour de ses chevilles. La pente étant assez prononcée, elle s'est retrouvée très vite avec de l'eau jusqu'à la taille. Quand elle s'est laissée couler, sa chevelure s'est étalée en éventail à la surface de la mer. On aurait dit un parachute en train de s'ouvrir. Elle est partie en brasse coulée vers la barrière de rochers. Elle nageait vite, en souplesse. Son corps laissait un sillage imperceptible à la surface étale. Ce devait être à l'image de sa vie, net et droit. Arrivée près des rochers, elle s'est retournée et m'a fait signe de la rejoindre. J'ai pris le second masque et je suis entré dans l'eau à mon tour. Le contraste entre sa température et celle de l'air m'a fait frissonner. J'ai rejoint Akane en nageant un crawl désordonné qui a brisé un moment le miroir de la surface. Mon sillage à moi était erratique et fougueux. Nous sommes restés côte à côte à faire la planche en regardant les virgules blanches des mouettes qui planaient dans le ciel. Puis elle a plongé. Je l'ai regardée évoluer en dessous de moi, chevilles cambrées, avec ses longs cheveux qui suivaient son corps gracile. Des petits poissons argentés en bancs compacts s'écartaient à son passage puis, indifférents à la marche du monde, reprenaient leur formation initiale. Elle remontait quelques instants pour respirer, rejetait l'eau de son tuba en jets qui m'éclaboussaient, me regardait à travers le masque, qui soulignait son regard rieur, puis elle plongeait de nouveau à la verticale jusqu'à toucher le fond, trois ou quatre mètres plus bas. Je l'ai rejointe et nous avons nagé en nous tenant par la main au-dessus d'une formation de rochers, à la recherche de crustacés, en vain. Comme j'avais moins de souffle qu'elle j'ai dû remonter à la surface le premier. Elle est allée fouiller sous un rocher où elle a trouvé un beau coquillage qu'elle m'a donné. Nous sommes revenus sur la plage en nageant paresseusement et nous nous sommes allongés à plat ventre sur les matelas, la tête posée sur nos bras repliés, juste à nous regarder. Nous étions si proches que je pouvais sentir son souffle sur mon visage. Les doigts de sa main sur son bras à quelques centimètres de mes yeux étaient un peu fripés. L'eau perlait des mèches de ses cheveux. Mes épaules me cuisaient du coup de soleil que j'avais pris dans l'eau. J'ai eu envie de l'embrasser mais je ne l'ai pas fait. Nous étions trop bien, nos regards ainsi accrochés l'un à l'autre.

Au bout d'un moment, elle s'est levée, est allée à la barque et a pris dans le coffre une glacière qu'elle a apportée à l'ombre du parasol. Elle en a sorti des boîtes de lunch à deux étages en bois laqué, un Thermos de thé vert glacé un peu âpre et un dictionnaire. Elle m'a tendu une boîte et une paire de baguettes. J'ai retiré le couvercle. Sur le lit de riz blanc, elle avait disposé des petites prunes rouges de manière à composer les lettres de mon nom. Nous avons ri.

Après le repas, elle s'est rhabillée, a mis son chapeau de paille, enfilé ses tennis blanches, pris son dictionnaire et m'a fait signe de la suivre. Nous avons emprunté un sentier derrière la cabane qui montait dans la colline vers un verger en terrasse dominant la crique. Les branches des arbres ployaient sous le poids de citrons dont la peau vernissée brillait au soleil. Le chant des cigales était assourdissant. Nous avons continué à suivre le sentier escarpé jusqu'à la terrasse supérieure où était planté un arbre solitaire couvert de grosses mandarines d'été, un peu anachronique au milieu de tous ces citronniers. Akane en a cueilli trois ou quatre de belle taille qu'elle a épluchées. Nous nous sommes installés à même le sol en pente à l'ombre de l'arbre. Assise un peu en dessous de moi, Akane me passait les quartiers de mandarine dont elle avait retiré la peau et les barbules. La chair était tendre et juteuse, parfumée de cet arôme un peu citronné que j'avais senti la veille sur le linge qu'elle m'avait tendu. Loin en bas sur la petite plage, le parasol et la barque ressemblaient à des modèles réduits. Des bateaux de toutes tailles et de toutes formes sillonnaient la mer devant nous, traçant des lignes d'écume qui s'entrecroisaient comme des toiles d'araignées éphémères à la surface de l'eau. Il y avait des barcasses plates ancrées près de parcs à huîtres, des sortes de petits boutres de pêche avec des voiles triangulaires déployées à la poupe, des ferries en quantité, certains très gros avec des ponts pour les voitures et les camions, des cargos où s'entassaient des containers empilés sur leur pont, un petit tanker qui a donné un coup de trompe au moment de prendre le large.

Akane a pris son dictionnaire et nous avons commencé à dialoguer. C'était un peu fastidieux de composer des phrases avec ces mots épars semblables aux pièces d'un puzzle, que nous cherchions en feuilletant fébrilement les pages de nos deux dictionnaires. Mais nous parvenions à nous comprendre. Elle m'a expliqué que cette île était réputée dans tout le Japon pour ses citronniers et que ce verger était à son père. Il avait planté l'arbre à l'ombre duquel nous étions assis à sa naissance et lui avait donné son nom. J'ai regardé cet arbre qui avait l'âge d'Akane et je l'ai fait rire en lui disant qu'il paraissait beaucoup plus vieux qu'elle avec son tronc ridé.

Nous avons conversé longtemps par dictionnaires interposés. Je lui ai raconté mon enfance au Maroc où ma mère achetait chaque semaine au marché cinquante kilos d'oranges que je consommais en jus à l'heure du goûter au retour de l'école. Quand je lui ai confié que j'allais au lycée à dos de chameau, elle ne m'a pas cru. Elle m'a confié qu'elle traversait seule depuis l'âge de dix ans le chenal entre les deux îles dans la barque blanche que son père lui avait achetée pour aller à l'école communale de Setoda. Je lui ai dit que je trouvais cela plus exotique encore que mon histoire de chameau.

Lorsque nous avons arrêté de parler, le soleil déclinait, inondant la mer devant nous d'une pluie d'étincelles pourpres. Nous avons contemplé le spectacle en silence, le menton posé sur nos genoux que nous entourions de nos bras. Akane s'est appuyée contre moi. Je l'ai prise par les épaules, tremblant d'émotion. Sa chevelure s'est étalée sur mes hanches quand elle a posé la tête contre ma poitrine, dans le creux formé par mes jambes repliées. Son regard était devenu sérieux, presque douloureux. J'ai écarté une mèche qui barrait son visage et j'ai caressé ses joues du revers de ma main. Sa peau avait la texture du satin, la douceur du velours. Quand mes doigts ont effleuré sa bouche, elle a fait une esquisse de baiser en rougissant et a baissé les paupières sur l'éclat de ses pupilles. Je me suis penché sur son visage et elle a gémi lorsque nos lèvres se sont rencontrées.

Nous sommes retournés sur la plage alors que le soleil s'enfonçait dans la mer. Akane s'est changée dans le cabanon, où nous avons rangé le parasol, les matelas et le matériel de plongée. Nous avons replacé la glacière dans le coffre de la barque, que nous avons poussée à l'eau. Le petit moteur peinait à remonter à contre-courant quand nous sommes entrés dans le chenal entre les deux îles. La nuit était tombée, nous sommes arrivés à l'embarcadère de Setoda. Nous avons attaché la barque et sommes montés sur le quai. Je me suis arrêté à la cabine téléphonique au pied de l'immense lanterne de pierre face à l'unique ryokan du village pour prévenir I. que je rentrerais par mes propres moyens plus tard. Il m'a souhaité une bonne soirée d'une voix morne.

Main dans la main, nous avons remonté la rue principale déjà déserte du village. Nous sommes passés devant une petite vieille toute bossue qui rangeait son étal de poissons et de poulpes séchés. Les poulpes accrochés par la tête aux pinces du tourniquet d'un séchoir à linge ressemblaient à des petits fantômes en vadrouille ou aux mains décharnées d'une momie. Nous sommes arrivés au temple Kosanji. Il y avait un petit restaurant de nouilles encore ouvert en face de la porte monumentale du temple surchargée de dorures et de sculptures. Nous avons dîné de sobas et de tempuras et bu du thé froid. Comme nous avions encore faim, j'ai commandé un second service de nouilles et de beignets.

Nous sommes repartis en sens inverse et sans nous concerter, tout naturellement, nous avons pris le chemin de la pagode. Nous nous sommes allongés sur le socle en pierre qui rayonnait encore de la chaleur du soleil. Akane s'est blottie dans mes bras. Nous avons longuement regardé le ciel où les étoiles apparaissaient l'une après l'autre comme les lumières d'une immense ville au crépuscule. La lune ne s'était pas encore levée mais il ne faisait pas nuit noire grâce au halo des lumières du village en contrebas et à la clarté tremblotante d'une veilleuse fichée dans la lanterne au pied de la pagode. J'ai regardé le visage d'Akane. Ses prunelles brillaient d'une promesse d'éternité à la faible lueur de la lanterne. Je l'ai embrassée. Elle a passé sa main sous ma chemise. Sa paume contre ma peau était chaude et douce. Mon cœur explosait dans ma poitrine et je sentais les pulsations de ma jugulaire à mon cou. Elle y a posé ses lèvres comme pour en boire le sang. Un spasme a secoué mon bas-ventre quand sa main est descendue vers mon désir.

Elle s'est redressée et a ôté son chemisier. La bretelle de son soutien-gorge de coton tout simple brillait dans la nuit sur la rondeur de son épaule. Elle l'a dégrafé et l'a posé derrière elle.

Elle s'est allongée à même la pierre. Les mamelons de ses seins ont accroché la lumière comme ses yeux l'avaient fait quelques minutes plus tôt. Elle a guidé ma main vers sa poitrine. Elle a fermé les yeux quand ma paume a enveloppé son sein. J'ai suivi la courbe de sa taille de mon autre main sans hâte apparente alors que tout mon corps était brûlant. Je ne voulais pas briser la pureté de cet instant. Elle m'a aidé en relevant le bassin lorsque j'ai fait glisser son pantalon sur ses hanches. Ses os saillants tendaient l'élastique de son slip blanc, laissant entre son ventre et le tissu un espace où j'ai glissé mes doigts. Je percevais les battements de son sang sous sa peau. Je n'ai pas osé descendre plus bas. C'est elle qui m'a guidé lentement vers la chaude douceur de son sexe…

Plus tard, j'ai retiré ma chemisette et mon pantalon, que j'ai étalé sous elle pour qu'elle ne se blesse pas. Elle m'a emmené doucement au plus profond d'elle et nous sommes restés ainsi immobiles, mon souffle se mêlant au sien, nos regards enchevêtrés, les doigts de nos mains entrelacés à nous faire mal. Je sentais la chaleur satinée de sa peau contre la mienne, les battements de son cœur dans sa poitrine, les ondes de son ventre sous le mien.

Alors, pour la première fois, j'ai connu l'extase de faire l'amour avec amour, le prodigieux bonheur de donner au lieu de simplement prendre, la fusion absolue.

Encore en elle, je me suis mis à pleurer, hoquetant sans retenue. Mes larmes coulaient sur sa poitrine tandis qu'elle me caressait les cheveux en chantonnant une berceuse douce et tendre. J'ai fini par m'endormir.

La clarté de la lune qui s'était levée m'a réveillé. La masse sombre des toits en virgule de la pagode se détachait sur le ciel au-dessus de nos têtes. J'étais toujours blotti contre Akane, une jambe en travers des siennes, un bras autour de sa taille. Elle avait recouvert mes épaules de son chemisier. Elle dormait. Penché sur elle, je l'ai contemplée sans bouger. Sa poitrine se soulevait doucement au rythme de sa respiration. Je me suis demandé combien de fois dans ma vie j'aurais ainsi le privilège de la regarder dans son sommeil.

Une tristesse m'a saisi qui m'a serré le cœur. Je me suis rappelé les paroles de I. Étais-je sur le point de trouver ce que je n'étais pas venu chercher dans ce pays ? Y avait-il un chemin au-delà de cette passion ? Avais-je rencontré mon avenir ou vivais-je une anecdote estivale ? Je n'avais pas de réponse à ces questions mais j'ai senti confusément cette nuit-là, dans la magie un peu inquiétante de cet endroit, devant le corps délicat de cette jeune fille que les rayons de la lune baignaient, que son apparition sur la plage avait irrémédiablement bouleversé l'alchimie simple de ma vie. J'ai su que mon destin était en train de se nouer, quoi qu'il advienne par la suite.

Elle a ouvert les yeux. Son regard a erré sur mon visage, lent et mélancolique. Très doucement, j'ai caressé d'un index furtif les fossettes de ses joues, comme j'imaginais que le ferait un aveugle pour mémoriser les traits d'un inconnu.

Et nous avons refait l'amour, lentement, longtemps.

Ce matin-là, quand je suis enfin rentré à l'auberge de jeunesse, debout sur le pare-chocs du petit tracteur d'un cultivateur qui montait dans son verger dans la montagne, I. n'a pas eu besoin de me poser de questions pour comprendre.

Plus tard, tandis que nous visitions le temple Kosanji, j'avais la tête ailleurs, j'étais une silhouette fade et transparente sans substance, un corps vide. Quand je lui ai demandé de me déposer au débarcadère, il s'est contenté de me dire :

« Tu te perds et tu la perds. Le Japon est un autre monde et notre île, un monde dans ce monde ! On n'échappe au conformisme qu'en quittant ce rivage. Tu ne le sais pas mais elle oui. La réalité est un cheval emballé qu'on ne peut maîtriser. »

Mais je n'ai pas écouté. J'étais déjà avec Akane dans la petite barque blanche sur l'autre face du monde, là où il n'y avait pas de cheval emballé, pas d'autre réalité que son sourire et son regard.

32

Novembre, Kurashiki

Il ne m'a pas fallu beaucoup de temps pour prendre ma décision. La curiosité l'a emporté, sans doute également une envie de remonter le temps, de retrouver la fraîcheur de mes premiers voyages au Japon.

J'ai cru que cette envie de la revoir n'était que pur intérêt d'entomologiste, sec et plat, sans désir, juste un besoin d'homme de science d'élargir le champ de ses investigations au moyen d'une nouvelle expérience.

Je me suis demandé pourquoi la première lettre n'avait pas immédiatement ramené cette femme à la surface de ma mémoire, comment les années avaient ainsi pu gommer les aspérités sentimentales de notre rencontre, jusqu'à en faire un galet lisse sur lequel l'eau de mon souvenir avait glissé. À l'orée de ma vie d'adulte, elle m'avait pourtant offert l'éblouissement d'un amour que j'avais imaginé éternel. Le temps qui passe est le père ingrat de l'indifférence, mais il n'était pas seul responsable.

J'avais travaillé dur à effacer la trace des moments parfaits de félicité et d'harmonie que j'avais vécus auprès de cette jeune fille. Je savais sans doute que ce graffiti aurait encombré ma vie et qu'il fallait le gratter jusqu'à disparition complète.

L'article de l'*Asahi* a fait jaillir cette histoire enfouie dans la glaise de l'oubli comme une source que l'on croyait tarie.

Je n'ai cependant pas pensé que le fil invisible que le temps avait rompu pourrait être renoué, qu'il m'obligeait à accepter le fait qu'un destin supérieur à ma volonté puisse exister, exigeant, impérieux.

Mais, fou que je suis, j'ai voulu tenter cette expérience dont pourtant je n'attendais rien, tout au plus un instant d'émotion quand je la reverrais, suivi évidemment d'une grande déception. Je pensais qu'il ne pouvait en être autrement après trente-cinq années.

Je lui ai annoncé par un message laconique envoyé à l'adresse e-mail indiquée à la fin de sa seconde lettre que je descendais la voir. Elle a répondu immédiatement. Nous sommes convenus d'une date et d'un lieu de rendez-vous. Elle ne pouvait me rencontrer que pendant le week-end, de préférence un samedi. Son travail l'empêchait de se libérer en semaine.

J'ai prétexté à ma femme, toujours chez ses parents, une tournée de points de vente afin de sentir l'ambiance de fin d'année, si importante pour notre chiffre d'affaires. À ma secrétaire, j'ai juste dit que je prenais vingt-quatre heures et je lui ai demandé de me réserver les billets de train et une auberge à Kurashiki, dans la partie historique de la ville. À son habitude, elle n'a pas fait de commentaire. Kurashiki, c'est là qu'habite Akane.

J'ai pris le Shinkansen le vendredi en début d'après-midi pour Okayama. Le temps était limpide. J'avais mis dans mon sac des dossiers en souffrance qu'il aurait fallu que je lise, mais je n'avais pas la tête à cela. J'ai passé le plus clair de mon temps à regarder défiler le paysage, ce que je n'avais pas fait depuis plus de trente ans, quand je sillonnais ce pays sac au dos.

L'éclair d'argent de l'océan dans la baie d'Izu à la trouée d'Atami a zébré le paysage suffisamment longtemps pour que je puisse apercevoir la silhouette des bateaux de pêche. J'ai longuement admiré pendant la traversée de la plaine de Susono le mont Fuji enneigé, impassible et imposant, dégagé de tout nuage, semblable à un immense cône de papier blanc sur le bleu cobalt du ciel. Son harmonie et sa puissance, alliant la légèreté féminine de ses flancs à la densité de sa matière volcanique, m'ont pris aux tripes. Comme la première fois que je l'ai découvert, les yeux collés de sommeil, le cœur écrasé d'un chagrin d'une intensité que je n'ai plus jamais ressentie, depuis l'aire de repos de Gotemba où l'autocar qui me ramenait à Tokyo s'était arrêté vers six heures du matin, à la fin de mon voyage initiatique.

Après Nagoya, nous avons traversé sous une tempête de neige qui a ralenti notre course cette zone de Sekigahara qui demeure sous les frimas presque tout l'hiver durant. Les flocons tombaient à l'horizontale, tressant entre les fenêtres du train et le paysage la trame hypnotisante d'un tweed vaporeux. Sur les pentes des montagnes, les bosquets de bambous ployaient sous le poids de la neige, les branches nues des arbres tissaient des toiles de givre, les toits de tuiles des villages que nous traversions semblaient grelotter.

Au-delà de Kyoto, j'ai dû somnoler, car je n'ai gardé aucun souvenir de la traversée d'Osaka ni de celle de Kobe et de sa gare engoncée entre deux tunnels.

À Okayama, j'ai pris l'express de la ligne Sanyo, un train court et trapu de quatre wagons qui s'est élancé sur la voie pratiquement rectiligne jusqu'à Kurashiki en secouant les passagers comme s'il voulait s'en débarrasser.

Il y avait peu de monde dans le train, surtout des lycéennes abruties de fatigue en uniforme, leurs grosses cuisses blanchâtres d'adolescentes dépassant de chaussettes remontées jusqu'aux genoux et de l'ourlet de leurs jupes plissées et trop courtes. Elles ne m'ont pas accordé la moindre attention, plongées dans l'écran de leurs téléphones portables, qu'elles manipulaient furieusement des pouces de leurs deux mains en mâchant du chewing-gum. Autrefois, elles se seraient précipitées sur l'étranger solitaire en couvrant leurs rires nerveux de la main pour baragouiner avec lui deux mots d'anglais.

À la station suivant Okayama, une jeune femme est montée. Je n'ai aperçu que sa silhouette longiligne perchée sur de hauts talons et le balancement voluptueux des hanches souligné par un jean moulant à taille basse. Elle s'est assise. La banquette en face d'elle cachait le bas de son visage, dont je n'ai vu que le grand front barré d'une épaisse mèche de cheveux et les jolies amandes allongées du regard qui croisait le mien de temps à autre, accentué par le trait du dossier, en une charmante ébauche de dialogue muet que l'arrivée à Kurashiki a interrompu. Mais peut-être ai-je rêvé.

J'ai pris un taxi sous les arcades bordées de briques de la gare pour me rendre à l'auberge Yoshii située dans la rue qui tourne autour de la colline du parc Tsurugatayama, au pied de l'escalier monumental qui mène au sanctuaire Achi. À six heures du soir, il n'y avait plus personne. Les pavés mal joints du chemin brillaient sous les lampadaires qui éclairaient les façades noires quadrillées de chaux blanche. Le quartier était silencieux.

Une hôtesse courtoise et discrète m'a guidé jusqu'à ma chambre dans le froissement de la soie de son kimono et le glissement feutré de ses tabis sur le parquet luisant au travers d'un de ces dédales de couloirs dont les bâtisses japonaises ont le secret. Elle avait des gestes mesurés, un joli port de tête et une nuque ravissante. Quand elle a monté l'escalier assez raide devant moi, j'ai aperçu un court instant ses mollets fins, que rehaussait la rondeur de ses talons emprisonnés dans la blancheur immaculée des tabis.

Après le regard de la jeune passagère du train, cet autre instant furtif m'a troublé. J'ai pensé que la sensualité était une onde délicate et fugitive qu'un rien exacerbait mais que l'insistance effarouchait irrémédiablement.

J'ai pris mon bain, enfilé un kimono et une veste ouatée, des tabis. J'ai dîné seul dans ma chambre, un repas léger arrosé de bière locale, un peu âpre. Il y avait de ces petits crabes frits farcis que l'on mange entiers avec leur carapace cassante comme du verre.

Le silence dans la bâtisse était total. Au loin, un chien a aboyé un moment puis il a fini par se taire. En cette période hors saison, je devais être le seul client. L'hôtesse qui m'apportait les plats s'annonçait par le frôlement de ses tabis sur le sol. Nous avons peu parlé. Je crois que j'étais taciturne, pris par cette atmosphère sereine, un peu étourdi d'être passé si vite du tourbillon de Tokyo à cette paisible ambiance provinciale, sans doute aussi un peu angoissé à l'idée du rendez-vous du lendemain.

Avant de me coucher, j'ai décidé de faire un tour dans la vieille ville, derrière l'Ivy Square, cette ancienne usine transformée en hôtel. J'ai enfilé une seconde veste ouatée plus épaisse que la première, chaussé une paire de getas, et je suis parti dans les rues vides vers le canal de la rivière Kurashiki. De minuscules flocons de neige voletaient dans l'air, à peine visibles à la lumière des lampadaires. L'air était vif. J'ai remonté la rue qui longe l'Ivy Square jusqu'à l'avenue Shirakabe, que j'ai suivie jusqu'au pont Maegami, et de là j'ai emprunté l'allée le long du canal. Pour une fois, les Japonais ont fait attention à ne pas gâcher le lieu. Le chemin est joliment pavé, les lampadaires ne sont pas d'insupportables lanternes recouvertes de plastique bleuté aux néons hésitants. Ils sont élégants et discrets et diffusent une lumière chaude qui auréole les branches nues des arbres d'un fil d'argent scintillant. Ils sont surmontés de projecteurs astucieusement cachés dans leur dôme qui sculptent la partie supérieure des bâtiments et leur toiture sur le noir du ciel.

Toutes les boutiques étaient fermées. À l'intérieur de certaines, on avait laissé une lampe allumée, qui diffusait un halo de vie dans ce paysage figé pour la nuit. Mes socques de bois résonnaient contre les parois des maisons, en harmonie avec l'atmosphère médiévale de l'endroit. Je suis allé jusqu'au petit pont dit « du milieu » qui fait face au musée archéologique derrière lequel se cache l'antique hangar de pompiers surmonté de sa frêle tour de bois avec sa cloche d'alerte. Je me suis assis sur la rambarde de pierre pour admirer le bureau du tourisme, une maison de bois de type occidental de la fin de l'ère Meiji peinte en blanc qui ressemble à une meringue.

Le grand hall central en était encore éclairé. Derrière les fenêtres à guillotine à petits carreaux, j'ai aperçu quelques silhouettes penchées au-dessus des guichets d'accueil, mais ce n'étaient pas des touristes. La lumière des lampadaires accrochait la crête des frissons qui agitaient l'eau noire du canal. Je suis resté un moment assis à contempler cet ensemble joliment préservé, puis le froid qui montait le long de mes jambes nues m'a incité à reprendre ma promenade. J'ai traversé le pont et je suis retourné vers le bâtiment du musée Ohara, avec son anachronique péristyle inspiré de l'Acropole.

C'est alors que j'ai vu en contrebas, sur une natte étalée sur le sable du chemin de halage du canal, un groupe de jeunes gens, trois filles et un garçon. Ils étaient accroupis, appuyés contre le muret de la berge, leurs bras entourant leurs genoux. Une grande bouteille de saké et des sachets de condiments, de poissons lyophilisés, de lanières de sèches et de pois chiches étaient posés devant eux sur un banc qu'ils avaient descendu de l'allée de promenade. Au bruit de mes getas, une des jeunes filles s'est retournée et m'a regardé, distraitement d'abord, puis soudain fixement. J'ai reconnu le regard du train.

« Hé, visez un peu, l'étranger, là, le Blanc en kimono ! s'est-elle exclamée. Je l'ai vu dans le train tout à l'heure ! *Hello ! How are you, gaijin san ?* Salut ! »

J'ai répondu d'un bref coup de tête.

« Dites donc, ça vous va bien, le kimono ! Avec vos lunettes rondes, on dirait John Lennon en kimono ! Chiche que moi, je suis votre Yoko Ono ! »

Elle avait la voix un peu haut perchée d'une personne qui a bu. Elle utilisait des mots de sa génération, mais son ton n'était pas vulgaire.

Elle s'est redressée et a tiré sur son jean en jouant de ses hanches étroites. Le reste de son visage était aussi joli que le peu que j'avais vu dans le train. Sa bouche était boudeuse, sa chevelure, abondante, son menton étroit terminait un ovale harmonieux, ses pommettes saillaient légèrement, dessinant une ombre touchante sur ses joues. Elle m'a tendu une main longue et fine aux ongles manucurés de laque rouge vif.

« Venez boire un verre de saké avec nous ! Je vais vous présenter mes copains. Hé, les gars, voici John Lennon en kimono ! Faites gaffe à ne pas vous casser la figure avec vos getas ! C'est traître, les getas. Je vais vous aider à descendre. »

Sans me laisser le temps de placer un mot, elle a attrapé le bas de mon kimono et m'a tiré vers elle, m'obligeant à m'agenouiller pour ne pas perdre l'équilibre. Sa main a saisi la mienne. Elle était menue mais sa poigne était incroyablement forte. Mes doigts ont frôlé son poignet et j'ai senti la pulsation chaude de son pouls.

Je me suis assis sur le rebord de pierre de la berge et j'ai sauté sur le chemin de sable en contrebas, me retrouvant au niveau des jeunes gens. La jeune fille serrait toujours ma main dans la sienne. Ses copines se sont levées pour m'accueillir et me faire de la place sur la natte. Le jeune homme, qui tenait un gobelet en carton, a fait un bref salut de la tête. Les filles sont toujours plus spontanées et délurées que les garçons dans ce pays. Celui-ci est resté sur sa réserve, ne répondant pas aux injonctions de ses compagnes.

Quand je me suis mis à parler japonais, les filles se sont pâmées, battant dans leurs mains et clamant leur admiration. Celle qui m'avait fait descendre sur la berge du canal s'est serrée contre moi en massant de ses doigts nerveux la paume de ma main. J'ai senti la chaleur de ses hanches contre ma cuisse et la rondeur de ses seins sous son blouson contre ma poitrine. Cela commençait à ne plus me laisser indifférent. Sa chevelure a balayé mon visage quand elle s'est penchée pour prendre un gobelet que l'on a rempli de saké. Ses cheveux sentaient bon le parfum frais d'herbes coupées d'un shampooing de qualité.

« À vous, John Lennon ! Moi, c'est Yoko Ono, elle, c'est Madonna... on l'appelle comme cela parce qu'elle a de gros nichons... et elle, c'est Namie. Vous ne trouvez pas qu'elle ressemble à la chanteuse ?

– Et lui, qui est-ce ? Qui de vous trois est son amoureuse ? »

J'ai pointé le menton vers le garçon qui venait de s'asseoir sur le bord du banc servant de table et nous tournait maintenant résolument le dos. Il regardait fixement la surface de l'eau devant lui, le menton sur son poing, probablement un peu jaloux que l'attention des trois jeunes filles soit entièrement fixée sur moi. Madonna a répondu en haussant les épaules :

« On n'est pas ses amoureuses ! On le connaît depuis trop longtemps : on est ensemble depuis la communale à Okayama ! On ne devrait pas le fréquenter, nous on est des filles bien, alors que lui c'est un petit yak ! Mais c'est notre copain d'enfance, et puis il a une belle bagnole au moteur gonflé pour nous balader ! »

La jeune fille blottie contre moi a hoché la tête.

« Il a mal tourné. De temps en temps, on vient le voir pour qu'il ne fasse pas trop de bêtises ! Madonna, elle est coiffeuse à Okayama, Namie, serveuse dans un bar. Moi, je suis en dernière année à l'université, mais je bosse dans un supermarché pour payer mes cours. »

Madonna a rigolé.

« C'est l'intellectuelle de la bande ! On compte sur elle pour rehausser le niveau. Parce que nous, hein, on ne brille pas trop par notre intelligence ! *Kampai !* »

J'ai levé mon gobelet en carton et j'ai bu une gorgée de saké. Il était très froid et très raide.

Nous avons grignoté des amuse-gueules en silence pendant un moment. Madonna remplissait nos gobelets quand ils étaient vides et Namie faisait passer les sachets de friandises. Le froid gagnait en intensité, mais l'alcool et la chaleur de la jeune fille qui s'était incrustée contre mon flanc m'empêchaient de le sentir. Sa main n'avait pas lâché la mienne, nos doigts étaient étroitement enlacés, je sentais les battements de sa paume sous la mienne. Elle a posé sa tête contre mon épaule. Son souffle réchauffait mon cou. C'était doux et tendre, pourtant je n'avais pas envie d'aller plus loin.

Finalement, le garçon s'est rapproché de nous. Il avait le visage des jeunes d'aujourd'hui, des mèches décolorées, un anneau discret à l'oreille. Rien d'un bandit.

« C'est vrai que tu es un voyou ?

– Oui ! Je suis un yakuza affilié au groupe le plus puissant de la région ! Regarde ! » Il a agité sa main gauche sous mon nez. Il manquait une phalange au petit doigt. Puis il a relevé son pull et dévoilé son estomac plat et musclé de karatéka sur lequel un superbe dragon coloré nageait, enroulé autour du nombril. « Ce n'est que le début !

– Tu veux dire que tu vas faire d'autres conneries et te faire couper d'autres bouts de doigt ? »

La main de la jeune fille s'est crispée un bref instant dans la mienne, mais le jeune homme a rabattu son pull-over sur son corps en rigolant.

« T'es marrant, toi, t'as pas peur des yaks, hein ! Ça me plaît ! Si tu veux, je te présenterai à mon boss. Il aime bien les mecs cool comme toi. Pour les doigts, une fois suffit ! Je voulais parler de mon tatouage. Mon dragon se sent seul, il faut que je lui donne de la compagnie. »

Madonna l'a rabroué d'une voix pâteuse :

« T'es vraiment barjo, toi. T'aurais pu faire autre chose que coller la tristesse à tes vieux ! Et nous, on est de super connes de rester avec toi, y a rien à tirer de bon de toi, tu finiras camé à mort ou coupé en morceaux ! La seule bonne chose en toi, c'est ta bagnole à la *Mad Max* !... Bon, si on rentrait, maintenant ! On a fini la bouteille et je bosse, moi, demain. »

Sur l'injonction de leur copine, l'autre fille et le garçon se sont levés. Ils ont rangé les reliefs de la beuverie et empilé les gobelets en carton, que le jeune voyou est allé jeter dans une poubelle le long du mur du musée Ohara. Pendant tout ce temps, ma compagne, blottie tout contre moi, n'a pas bougé. Elle a murmuré à mon oreille :

« Savez-vous que je vous ai beaucoup regardé dans le train ?

Je me cachais derrière la banquette, mais je ne vous ai pas quitté du regard. C'est la première fois que je vois des yeux bleus ailleurs qu'au cinéma. John Lennon, vous avez les yeux bleus de Peter Fonda ! C'est un peu déroutant, on a l'impression de plonger dans un lac, mais c'est frais comme l'eau d'une source. Je sais que ce n'est pas vrai, mais je voudrais y croire encore quelques minutes. Je sais que ce n'est pas possible, mais je voudrais tant rester comme cela longtemps, longtemps avec vous. Savez-vous que votre cœur bat très doux ? Il doit être très fort et très tendre. Il est rassurant, je me sens protégée, en sécurité avec le bruit de votre cœur qui bat, oumf ! oumf ! si régulièrement, si sûrement. Je sais bien que ce n'est pas possible, mais j'aurais aimé vous aimer. »

Elle s'est serrée encore plus fort contre moi. Je la sentais vibrer, ses côtes saillaient sous l'effort. Ses ongles ont griffé le plat de ma main, elle a enfoui son visage dans mon cou en gémissant, puis aussi brutalement elle s'est détachée de moi, sa bouche est venue prendre la mienne, ses lèvres se sont emparées de mes lèvres, sa langue brûlante a pris possession de mon palais, nos dents se sont entrechoquées et puis elle s'est enfuie, laissant la trace humide et le goût frais de son baiser sur ma bouche.

Lorsque je me suis relevé, étouffant de tristesse, titubant sous l'effet du saké, le petit groupe avait déjà disparu derrière le bureau du tourisme. Après avoir glissé sur le talus de pierre du canal, j'ai réussi à remonter sur l'allée et je me suis élancé, quoique entravé par mes getas, à leur poursuite, mais j'ai entendu le bruit d'un moteur et le crissement de pneus d'un véhicule qui dérapait sur la chaussée mouillée.

La neige s'est remise à tomber. Je suis rentré, tremblant de froid et de regret. J'ai marché jusqu'à l'auberge Yoshii, où seule une veilleuse frileuse m'attendait dans le couloir menant à ma chambre.

33

1972, mer Intérieure

Nous avons vécu les quatre jours qui ont suivi au même rythme. Tous les matins, nous partions nous cacher dans la petite crique au pied du verger de son père, où personne n'est jamais venu troubler notre intimité.

Complice résigné, I. me descendait au port en début de matinée. J'avais compris qu'il avait décidé de me couvrir en faisant croire à ses parents que nous passions nos journées ensemble à pêcher dans les criques de la côte est d'Ikuchi. Sa mère préparait des boîtes de casse-croûte copieux que nous posions sur la banquette de la camionnette entre nous deux. Peut-être, après tout, allait-il lui-même rejoindre une petite amie avec laquelle il partageait ces repas.

Le second soir, alors que nous étions tous deux assis sur le môle à regarder la petite embarcation d'Akane qui retraversait le chenal, I. m'a répété les objections dont il m'avait fait part à mon premier retour de la pagode, moins parce qu'il me désapprouvait, m'a-t-il dit, que parce qu'il pensait que cette histoire ne nous mènerait nulle part. Il savait cela pour avoir vécu une aventure semblable, qu'il a appelée drôlement le « négatif » de la mienne. Il avait vaincu l'obstacle de la distance géographique, pas celui des préjugés. Quand bien même j'aurais la volonté de faire l'immense pas qui me séparait physiquement du Japon, rien ne disait que je serais en mesure de transcender les autres barrières. J'ai objecté que, depuis mon arrivée, pas un jour je n'avais senti de résistance ou de répugnance à mon égard. Au contraire, je baignais dans un océan de prévenance, de délicatesse et de gentillesse. La couleur de ma peau, de mes cheveux, de mes yeux intriguait, elle ne répugnait pas. Les enfants que je croisais pointaient leur doigt vers moi en criant «*Gaijin! Gaijin!*» ou «*Americajin! Americajin!*», mais je ne sentais là aucune animosité, plutôt une curiosité amicale. Après tout, j'étais visiblement si différent dans cette société compacte, homogène, monochrome! Tout au contraire, cette différence me grandissait. Le statut d'étranger au Japon était un état confortable.

«Je ne parle pas de racisme ordinaire, mais du rejet fondamental de ce qui n'est pas dans les normes. C'est bien plus difficile à abattre. Par ailleurs, ce que tu as vu ne doit pas te tromper: les Japonais ne sont pas gentils, ils sont seulement courtois, a-t-il répondu. Tu crois avoir percé nos carapaces, mais tu ne vois que la vérité de l'instant. La vérité profonde est protégée par une gangue que tu ne peux arracher, une muraille de parois concentriques de plus en plus épaisses au fur et à mesure que tu approches l'épicentre de l'individu, là où personne ne pénètre, pas même entre nous! Nous sommes terriblement superficiels dans nos rapports avec autrui. Des autistes de la communication. D'ailleurs, notre langue n'est pas faite pour communiquer, elle est faite pour nous protéger. C'est le premier cercle concentrique, le plus redoutable!»

J'ai fait mine de ne pas comprendre.

«Qu'importe le socle sur lequel repose le paysage si celui-ci est accueillant, ai-je répondu. Il suffit de profiter de ce que la surface offre. Après tout, on ne passe pas son temps à creuser sous ses pieds!»

I. s'est levé en haussant les épaules.

«Un sixième sens me dit qu'Akane et toi vous foncez droit dans le mur de la tragédie et vers des déchirements qui seront des blessures définitives. Je t'aurai prévenu!»

C'est la dernière conversation que nous avons eue sur le sujet.

Jusqu'à la fin de mon séjour à Setoda, I. s'est comporté en frère loyal et protecteur, démentant par son attitude les propos qu'il m'avait tenus sur ses compatriotes.

Akane venait me chercher au débarcadère sans se soucier des horaires de marée. Tantôt la barque glissait sur l'eau comme sur un toboggan quand le flux nous entraînait, tantôt son petit moteur pétaradant ahanait dur à la tâche et nous avions l'impression de faire du surplace quand nous attaquions le reflux à contre-courant. Le premier jour, le courant était si fort que malgré les efforts du moteur la barque a fait un brusque demi-tour qui a failli nous renverser. Nous avons manqué heurter un ferry qui manœuvrait dans le chenal. Nous avons dû faire le tour de l'île dans le sens inverse des aiguilles d'une montre, traversant le goulet entre les deux îles à la vitesse d'un cheval au galop dont nous aurions perdu le contrôle. Nous avons réussi à maîtriser l'embarcation au moment où nous passions devant la colline de la pagode, dont nous avons aperçu la flèche au-dessus des pins. Nous avons croisé au large du phare de Takanejima et remonté la côte ouest un long moment avant de parvenir à notre destination. La petite crique au pied du verger était encore dans l'ombre de la colline quand nous avons accosté.

Lorsque nous nous sommes retrouvés le deuxième jour, nous sommes d'abord restés silencieux dans la barque. Certes, Akane était concentrée sur le maniement de son esquif et luttait pour en maintenir la direction dans la furie du courant, jouant des gaz du moteur sans beaucoup de résultat, mais il y avait autre chose : une sorte de gêne, comme si nous avions peur de briser par nos paroles la magie de la nuit précédente, nous demandant si nous l'avions rêvée ou véritablement vécue. Nous avons tiré la barque sur le sable comme la veille, sorti du coffre la glacière, les serviettes et des vêtements de rechange, nous avons installé les matelas et le parasol et nous nous sommes mis en maillot de bain. Nous nous sommes assis côte à côte, les bras autour de nos genoux, le regard perdu au large, par-delà l'anse des rochers. On n'entendait que le bruit du ressac sur le sable et le cri des mouettes haut dans le ciel. Puis Akane s'est mise à me parler en japonais. Elle a parlé longtemps. J'ai écouté sans la regarder. Bien sûr, je ne comprenais pas ses paroles, mais je ne me suis pas soucié de prendre le dictionnaire : visiblement ce n'était pas ce qu'elle voulait. Je me suis contenté d'absorber la musique de sa voix, les yeux fermés pour mieux en retenir le son. Au bout d'un moment, elle s'est tue. Le bruit des vagues a repris son rythme monotone. Alors je me suis tourné vers elle, j'ai contemplé son profil immobile que rayaient les mèches de ses cheveux baladées par la brise. Une larme a coulé sur sa joue, hésitant un instant à la commissure de ses lèvres avant d'être balayée par sa chevelure. Dans la chaleur du soleil qui venait de gommer l'ombre sur la plage, j'ai avancé ma main vers son visage et je l'ai forcée à me regarder. À mon tour, allant chercher au fond de mon cœur toute la douceur des émotions que je ressentais, je lui ai parlé dans ma langue, je lui ai dit des mots que je n'avais jamais prononcés, sur un ton que je n'avais jamais employé. J'ai découvert ce matin-là, mon regard ancré dans le sien, qu'il y a bien un langage universel.

Plus tard, bien plus tard, nous avons enfin autorisé nos corps à s'exprimer et cela a été un nouveau miracle.

Pendant ces quatre jours, nous sommes passés maîtres dans l'art du dialogue par dictionnaires interposés. Notre désir de communiquer, notre soif de tout savoir l'un de l'autre, le sentiment d'urgence qui nous habitait, tout cela concourait à nous rendre efficaces. Elle était avide de capter le peu que je connaissais du monde. Mes descriptions du Maroc, de ses déserts vermillon et de ses ciels indigo à force d'être bleus, l'émerveillaient. Ce pays était tellement à l'opposé du Japon, de l'infini de ses paysages à l'horizon desquels le regard se perdait, de la truculence de sa culture, de l'opulence sensuelle de sa poésie, qu'elle se demandait s'il était réel ou le fruit de mon imagination. Elle s'est passionnée pour mes connaissances en photographie, posant des questions qui demandaient des réponses avec des termes techniques difficiles à trouver dans nos dictionnaires. Dans ces moments-là, son regard était attentif, traversé parfois d'une mélancolie fugitive qui me faisait fondre du désir de la réconforter, et alors nos corps prenaient le relais.

Nous avons fait l'amour de nombreuses fois, sur la plage, dans le verger sous l'arbre que son père avait planté pour elle, en apesanteur dans l'eau de la crique, avec pour seuls témoins les mouettes. Notre gêne de la première étreinte sous le jour cru a très vite disparu, remplacée par une curiosité tendre et avide pour les creux et les rondeurs de nos corps qui accrochaient l'ombre et la lumière. Elle me gardait plongée en elle, les yeux perdus dans un songe cosmique, son ventre frissonnant longtemps après la vague qui l'avait saisie à l'instant où j'explosais. J'aurais voulu rester ainsi éternellement. Nous nous sommes plus d'une fois endormis l'un dans l'autre et au réveil, émerveillés que notre désir ne se soit pas éteint, nous repartions vers de nouveaux sommets.

Nous étions jeunes et vigoureux mais, plus encore que notre vitalité, cet amour dont nous sentions confusément qu'il était unique alimentait notre passion.

Le dernier jour est arrivé. Il me fallait remonter à Tokyo. Nous avons passé cette journée comme les précédentes sur la petite plage. Nous avons fait l'amour lentement, les sens exacerbés, attentifs à répondre au moindre désir, à capter le plus imperceptible frisson de l'autre, à nous savourer comme si nous étions deux condamnés à mort. Nous avons rangé le matériel de plage une dernière fois dans la petite cabane. Nous sommes montés tout en haut du verger saluer le soleil couchant sous le mandarinier, enlacés jusqu'à la douleur. Puis nous sommes redescendus et nous avons poussé à l'eau la barque, dont la proue a laissé sur le sable humide un imperceptible sillon que la marée de la nuit effacerait. Assis sur le plat-bord à l'avant du bateau en face d'Akane qui manœuvrait le moteur hors-bord pour sortir de la crique, j'ai regardé au travers du rideau de ses cheveux flottant à la brise la petite virgule blanche de la plage s'évanouir dans l'ombre grandissante du soir, s'estomper comme le bonheur que nous y avions connu, et j'en ai eu le cœur serré à m'étouffer.

Lorsque nous sommes arrivés au port de Setoda, I. nous attendait au débarcadère. D'habitude, il restait, par discrétion sans doute, tout en haut sur la place où il garait la camionnette. Il s'est avancé comme nous abordions. Il a attaché la barque à la bitte d'amarrage et a longuement parlé avec Akane, dont le regard, qui était resté sombre pendant tout le trajet du retour, s'est illuminé. On aurait dit une torche que l'on allumait.

I. s'est tourné vers moi :

« Vous ne pouvez pas vous quitter ainsi. Je n'ai pas envie de voir ta silhouette se tasser et s'enfoncer dans le sol tandis que tu regarderas sa barque disparaître au bout du chenal. Aussi ai-je eu une idée : cette dernière nuit, tu vas la passer avec elle. Demain matin, nous t'emmènerons au ferry, comme cela c'est nous qui te regarderons partir ! »

Éperdu de reconnaissance, j'ai sauté au cou de I., qui m'a repoussé :

« Pas d'effusion indécente, s'il te plaît ! Nous sommes au Japon ! »

Nous sommes remontés à l'auberge de jeunesse, où j'ai préparé mon sac pendant que I. racontait à ses parents je ne sais quelle histoire pour justifier mon départ précipité. Sa mère m'a remis un petit grelot porte-bonheur que j'ai accroché à la sacoche qui contenait mes appareils photo. Son père m'a offert une photographie ancienne qui était accrochée au-dessus de la réception, une photo qui représentait le port de Setoda à la fin du XIXe siècle avec en avant-plan un gros boutre au gouvernail apparent à la poupe. La photo ressemblait à ces cartes postales colorées d'autrefois, sépia avec une touche de couleur bleu pâle à la surface de la mer. J'étais gêné de cette générosité, car je savais à quel point il tenait à cette photo héritée de son grand-père. La légende précisait qu'elle avait été prise par le commodore Perry lui-même quand il avait caboté dans la mer Intérieure après l'ouverture au monde du Japon.

I. a chargé mes bagages et un gros balluchon artistiquement noué dans la camionnette et nous sommes retournés au port. En attendant l'arrivée d'Akane, assis sur le banc sous l'unique lampadaire du quai, nous avons échangé nos adresses. Je l'ai invité à venir me voir en France. Puis nous sommes restés silencieux. Nous estimions certainement que la probabilité de nous revoir était infime et nous ruminions chacun dans notre coin la trace que laisserait notre rencontre dans nos vies respectives.

La barque blanche a soudain surgi de la masse noire de l'eau à vingt mètres devant nous. Un lampion suspendu au bout d'une perche à la proue diffusait un halo blond sur Akane, qui avait revêtu un splendide kimono d'été et relevé ses cheveux en un chignon qui rehaussait son front bombé et la délicatesse de son visage. Nous sommes restés pétrifiés sur notre banc devant cette apparition. Akane nous a fait un petit signe de la main tout en négociant une gracieuse courbe pour accoster. Nous nous sommes finalement levés et nous sommes précipités pour l'aider à enjamber le plat-bord de la barque. Elle avait légèrement maquillé ses yeux, soulignés d'un trait de noir et d'une ombre à paupières de couleur pêche qui brillait à la lumière du lampion, accentuant l'étrange beauté de son regard et le velours de ses prunelles.

I. a sorti du coffre du bateau trois balluchons semblables à celui qu'il avait laissé dans la camionnette et les a chargés à l'arrière du véhicule. Nous nous sommes entassés sur la banquette avant, Akane entre nous deux. Nous avons emprunté la route qui longe l'île à l'opposé du port. Je sentais contre mes hanches la chaleur du corps d'Akane sous l'étoffe du kimono. Elle agitait mollement un éventail qu'elle dirigeait vers moi pour m'éventer. Nous avons roulé un moment puis nous avons pris une piste abrupte et mal pavée perpendiculaire à la mer qui montait vers la montagne entre les champs de citronniers.

Nous sommes arrivés sur un promontoire où se trouvait un petit bâtiment de la taille d'une maison de poupée. Il était bâti sur pilotis au-dessus du vide. Une coursive en faisait le tour. On entendait le murmure de la mer très loin en bas.

I. nous a demandé de rester dans la camionnette. Il a déchargé les ballots et il est allé ouvrir la maison. Il s'est affairé à l'intérieur et bientôt elle s'est illuminée comme une lanterne de papier. On aurait dit un poisson-lune qui se gonflait. La lumière palpitait au travers des shojis qui couraient sur trois des quatre côtés. I. est ressorti et nous a fait signe de le rejoindre. Nous nous sommes déchaussés dans le vestibule et nous sommes entrés.

I. avait allumé des bougies qu'il avait placées dans de longs bougeoirs surmontés d'abat-jour de papier opaque en forme de cornet de glace. Leur flamme tremblante projetait des ombres orangées au plafond et illuminait les portes coulissantes tirées sur une seconde pièce plus petite dans laquelle il m'a fait pénétrer. Deux futons avaient été arrangés pour la nuit. Sur l'un d'eux étaient posés un yukata et une ceinture.

« Change-toi, m'a-t-il dit.

– À qui appartient cette maison ?

– À un vieux membre éloigné de la famille, un grand-oncle. L'inconvénient de ces petites îles, c'est que nous sommes tous plus ou moins parents. Mais ce soir c'est un avantage, puisque j'ai pu le convaincre de me prêter cette baraque ! Je l'ai préparée pendant la journée. Il n'y a pas d'électricité ici, alors faites bien attention à ne pas mettre le feu avec les bougies ! Le plus difficile, c'est de faire chauffer l'eau du bain : c'est un système ancien, un foyer à bois sous la baignoire. Je n'ai pas trop l'habitude et j'ai eu un peu de mal à le mettre en route, mais j'y suis finalement arrivé. L'eau sera à la température idéale d'ici deux ou trois heures. »

I. est sorti de la chambre et a tiré les fusumas derrière lui. Je me suis déshabillé, j'ai retiré mon slip et revêtu le yukata de coton. J'ai serré la ceinture très fort, l'ai nouée sur le devant et ai fait glisser le nœud par-derrière comme on m'avait appris à le faire.

Quand j'ai rejoint I. et Akane, ils s'affairaient à sortir des balluchons des victuailles qu'ils disposaient sur deux plateaux de laque rouge à pieds courts posés face à face devant deux coussins dont la couleur indigo tranchait sur les tatamis. I. a plié les carrés d'étoffe et les a emportés dans la camionnette. Il est revenu une dernière fois avec une grande bouteille de saké. Il a rempli des petits flacons en forme de gourde qu'il a déposés devant les plateaux, à côté de deux tasses évasées. Il nous a souhaité une bonne soirée et il nous a laissés seuls, faisant coulisser la porte du vestibule derrière lui. Ses pas ont fait crisser le gravier de l'esplanade. La portière de la camionnette a claqué, le moteur a toussé, I. est parti.

La lueur des bougies dansait sur nos silhouettes en kimono. Le silence est enfin tombé sur la maison, juste perturbé par le grésillement de la flamme des bougies mordant sur la cire et par le rythme doux du ressac au loin. Akane m'a fait signe de m'installer derrière un des plateaux. Je me suis assis tant bien que mal en tailleur sur le coussin, tirant sur les pans du yukata pour ne pas dévoiler mon entrejambe. Akane s'est agenouillée en face de moi. Elle a posé ses mains bien à plat sur le tatami et a courbé le buste en avant jusqu'à toucher le dos de ses mains de son front en un salut d'une grâce telle que j'en ai eu la gorge serrée. Elle est restée ainsi de longues secondes pendant lesquelles je n'ai pu détacher mon regard de l'échancrure de son kimono, d'où sortait comme une source jaillissant d'une faille sa nuque ployée dont la lumière des bougies soulignait la blancheur délicate. Elle s'est redressée et m'a tendu une coupe que j'ai tenue devant moi pendant qu'elle y versait du saké d'une des gourdes. Après avoir rempli sa coupe, Akane l'a levée devant son visage, j'ai fait de même et nous avons bu lentement en nous regardant.

Elle s'est assise en face de moi et nous avons dîné en prenant notre temps, picorant les aliments joliment disposés dans les boîtes laquées à compartiments, buvant le saké à petites gorgées gourmandes, devisant à l'aide de nos dictionnaires. La tête me tournait un peu sous l'effet de l'alcool et je parlais à m'en saouler, comme pour oublier que c'étaient les derniers moments que nous passions ensemble. Elle répondait à mon exubérance avec sobriété. Le saké avait joliment coloré ses pommettes que la palpitation des bougies caressait d'ombres furtives. Dans son regard passait par moments un voile de mélancolie qui rendait sa beauté irrésistible. Nulle part ailleurs je ne trouverais la puissance impérieuse qui émanait de la grâce apparemment si fragile de cette jeune fille : le ciel m'avait accordé un insigne privilège en m'offrant cet amour du bout du monde.

Après le repas, elle s'est levée pour ouvrir les shojis afin de laisser entrer la brise et elle est sortie sur l'engawa. Il faisait chaud dans la pièce et la sueur coulait lentement le long de ma colonne vertébrale sous le yukata. Je m'éventais d'une main molle, flottant dans une sorte de béatitude éthérée, un léger vertige dû au saké, les jambes croisées en tailleur engourdies au point de ne plus les sentir. Appuyée contre un des piliers de l'engawa, Akane regardait le ciel. La clarté diffuse des bougies tamisée par le papier opaque des abat-jour caressait l'ample nœud de la ceinture de son kimono. Les rayons de la lune auréolaient sa chevelure et s'accrochaient en éclairs argentés aux pendeloques de la broche de son chignon qui oscillaient au rythme imperceptible de sa respiration. Sa nuque très dégagée et une toute petite partie de ses mollets, délimitée par le talon d'un blanc éclatant de ses tabis de coton qui tranchaient sur le plancher noir de l'engawa et l'ourlet du kimono, palpitaient d'une sensualité subtile. Il émanait de tout son corps un abandon d'une grâce infinie.

Une larme d'émotion a coulé sur ma joue. À cet instant j'ai voulu mourir. J'ai voulu me lever, me jeter sur Akane et avec elle basculer par-dessus la frêle balustrade de la coursive de la maison dans le vide pour que nous allions nous écraser cinquante mètres plus bas sur les rochers, où les vagues de la mer auraient ourlé nos corps enlacés aux membres disloqués d'un linceul d'écume. C'était peut-être ce qu'elle attendait, immobile devant le vide. Mais je ne me suis pas levé.

Enfin elle a bougé. Elle a dégrafé le cordon qui retenait la ceinture de son kimono. Lentement, elle a défait le nœud dans son dos. La large bande de soie s'est déroulée comme une volute de fumée quand elle s'est lovée à ses pieds. Elle s'est retournée et s'est approchée de moi. Les pans de son kimono se sont entrouverts, dévoilant son corps gracile à la lueur des bougies qui soulignait l'aréole sombre de ses seins et la douce toison de son sexe. Elle m'a pris la main et m'a aidé à me relever et nous sommes passés dans la chambre.

Nous avons fait l'amour avec tendresse. Nous avons fait l'amour longtemps comme si nous avions la vie devant nous, sans nous presser. De ma bouche j'aspirais son souffle frais qui gonflait mes poumons, ainsi elle était en moi autant que j'étais plongé au plus profond d'elle, et quand nous avons joui, dans un état de fusion absolu, j'ai clamé au monde un sanglot éperdu qui a couvert le ressac et la brise dans les arbres tandis que tout son corps s'arc-boutait au mien à se dissoudre dans ma peau.

Nous avons somnolé un moment, étroitement enlacés comme si nous avions peur de nous perdre. Puis elle s'est levée, est allée dans la pièce principale d'où elle est revenue avec nos deux dictionnaires, une feuille de papier et un crayon. Elle s'est assise en tailleur sur le futon, l'air terriblement grave. Elle a feuilleté son dictionnaire en mordillant le bout du crayon, son front plissé de rides de concentration, puis a noté des mots sur le papier. Elle m'a tendu la feuille sur laquelle elle avait inscrit deux courtes questions : « *You come back for me ? – Or you forget me ?* » La gorge nouée, j'ai pris le crayon de ses mains et j'ai inscrit en face de la première question un énorme « *YES ! ! ! !* ». En face de la seconde question, j'ai écrit « *Never, Never, Never !* », comme une incantation.

Elle a longuement fixé la feuille qui tremblait dans ma main. Cela a paru durer une éternité. Enfin, elle a relevé la tête et a plongé ses yeux dans les miens en silence, comme pour y détecter un possible mensonge. Je n'ai pas cillé. J'avais déjà pris la veille au plus profond de mon cœur la décision de revenir dans ce pays, d'apprendre sa langue et sa culture afin d'essayer d'en déchiffrer l'énigme, d'en briser les parois concentriques une à une, mais surtout pour elle, pour sublimer et vivre dans sa plénitude cet amour exceptionnel. Elle a paru satisfaite de ce qu'elle a vu dans mon regard et son visage s'est détendu.

J'ai cherché dans mon dictionnaire le mot « serment ». Elle en a lu la traduction japonaise et a hoché la tête. Elle a pris ma main, qu'elle a accrochée à la sienne par nos petits doigts, et elle a prononcé le mot « YU BI KI RI » en détachant bien chaque syllabe pour que je puisse le retenir. Le dictionnaire m'a donné le sens de ce mot. J'ai répété après elle plusieurs fois « yubikiri », et elle s'est blottie contre moi.

Plus tard, nous sommes allés prendre le bain. Elle m'a fait asseoir sur un petit banc. Elle a puisé avec un baquet cerclé de métal de l'eau dans la baignoire circulaire en paulownia dont l'odeur puissante se mêlait à celle, âcre, du feu de bois et l'a fait couler sur mes épaules. Avec une éponge naturelle imbibée de savon elle m'a frotté le dos, le buste, les bras et les jambes. Ses mains se sont faufilées vers mon entrejambe et elle a délicatement caressé mon sexe de ses paumes imprégnées de mousse. Je sentais la pointe de ses seins effleurer mon dos et son souffle dans mon cou. Mon désir est revenu, douloureux, alors qu'elle me rinçait le corps.

Je me suis retourné sur le petit banc et l'ai amenée à califourchon sur moi. Les yeux fermés, elle m'a guidé et a émis un long gémissement quand je suis arrivé tout au fond d'elle. Ses épaules rondes, sur lesquelles ma bouche errait, luisaient d'humidité dans la pénombre. J'ai longuement explosé. J'avais l'impression que je me vidais, que tout mon amour se déversait en elle et que je ne m'arrêterais jamais.

Akane s'est dégagée et m'a tourné le dos. À mon tour je l'ai lavée de mes mains nues qui se sont attardées sur ses hanches, ses cuisses longues et fines, la rondeur de ses seins, son cou. Puis nous sommes entrés dans la baignoire, face à face, nos jambes entrelacées. L'eau a débordé dans un bruit de cascade et un nuage de vapeur. Nous sommes restés ainsi un long moment comme des jumeaux dans la matrice maternelle.

Quand nous sommes sortis du bain, nous avons eu la sensation qu'il faisait frais. Nos corps étaient brûlants. Nous sommes revenus dans la chambre et avons fait l'amour de nouveau, plusieurs fois, jusqu'au bord de l'évanouissement.

Très loin dans la nuit, épuisés, nos bouches murmurant encore tous les mots dont nos cœurs débordaient, riches du serment que nous avions échangé, nous nous sommes endormis dans l'odeur de nos corps emmêlés.

Quand la clarté du petit matin a traversé les shojis et m'a réveillé, Akane n'était plus là. Son parfum flottait encore dans la pièce, tel un songe, et son kimono étalé sur le tatami de la chambre ressemblait à une chrysalide vide.

34

Novembre, Kurashiki

Soudain, elle était devant moi. Elle avait dû arriver par l'autre entrée, celle qui se trouve le plus près du canal, où il y a la boutique de bougies, le musée des Boîtes à musique, à laquelle je tournais le dos pour ne pas être ébloui par le soleil matinal.

Je me suis réveillé très tôt. J'ai eu un sommeil agité. Je me suis relevé trois ou quatre fois dans la nuit pour aller boire un verre d'eau au robinet du petit cabinet de toilette attenant à ma chambre. La faute au saké, qui m'a collé une lourde barre de plomb dans la tête, et à cette soif que je ne parvenais pas à étancher. Sans compter le souvenir de la jeune fille, de sa main chaude et souple, de son souffle frais, du goût inachevé de son baiser. Bien sûr, la raison voulait que je n'accorde pas plus d'attention que cela à une fille grisée d'alcool, mais le hasard de cette rencontre au bord du canal après l'échange de regards dans le train, cette ambiance irréelle dans le décor de cinéma du quartier historique, ces trois gamines délurées et ce gosse qui croyait trop en sa destinée de voyou étaient des ingrédients romanesques propres à agiter mon imagination.

Depuis la seconde lettre d'Akane, ma mémoire a ressorti de son grenier les cartons bien ficelés où elle avait entreposé notre histoire. Chaque instant de ma courte semaine dans l'île d'Ikuchi m'est revenu avec une violence qui m'a coupé le souffle. Les sons, les odeurs – son parfum, bien sûr –, les voix, sa voix, les inflexions américaines de l'anglais de mon copain l'apprenti dentiste, le goût des aliments, tout cela s'est déversé en vrac de la boîte que je croyais avoir scellée à jamais à l'autre bout de mon souvenir. J'ai découvert que l'amnésie ne se prétend pas, qu'on ne peut bloquer indéfiniment l'accès à certaines zones de son cerveau.

Les quelques jours qui ont suivi l'arrivée de la seconde lettre ont été abominables. Le déballage était cruel, lancinant, un souvenir appelait l'autre, je n'arrivais pas à en maîtriser le flot, comme si une pelote de laine se dévidait sans qu'on pût l'arrêter. Les sensations me revenaient avec une acuité brutale. Plus d'une fois j'ai regardé ma paume où je croyais sentir la main d'Akane se blottir, étonné de la trouver nue. Perdu dans le flot violent de mes souvenirs, un soir j'ai fait sans m'en rendre compte deux fois le tour de la ligne Yamanote, en état de catalepsie tellement j'étais habité par les réminiscences.

Réveillé au petit matin, le crâne toujours broyé par le saké, j'ai pris un bain très chaud. J'ai barboté dans l'eau brûlante trop longtemps. Quand j'en suis sorti, mon cœur battait à tout rompre à mes tempes où les veines saillaient, ma peau avait tourné au violet d'avoir accumulé trop de chaleur et j'ai chancelé en me redressant un peu trop vite. Ignorant les grandes serviettes-éponges à la disposition des clients, je me suis séché avec la minuscule serviette blanche qui m'avait servi à me laver. Ma peau était si chaude que l'eau s'était pratiquement évaporée d'elle-même.

J'ai dû prendre deux comprimés après le petit déjeuner pour me débarrasser de mon mal de tête.

J'ai quitté l'auberge et je me suis rendu à l'Ivy Square, où j'ai confié mon maigre bagage au concierge de l'hôtel, puis je suis allé faire un tour au bord du canal. Sous le soleil matinal, avec l'animation des commerçants ouvrant leurs boutiques et organisant les étals de marchandises, les premiers touristes prenant des photos et frappant dans leurs mains pour attirer l'attention des cygnes dédaigneux, la scène de la veille m'a paru plus lointaine et plus irréelle que mon séjour dans l'île d'Ikuchi trente-cinq ans plus tôt.

Enfin, je suis revenu à l'Ivy Square et me suis installé dans la cour intérieure abritée de la brise hivernale et où le soleil dispensait une chaleur confortable. Un serveur obséquieux, dont la morgue tranchait avec sa veste constellée de taches de café, m'a servi un thé chaud. Des haut-parleurs curieusement installés sous des grilles dans le sol, que j'avais prises pour des bouches d'écoulement, diffusaient un murmure de musique classique, une cantate de Bach, je crois.

En équilibre sur les deux pieds arrière de ma chaise, sale habitude de collégien attardé, j'étais perdu dans le déchiffrage muet des notes de la cantate quand je me suis rendu compte qu'elle se tenait devant moi, de l'autre côté de la table. J'ai basculé. Je suis parvenu à me redresser en m'accrochant au rebord de la lourde table et je me suis relevé comme un enfant pris en faute, mais la chaise de fer forgé s'est renversée sur le sol dans un bruit effroyable. J'avais imaginé une prise de contact plus digne.

Elle a eu un rire clair, presque juvénile. C'était celui de ses vingt ans.

« Vous ne m'avez pas encore regardée mais visiblement je vous fais un effet renversant ! »

Confus, je l'ai saluée, puis j'ai tiré un siège où elle s'est assise et j'ai relevé ma chaise. J'ai hélé le serveur auquel j'ai commandé des boissons chaudes. En attendant qu'il les apporte, nous sommes restés silencieux, nous dévisageant comme si nous essayions de combler l'immense gouffre d'années qui nous séparait.

Mon souvenir n'était pas si décalé que cela, à quelques détails près. Elle était plus grande que dans ma mémoire, fuselée dans un pantalon de serge gris souris. Peut-être avait-elle maigri. Elle portait un twin-set beige tricoté sous un manteau de laine gris qu'elle avait déboutonné. Elle avait dénoué son écharpe, qui reposait sur la table en un entrelacs qui m'a stupidement rappelé le corps sinueux du dragon sur le ventre du jeune yakuza. Le col de son tricot échancré laissait apparaître la naissance de ses seins, à peine une ombre sur la peau mate de sa gorge. Son cou long et gracile ne faisait pas mentir le souvenir que mes doigts en avaient gardé. Son visage était resté lisse : à peine deux ébauches de rides d'expression partant des ailes du nez vers la mâchoire inférieure soulignaient-elles ses joues. Son menton était volontaire sous sa bouche dont le dessin rappelait les apsaras des bas-reliefs d'Angkor, esquissant cette moue un peu hautaine qui m'avait ensorcelé autrefois sur la plage d'Ikuchi. Les prunelles de ses yeux, immenses, avaient la profondeur de la laque. J'ai retrouvé l'imperceptible asymétrie si troublante de son regard.

N'étaient quelques fils blancs dans la chevelure encore épaisse qui balayait ses épaules, l'ossature apparente aux phalanges de ses doigts et cette mélancolie à fleur de visage, on lui aurait donné facilement quinze ans de moins que son âge. « Que notre âge », ai-je pensé en la contemplant.

La fraîcheur de ses vingt ans s'était certes évanouie, mais un voile de mystère, de retenue et de fatalisme l'avait remplacée : je n'avais jamais vu de femme aux traits plus émouvants.

« M'auriez-vous reconnue si vous m'aviez croisée dans la rue ? m'a-t-elle enfin demandé.

– Je le crois. Si j'avais été attentif, je pense que votre regard m'aurait rappelé la jeune fille d'Ikuchi.

– Moi, je dois vous avouer que non. Vos cheveux bouclés, vos joues pleines, l'innocence qui flottait dans votre regard, toute trace du jeune homme que j'ai connu a disparu. Il a fallu que je lise l'article pour qu'enfin je vous reconnaisse ! C'est étrange comme avec le temps les visages s'effacent, alors que les voix, les odeurs, la sensation restent si présentes ! Puis-je toucher votre main ? »

Elle a posé ses doigts sur le dos de ma main, qu'elle a effleuré – une caresse furtive qui m'a fait frissonner –, puis les a retirés comme si elle s'était brûlée.

À l'instant où elle a frôlé ma peau, j'ai compris que je n'avais pas cessé de l'aimer. Quelques jours dans ma jeunesse avaient suffi pour m'offrir le privilège d'un amour au parfum d'éternité.

Son regard ne quittait pas le mien. Une lueur amusée flottait dans ses prunelles.

« Déçu ? m'a-t-elle demandé.

– Je m'attendais à une gêne, une timidité, un inconfort, une politesse compassée entre nous. Je m'attendais à rester distant, méfiant, sur mes gardes. Je m'attendais à de l'indifférence, à une simple curiosité détachée. Je m'attendais à tout sauf à trouver naturel d'être assis près de vous. Je m'attendais à tout sauf à cette facilité, à cette envie de vous parler, de vous écouter, nous qui ne communiquions que par signes, avec des mots simples, au moyen de dictionnaires défraîchis ! Je ne vous ai connue que quatre jours sur plus de cinquante ans, mais j'ai l'impression que je n'ai jamais cessé de vivre à vos côtés, que notre séparation n'a été qu'un interlude, un accident de parcours sans conséquence ! J'ai l'impression de vous avoir quittée hier !

– Moi, je ne vous ai jamais quitté ! J'ai attendu. Tout ce temps, j'ai attendu. Vous m'aviez fait le serment de revenir, vous en souvenez-vous ? “Doigt coupé qui s'en dédit” : je vous avais appris cette expression et nous avions croisé nos doigts, la dernière nuit dans le pavillon de la montagne. Vous étiez encore un enfant, mais votre serment était celui d'un homme. Je l'avais lu dans la fièvre de votre regard, bien que le bleu soit une couleur froide ! Nous, les Japonais, nous sommes maladroits à exprimer nos sentiments, mais nous savons lire les choses qui agitent le cœur ! Aurais-je mal lu dans votre cœur, ce jour-là ? »

Elle s'était penchée sur la table, j'ai senti son parfum discret m'envelopper, celui de ses lettres, celui de ses vingt ans. Tout à coup, je voulais la serrer dans mes bras.

« Dès que j'ai pu aligner trois caractères de japonais, je vous ai envoyé des cartes postales de Paris, de Provence, de Bretagne. Je vous y écrivais que j'apprenais votre langue pour être en mesure de vous dire que je vous aimais quand je reviendrais. Vous ne m'avez pas répondu. Puis mes lettres sont revenues, une, deux, dix, barrées du cachet “adresse inconnue”. Enfin, j'ai essayé de contacter I. aux États-Unis, mais lui aussi avait changé d'adresse ; il s'était évaporé.

Alors je suis retourné à Ikuchi l'été suivant. Trois jours durant je vous ai cherchée, j'ai sillonné l'île, j'ai posé mille questions à mille personnes ! Au bout d'une année d'études, mon japonais était encore hésitant mais j'étais à peu près capable de m'exprimer. Les gens pourtant ne paraissaient pas comprendre ce que je voulais ni de qui je parlais ! On ne savait pas qui vous étiez, on n'avait jamais entendu votre nom. Personne ne semblait se rappeler que vous existiez, que vous aviez passé votre enfance entre les champs de citronniers de l'île de Kone et l'école communale de Setoda. J'ai compris qu'on opposait un mutisme courtois mais inflexible à ma quête.

Le deuxième jour, j'ai emprunté une barque pour traverser le goulet entre les deux îles, j'en ai payé la location trop cher, mais que m'importait ! Je vous cherchais. Je n'ai même pas retrouvé à Kone au-dessus de la plage l'arbre que votre père avait planté à votre naissance. Dans le champ, à sa place, il n'y avait que de l'herbe, pas la moindre trace du mandarinier, pas même la balafre d'une racine dans la terre ! Je suis revenu à Ikuchi, je suis allé dans la montagne, à l'auberge de jeunesse des parents de I. Elle était fermée, la maison était à l'abandon, les volets tirés. Les mauvaises herbes avaient envahi l'esplanade d'où nous admirions le coucher du soleil sur la mer. Une désolation absurde où il y avait eu tant de joie de vivre ! J'ai cherché le pavillon de notre dernière nuit en faisant lentement le tour de l'île à vélo. J'ai dû manquer le sentier qui y menait, ou bien il avait lui aussi disparu. À croire qu'une amnésie collective avait saisi l'île entière, ses habitants, le paysage, la montagne et la mer !

Le soir de l'O Bon, je suis passé sur la plage mais on ne m'a pas invité à me joindre à la danse. On n'était pas hostile, on était indifférent, peut-être un peu méfiant. Avez-vous remarqué combien vous, les Japonais, devenez prudents quand un étranger parle votre langue ? J'ai dévisagé les jeunes filles une à une, espérant vous trouver dans la foule des danseuses en yukata, mais bien sûr vous n'y étiez pas.

Enfin, je suis monté à la pagode, j'ai hurlé votre nom à la lumière du couchant par-dessus les toits du village, j'ai trépigné, j'ai pleuré, j'ai imploré vos dieux, mais ils ont opposé à ma supplique un silence méprisant et le bruit de cheval au galop de la marée montante entre les deux îles. Alors je suis reparti par le dernier ferry. Et petit à petit, alors que pas une minute de l'année précédente vous n'aviez quitté mon esprit, j'ai appris à vivre sans vous, j'ai appris à étouffer votre souvenir, à l'ensevelir sous les sédiments de ma vie… »

Ma voix s'est cassée. Pendant mon monologue, mon regard s'était perdu dans le tapis de lierre accroché au mur devant moi. J'ai soupiré comme je ne l'avais plus fait depuis longtemps.

« Pourquoi ? Pourquoi avez-vous disparu de Setoda cette année où je suis revenu vous chercher ? Pourquoi chaque pas de ma quête m'a-t-il mené à plus de vide, plus de néant ? Pourquoi, avant même que le temps ne fasse son œuvre, la trace de notre histoire s'est-elle délitée ? »

Je l'ai enfin regardée. J'ai cru voir son regard se brouiller d'une brume de larmes. Une seconde. Mais elle s'est reprise et, la tête droite, elle a fixé ses mains.

« C'était dans l'ordre des choses, il y a trente-cinq ans. Après ce qui s'était passé, il ne pouvait en être autrement dans notre petite île. Malgré les ferries qui mettaient Mihara ou Onomichi à moins d'une heure de Setoda, nous avions le sentiment d'être au bout du monde, un monde paisible et protégé où rien de grave ne pouvait arriver. De nos jours, le monde a terriblement rétréci, mais à l'époque le seul départ de I. pour les États-Unis avait défrayé la chronique. Dans une moindre mesure, les gens s'étaient étonnés que mon père me laisse partir à Kyoto quand j'avais voulu aller à l'université. Pensez donc ! Une fille seule, dans une si grande ville ! » Elle a levé le visage vers moi. « Comme je vous l'ai dit dans ma lettre, j'ai longuement hésité après avoir lu l'article dans l'*Asahi*. Je me suis dit: "À quoi bon?" Mais savoir, pardonnez cette expression, que vous étiez à portée de main m'a rendue folle. Je vous croyais si loin, perdu au-delà de l'imaginable, et vous n'étiez pendant toutes ces années où j'ai tant souffert qu'à quatre heures de train de moi ! Je me suis demandé pourquoi le destin vous avait remis sur mon chemin maintenant, si tard, alors qu'il est trop tard. Dites-moi, n'avons-nous pas le droit de répondre aux signes du destin, une fois, ne serait-ce qu'une fois ? »

Je n'ai su que dire. Sur son visage est passée une onde de douleur qui m'a effrayé. J'ai pensé qu'il était encore temps de m'échapper, de fuir, de reprendre ma petite vie bien tranquille, cette vie qui a eu la bonté de m'épargner ses empoignades tragiques. Mais je suis resté collé à mon siège.

« Vous ne pouvez imaginer à quel point ma vie a dévié de façon irrémédiable à cause de notre rencontre. Entre les milliards de milliards de constellations qui peuplent l'univers, vous avez été la météorite qui a bouleversé ma trajectoire. Qu'en a-t-il été de la vôtre ?

– J'ai consacré ma vie à votre pays parce que je vous avais rencontrée. Rentré en France, j'ai abandonné mon projet d'études initial, à la surprise de ma famille, de mes amis, auxquels je n'ai donné aucune explication. C'était trop trivial, trop banal ! On se serait gaussé qu'une amourette de vacances puisse ainsi me tourner la tête ! Je me suis précipité à l'École des langues orientales. Il était bien tard pour s'inscrire, mais j'ai supplié une secrétaire compréhensive qui a rajouté mon nom au bas de la liste. Je me suis jeté dans l'étude de la langue et de la civilisation japonaises avec une boulimie effrayante. J'ai même pris les cours de cuisine que dispensait une ancienne bonne sœur défroquée ! J'ai étudié, étudié sans réfléchir aux débouchés possibles, sans penser à un autre avenir qu'à celui qui me permettrait de revenir vers vous. J'aurais pu abandonner quand j'ai compris après mon second voyage que je ne vous retrouverais sans doute jamais, mais j'ai persévéré, j'ai pris toutes les options, les utiles, les futiles, les inutiles. J'ai passé tous les examens. Peut-être était-ce ma façon d'honorer mon serment... Enfin, j'ai fait le choix de vivre ma vie d'homme dans ce pays. J'ai travaillé dur, j'ai tracé mon sillon sans me retourner et j'ai fini par vous oublier ! Pourquoi n'avez-vous pas fait de même ? »

Elle est restée un long moment immobile, la tête un peu penchée, rêveuse. Elle regardait devant elle sans voir. Puis elle s'est tournée vers moi, douloureuse.

« Qu'avons-nous fait aux dieux pour qu'ils portent ainsi leur attention sur nous et nous punissent autant ? Dites-moi, qu'avons-nous bien pu leur faire ? »

J'ai essayé, à contre-courant de la vague de mes propres émotions, de rester rationnel.

« Certes, nous sommes sans doute passés à côté d'un joli conte, mais n'est-ce pas en un sens ce qui l'a magnifié ? Après tout, notre histoire n'a-t-elle pas la banalité d'un amour inachevé, comme tant d'autres ? »

Elle a lentement secoué la tête. Elle a porté la main à son front avant de la passer sur son visage comme pour en arracher un masque trop lourd. Puis elle s'est baissée et a pris dans son sac une enveloppe de grande taille.

« Pardonnez-moi ! Je vous supplie de pardonner le mal que je vais vous faire ! »

Elle a sorti de l'enveloppe un document qu'elle a posé sur la table. Elle l'a doucement poussé vers moi. C'était une photo. Une photo aux couleurs estompées. Un portrait. Le portrait d'un enfant.

Un vertige m'a saisi qui m'a aspiré dans cette photo comme un tourbillon au fond d'un siphon.

L'enfant devait avoir dans les deux ou trois ans. Il avait la tête penchée, un vague sourire sur les lèvres, un éclat de mélancolie dans le regard, de grandes oreilles un peu décollées. Ses cheveux étaient bouclés, clairs, presque blonds, tranchant sur sa peau mate de Japonais. Ses yeux en forme d'amande parfaite étaient ceux de la femme qui était assise à côté de moi, avec la même imperceptible asymétrie.

J'ai entendu, venue de très loin, la voix d'Akane. Elle avait pris ma main comme pour me retenir ou m'empêcher de me noyer. Elle ne l'a pas lâchée tout le temps qu'elle a parlé.

« Il est né en mai 1973. Cette année-là, il a fait très chaud très tôt, les cerisiers ont fleuri à la mi-mars autour de la pagode. J'ai toujours pensé que c'était là que nous l'avions conçu, au pied de la pagode, dès la première fois. La lune était pleine, on y voyait comme en plein jour. Vous avez pleuré longtemps dans mes bras, je ne savais pas si c'était de bonheur ou de chagrin. Moi, j'étais heureuse, je buvais vos larmes et je me disais qu'un homme qui sait pleurer contre le sein de la femme qu'il vient d'aimer a le cœur pur.

Mais je n'ai pas vu les cerisiers en fleur au mois de mars. Mon père m'avait déjà répudiée…

J'ai su très vite que j'étais enceinte. J'ai eu les premières nausées au début de septembre, juste avant de retourner à Kyoto. Elles étaient terribles. On dit chez nous que les nausées sont plus fortes quand c'est un garçon. Pour moi, cela ne faisait pas de doute, j'attendais un fils. La moindre odeur de nourriture me donnait des haut-le-cœur, je vomissais mes repas, je restais prostrée sur le tatami de ma chambre toute la journée, j'avais un teint de cire.

Les mères ont un instinct animal pour déchiffrer les changements du corps de leur fille. L'année de mes treize ans, la mienne avait su que j'avais mes premières règles avant même que je lui avoue les saignements dans mes petites culottes, que je me cachais pour laver la nuit. Elle s'est très vite aperçue que quelque chose n'allait pas. Elle n'a pas eu besoin de m'interroger pour comprendre. »

Toujours figé devant la photo, j'entendais sa voix qui semblait venir de ce passé qu'elle me racontait. Sa main caressait doucement le dos de la mienne sans parvenir à la réchauffer.

« Nous devrions aller à l'intérieur, vous avez froid ! »

J'ai refusé d'un signe de tête. Le froid venait d'ailleurs, de mon propre corps. Incapable de bouger, soudé à ma chaise, les pieds enracinés dans les pavés de la cour, j'avais peur de ne pouvoir tenir debout. Elle s'est levée pour me recouvrir de son manteau, ses mains ont effleuré mes épaules. Elle a repris son récit d'une voix plus sourde, debout derrière moi.

« Mes mensonges à ma famille lorsque j'allais vous retrouver avaient pourtant bien tenu, grâce à I. et sa copine. Vous ne l'avez pas su, mais I. avait une copine dans l'île. C'était une de mes amies d'enfance. Mais on m'avait aussi beaucoup vue avec vous dans la journée. Nous avions beau être discrets, on nous a vus. Il n'était pas difficile de faire la relation. Ma mère a finalement pris son courage à deux mains et m'a parlé. Elle n'a ni tempêté ni menacé – c'était une femme douce et effacée. Elle m'a expliqué qu'il n'était pas question que je garde cet enfant, pas d'un étranger qu'on ne reverrait jamais et surtout pas dans notre petit milieu étriqué de pêcheurs et d'agriculteurs. Elle m'a fait le détail des souffrances que j'endurerais, fille mère, et de ce qu'un enfant sans père aurait à supporter… Elle était bien loin de la réalité, ma pauvre mère ! Elle prendrait ses dispositions pour m'accompagner à Onomichi dans une clinique où l'on m'avorterait sans risques. Après tout, je ne serais qu'une jeune fille de plus à laquelle cela serait arrivé. C'était une opération banale et courante comme l'ablation des amygdales, ni plus ni moins, qui prendrait tout au plus une demi-journée. Le prétexte pour mon père était tout trouvé. Il ne saurait même pas que nous nous étions arrêtées à Onomichi : ma mère m'accompagnait à Kyoto chaque année à la fin des vacances d'été pour m'aider à organiser la rentrée. C'était un grand voyage pour elle, une distraction dans sa vie monotone.

J'ai opposé un refus net à sa suggestion. Je n'avorterais pas. Je voulais garder notre enfant, j'avais une confiance totale en vous, je savais que vous ne trahiriez pas votre promesse. J'attendrais votre retour en nourrissant notre enfant.

Ma mère a essayé une nouvelle fois de me raisonner avec patience. Quand elle a compris quelle foi j'avais en vous, elle a tenté de dépeindre les difficultés extrêmes que nous rencontrerions pour élever cet enfant, si tant est que vous reveniez pour assumer le fruit de notre inconséquence. Elle n'avait pas grande expérience du monde extérieur, mais son bon sens lui disait qu'un étudiant étranger sans travail ne pourrait certainement pas obtenir un visa de séjour. Aimer une Japonaise et lui faire un enfant n'était certainement pas une raison suffisamment convaincante pour un fonctionnaire des services d'immigration, qu'elle devinait par nature et par devoir borné.

Je comprenais tout cela, je n'étais pas idiote, mais je voulais garder cet enfant, ma décision était irrévocable.»

Je suis sorti de ma torpeur. Les mots qui s'échappaient de mes lèvres ressemblaient à un couinement de souris.

« Vous aviez mon adresse ! J'aurais bien trouvé quelqu'un à Paris pour traduire une lettre de vous ! J'aurais pu venir vous chercher, chez moi on vous aurait sans doute accueillie avec bienveillance ! Pourquoi ne m'avez-vous pas écrit ?

– Je n'en ai pas eu le temps. Devant mon entêtement, ma mère a fini par capituler, elle n'a eu d'autre choix que de parler à mon père. Il est entré dans une rage folle. Lui qui n'en passait jamais le seuil a débarqué soudain dans ma chambre. Il a eu des mots définitifs, il a hurlé de terribles imprécations où il était question du déshonneur indélébile dans lequel je précipitais notre famille. Enfin, il m'a annoncé qu'il me chassait de son foyer que j'avais irrémédiablement souillé, qu'il me répudiait.

J'étais dans un état épouvantable, mais il m'a forcée à me lever. Il a pris un sac qu'il a bourré de quelques affaires prises au hasard dans mon placard à vêtements et il m'a traînée jusqu'à sa barque. Il ne m'a pas laissé le temps d'emporter quoi que ce soit ; mon sac avec ma carte d'étudiante, les clefs de ma petite chambre à

Kyoto, le carnet dans lequel j'avais consigné votre adresse, où j'avais serré les trois ou quatre photos de vous, de nous deux, tout est resté dans le tiroir de ma commode. Ma mère a réussi à me glisser dans la main quelques billets pliés de mille yens avant que mon père ne lance l'embarcation dans le chenal vers le quai du ferry. Il a payé le passage pour Onomichi et il n'a pas attendu que le bateau quitte le quai pour repartir, sans même un regard pour moi. J'ai aperçu la silhouette, que j'ai trouvée soudain très voûtée, de ma mère de l'autre côté du chenal, sur la plage, figée telle une statue de sel, les mains sur son tablier, chaussée de ses éternelles sandales de plastique vert. C'est la dernière fois que j'ai vu mes parents… Dans le ferry, je me suis enfermée dans les toilettes tout le temps de la traversée, pour éviter le regard hostile des autres passagers. Je les connaissais à peu près tous. Je n'ai pas arrêté de vomir de chagrin. Curieusement, je n'étais pas désespérée, pas encore. Je portais votre enfant et j'imaginais que je vous attendrais à Kyoto, où vous viendriez me retrouver. Puisque vous aviez mon adresse, le fil n'était pas coupé. Mais mon père m'avait devancé. Il avait téléphoné à ma logeuse pour lui dire qu'il ne paierait plus le loyer, qu'il fallait m'empêcher d'entrer dans ma chambre, qu'il enverrait quelqu'un chercher les affaires plus tard. C'était une brave femme mais la pitié n'était pas de son monde. Elle ne voulait pas interférer dans une histoire de famille qu'elle devinait sordide. Elle a opposé un refus définitif à mes suppliques quand je suis arrivée devant la porte de mon studio. J'ai échoué chez une amie dont les parents ont accepté de m'héberger le temps que je trouve un travail, de quoi me loger survivre. Quand elle a su que j'étais enceinte, elle aussi m' recommandé d'avorter. Pour me convaincre, elle m'a dit que cela lui était arrivé deux fois, le garçon qu'elle avait fréquenté étant ` veule pour la présenter à ses parents et l'épouser, comme l' voulu la bienséance. Je n'ai pas cédé.»

Elle a pointé le doigt sur la photo posée sur la table.

«Mon enfant est arrivé le 10 mai. Un beau garçon de trois kilos cinq cents, long et fin, bien plus grand que les bébés japonais qui venaient de naître à la maternité de l'hôpital ! Quand j'allaitais, malgré leur réprobation, les infirmières formaient un attroupement autour de moi. Elles se battaient pour le baigner, le changer, le cajoler ! Il avait déjà vos cheveux blonds frisés. Il était gracieux, sage, sérieux, presque songeur. On aurait dit qu'il réfléchissait. J'ai rêvé naïvement qu'il aurait aussi vos yeux. Quand il les a ouverts, j'ai cru pendant deux mois que ses pupilles grises allaient virer au bleu. Je n'avais jamais vu de bébé aussi petit, je ne savais pas qu'ils ont tous les yeux gris à la naissance ! »

J'ai pensé « Notre enfant, notre enfant ! », comme une mélodie qu'on est heureux de se rappeler enfin.

Cet enfant commençait déjà à m'envahir. C'était une sensation douce et chaude. Une tendresse infinie a pénétré mon cœur à m'en étouffer. C'était un bonheur trop grand pour mon corps. Une gratitude immense m'a saisi. En un instant cet enfant m'a fait père, en un instant il m'a fait découvrir l'incommensurable jubilation d'être père. Dans le même instant, l'extrême complexité de la situation m'est apparue.

Une multitude de possibilités s'offrait à moi. La plus logique était de garder le secret. Avec un peu d'adresse, même si cela n'était pas dans ma nature, je serais capable de cacher ce fils, on ne le découvrirait peut-être qu'à ma mort, tout dépendrait s'il désirait se faire connaître. Le seul bien que je possédais, notre maison de Kamakura, lui reviendrait sans doute d'autorité, il me suffirait de m'assurer que mon épouse en garde l'usufruit légal jusqu'à sa propre mort. La première chose que je ferais en rentrant à Tokyo serait d'aller consulter un de mes amis avocat. Dans ce pays, il y avait tant d'enfants nés d'unions extra-maritales qu'il devait y avoir toute une panoplie de solutions !

Mais cela ne me satisfaisait qu'à demi. Après tout, j'avais eu cet enfant bien avant de bâtir ma vie actuelle. La franchise était probablement la solution la plus confortable. Même si elle devait choquer ma femme, cette transparence simplifierait le quotidien et clarifierait l'avenir.

Je regardais Akane. Que voulait-elle ? Elle avait souffert par ma faute, elle était en droit d'attendre une réparation quelconque. Avait-elle pris contact avec moi dans cette perspective quand elle avait compris que j'étais le père de son enfant ? Avait-elle l'intention de me faire chanter, d'exiger une compensation monétaire extravagante, m'imaginant plus riche que je ne l'étais ? Combien pouvaient coûter trente-cinq années à l'aune du droit ? Y avait-il seulement une mesure pour compenser un amour inachevé ?

Une autre solution s'est insinuée en moi, sournoise. Ma conscience la rejetait, je n'avais pas le droit de l'imposer à mon épouse, si droite et si solide à mes côtés depuis tant d'années et dont je sentais qu'elle m'accorderait son pardon quoi qu'il advienne. Mais à force de contempler sous l'enveloppe de la femme mûre que la tragédie avait modelée la jeune fille que j'avais aimée au point de balancer toute ma vie sur les récifs de ce pays, j'ai senti une flamme impérieuse enfler en moi. Le destin nous offrait un droit de réponse à ce qu'il avait fait de nous, était-ce miséricorde ou péché de s'en servir ? Je lui ai posé la question qui me brûlait les lèvres et qui pouvait nous faire basculer vers cette solution si nous le désirions :

« Êtes-vous mariée ? »

Elle m'a regardé comme pour me dire que cela ne changerait rien.

« Non. J'ai bien croisé quelques hommes, mais aucun n'a eu le courage ou la grandeur d'âme de prendre pour femme une fille mère affublée d'un enfant né de ses amours interdites avec un étranger. Bien que je n'aie jamais pu vous oublier dans les bras de ces hommes, j'aurais épousé le premier qui me l'aurait offert, pour mon fils, pour qu'il ait un guide, pour qu'il puisse montrer à ses camarades de classe les larges épaules d'un père, même de substitution. Cela ne s'est pas fait. Je n'ai pas rencontré l'homme qui m'aurait suffisamment aimée pour endosser les conséquences d'une faute qu'il n'avait pas commise.

Alors j'ai élevé notre fils seule, du mieux que j'ai pu. Je lui ai parlé de vous dès sa petite enfance. Je regrettais terriblement de n'avoir pas de photo de son père à lui montrer. J'avais beau vous décrire, avec hélas un peu moins de précision au fur et à mesure que le temps passait, effaçant vos traits un à un de ma mémoire, il en demandait toujours plus. Je le berçais le soir en parlant de vous comme d'un prince de conte de fées, de votre fragilité, de vos emballements, de votre soif d'apprendre, de votre curiosité pour notre culture, du naturel avec lequel vous acceptiez nos différences. Je lui expliquais votre passion pour la photographie, que vous regardiez le monde comme au travers d'un objectif pour en retenir la quintessence.

Je lui contais tout ce que je savais de vous. Ce faisant, je m'émerveillais de n'avoir pas besoin d'inventer – j'avais tant appris sur vous en si peu de jours…

Je l'encourageais à être comme vous, boulimique des choses de la vie, jamais las, toujours sur le qui-vive, sensible et ouvert aux autres, prêt à rire et à pleurer, à chanter ou à conter. J'ai appris la photo pour lui passer votre savoir. Quand nous sommes arrivés à Kurashiki, j'ai trouvé un vieux monsieur français reclus de nostalgie qui avait échoué là il ne savait plus trop comment. Il a bien voulu enseigner les choses de la France et quelques rudiments de français à mon fils.

Je voulais tant qu'il soit différent des jeunes Japonais blasés, fatigués de vivre avant même d'avoir commencé ! Je le voulais à votre image, lui dont le visage ressemblait tant au vôtre ! »

J'avais fermé les yeux au récit d'Akane. J'ai imaginé le petit garçon au regard nostalgique de la photo sauter à cloche-pied entre deux cultures, lui que sa mère gavait d'un souvenir magnifié de moi, perpétuant ainsi un amour évaporé. J'ai imaginé les efforts prodigieux qu'Akane avait dû déployer pour que je ne devienne pas pour cet enfant un épouvantail, un monstre lointain sans âme ni substance.

J'ai rouvert les yeux. Le soleil commençait à baisser, nous étions là depuis deux heures, peut-être plus. Elle a sorti un mouchoir, s'en est tamponné les tempes.

« Mais j'ai dû en faire trop ! J'ai trop voulu qu'il soit différent des autres, j'ai trop cherché à fabriquer un autre vous qui comblerait un peu le vide que vous aviez laissé.

Un jour, il venait d'avoir treize ans, il est revenu de l'école avec une expression glacée que je ne lui connaissais pas dans le regard. De l'air buté qu'ont les adolescents, il m'a dit qu'il ne voulait plus jamais m'entendre parler de ce père invisible qu'il voyait dans la glace le matin quand il se lavait les dents. Le reflet que lui renvoyait le miroir était déjà de trop, m'a-t-il martelé. Il a ajouté qu'il ne voulait plus aller chez le vieux monsieur français qui radotait sur ce pays chimérique, qu'il ne voulait plus se tordre l'esprit et s'écorcher le palais à essayer de parler une langue aussi complexe qu'inutile. À partir de ce jour, il a changé. Son tempérament gai et espiègle a fait place à un caractère ombrageux, renfermé. J'ai cru que la crise d'adolescence dont les livres d'éducation nous rebattent les oreilles commençait, un peu tôt. Je n'ai pas su bien lire dans son cœur, moi qui avais si bien su déchiffrer votre âme. Nous avons ainsi vécu côte à côte, sans autre dialogue qu'utilitaire, deux ans, deux longues années, deux trop longues années... »

Elle s'est tue. Des pigeons roucoulaient sur le toit de l'Ivy Square, où les ombres commençaient à s'allonger. Elle a frissonné. Je lui ai suggéré de chercher un endroit où nous abriter pour continuer notre conversation. Elle a accepté d'un air absent. Je lui ai tendu son manteau. J'ai pris la photo que j'ai rangée dans son enveloppe, nous avons traversé l'esplanade, j'ai récupéré mon sac de voyage à la loge du concierge et nous avons quitté l'hôtel, épaule contre épaule, comme un couple uni, un couple qui serait soudé par son enfant.

35

Novembre, Kurashiki

Nous avons traversé la cour de l'Ivy Square, sommes passés sous le porche de briques cintré et avons remonté la route qui longe l'enceinte de l'hôtel vers la ville. Il y avait sur le chemin une bicoque de brocanteur dont le bric-à-brac était étalé sur le trottoir : des roues de charrette aux moyeux rouillés et aux rayons brisés, des jarres de terre cuite de toutes tailles où stagnait une eau verdâtre, un vieux fanal de bateau, un énorme lion chinois de pierre grise, une pancarte « AMEX » en plastique illuminée toute gondolée par la chaleur de ses ampoules. L'énorme enseigne rouge sang de bœuf accrochée à la façade de la boutique indiquait fièrement en caractères japonais « Antique Mall » et « Musée des Tirelires », traduit en anglais par « Piggy Banks Museum ». Le plus étonnant cependant, c'était cette cinquantaine de gros chiens en porcelaine de la marque « La Voix de son Maître » perchés sur des gradins de bois fixés au toit de la baraque, la tête penchée du même côté. On aurait dit une foule de spectateurs kitsch en train de regarder un passing shot pendant un match de tennis. Une guirlande d'ampoules multicolores était accrochée au cou des chiens. Elle s'est allumée au moment où nous sommes passés devant la boutique.

Nous avons traversé le pont sur le canal et nous nous sommes engagés dans la rue piétonnière. Le froid avait chassé les touristes. Nous avons dépassé le bureau du tourisme, longé le mur du musée Ohara, et nous sommes entrés dans le café El Greco, un petit immeuble de deux étages situé après le musée et dont la façade était couverte de racines de lierre qui l'étouffaient de leurs tentacules noirs. Il y avait peu de clients en cette fin de journée maussade. Nous nous sommes installés à une table cachée derrière un grand poêle à bois qui ronflait et faisait rayonner une douce chaleur dans une odeur de bois brûlé. Nous avons commandé des boissons chaudes et des pâtisseries.

J'avais mille questions à poser sur notre fils. Je voulais savoir quel sport il avait pratiqué, quelles avaient été ses matières de prédilection au lycée, s'il avait été un littéraire contrarié comme moi-même ou s'il avait eu la bosse des maths, qui m'a tant manqué. J'ai calculé qu'il avait maintenant trente-quatre ans et cela m'a donné le vertige. J'avais un fils de trente-quatre ans, moi qui vivais encore des élans d'adolescent ! Il devait être marié, il était fort probable qu'il ait des enfants, qu'il soit père ! Il était donc possible que je sois grand-père ! « À mon âge ! Grand-père sans avoir jamais été père ! » me suis-je indigné silencieusement en mangeant mon savarin gorgé de rhum. Mais je n'ai pas voulu brusquer Akane. Elle buvait à courtes gorgées son thé, dans lequel flottait une rondelle de citron. Un petit croissant incarnat brillait sur le bord de la tasse où elle avait porté ses lèvres. Elle l'a effacé avec une serviette en papier. Elle n'était pas pressée de reprendre la conversation.

C'est moi qui ai rompu le silence :

« Vous rappelez-vous les derniers moments que nous avons passés ensemble ? Pourquoi m'avez-vous abandonné au petit matin ? C'était comme une phrase de roman restée en suspens, inachevée…

– Je ne vous ai pas abandonné. J'ai fui. J'ai fui le chagrin de vous voir partir, de rester sur le quai en regardant le ferry s'éloigner. Je ne voulais pas pleurer, pas devant vous. Je n'avais jamais pleuré avant de vous rencontrer. Une Japonaise ne pleure pas !

Cette nuit-là, je n'ai pas pu dormir. Je pensais au serment que nous venions d'échanger. Je voulais si fort y croire, moi qui n'étais pourtant pas naïve ! Vous aviez réussi à instiller dans mon cœur ce poison qu'est l'espoir. Je vous ai longuement regardé dormir sur le futon. Vous étiez si paisible ! J'ai contemplé votre visage d'enfant confiant, votre peau claire, votre grand nez, vos longs cils recourbés de fille. J'ai caressé la toison frisée de votre chevelure, je me suis amusée à enrouler vos mèches blondes autour de mon auriculaire comme une alliance souple. Vos cheveux étaient si fins et si doux ! J'avais l'impression qu'une eau fraîche coulait entre mes doigts. Alors que je faisais cela, une envie m'est venue. Je suis allée chercher des ciseaux dans la petite cuisine mais je n'ai trouvé qu'un long couteau à trancher le poisson. Je suis revenue dans la chambre, souriant à l'idée que si jamais il vous prenait la fantaisie de vous réveiller à cet instant-là, vous seriez persuadé que je m'apprêtais à vous égorger. Nous les Japonais adorons les armes blanches ! J'ai eu beaucoup de mal à couper une mèche de vos cheveux avec cette lame pourtant bien aiguisée. J'ai pincé la mèche entre les doigts de ma main gauche et j'y ai porté un coup de lame brusque. Cela a dû vous faire mal parce que vous avez grogné, mais vous ne vous êtes pas réveillé. J'avais mal calculé, la mèche était un peu trop longue ! Elle s'est recroquevillée en virgule dans ma paume comme un tentacule de poulpe frais quand on le tranche.

Plus tard, de retour chez moi, remplie du grand vide que votre départ avait laissé, j'ai rangé la mèche dans une de ces jolies enveloppes que nous utilisons en toute occasion, pour donner de l'argent de poche aux enfants le jour de l'an ou pour faire une offrande au temple. Je l'ai toujours gardée sur moi, de jour comme de nuit.

L'heure incertaine où la nuit s'efface doucement est arrivée. Avez-vous remarqué avec quelle lenteur le soleil se lève au Japon ? C'est alors que j'ai décidé de ne pas attendre votre réveil, de m'enfuir comme un cambrioleur avec votre mèche de cheveux et le souvenir de votre visage dans son sommeil. J'avais apporté dans un des balluchons de quoi me changer, car il n'était pas question que je retourne chez moi en kimono. Je me suis habillée dans le silence de l'aube naissante. J'ai enveloppé la mèche avec précaution dans mon mouchoir et je l'ai mise tout au fond de la poche de ma jupe.

Quand je suis sortie de la maison, les grillons commençaient à chanter. J'ai gardé mes socques à la main pour gagner le sentier sans faire de bruit. Le gravier sous mes pieds était fait de méchants petits cailloux pointus aussi coupants que du corail. Et pourtant je n'ai rien senti. J'étais dans un état second. La fatigue des derniers jours sans doute, j'avais si peu dormi ! Mais surtout l'insupportable chagrin de vous quitter, un arrachement qui m'étouffait, une sorte de catalepsie qui me faisait marcher mécaniquement. Combien de fois sur le chemin qui sinuait entre les citronniers ai-je failli faire demi-tour, pour me précipiter dans vos bras, y blottir mon désespoir, vous supplier de m'emmener avec vous, alors que je savais bien que ce n'était pas possible ! Ma fierté de petite Japonaise têtue m'en a empêché. Je vous l'ai dit, je ne voulais pas que vous me voyiez pleurer. Or les larmes coulaient d'abondance sur mes joues, les digues de ma volonté crevées par la violence de cet amour bien trop fort pour moi.

J'ai rejoint la route côtière et j'ai marché, marché, un pas après l'autre, étourdie par le bruit du ressac et l'humidité de l'air. J'ai sorti de mon balluchon la petite serviette-éponge que vous aviez utilisée le soir de la fête sur la plage et je l'ai passée autour de mon cou et dans l'échancrure de ma chemise. Je ne l'avais pas lavée, elle portait encore votre odeur. Je suis arrivée au débarcadère, où ma barque languissait au bout de sa laisse. J'ai traversé le chenal sans peine : la marée était basse et le courant ne s'était pas encore inversé. Je suis rentrée chez moi juste au moment où le soleil sautait par-dessus la montagne et embrasait la façade de notre maison. J'ai entendu un bruit de casseroles dans la cuisine où ma mère préparait le petit déjeuner. Mon grand-père dans la salle d'eau se raclait la gorge. Ma grand-mère était déjà dans le jardin où elle bêchait. Mon père devait être dans son verger à soigner ses arbres. Depuis la cour devant la maison on dominait le chenal, l'île d'Ikuchi en face et la pagode au flanc de la colline. Les rayons du soleil faisaient briller la carapace des scarabées pendus à l'auvent du toit, enfilés pour sécher en guirlandes sur un fil de coton telles des petites perles de pluie. Tout cela était paisible, immuable, simple.

Pourquoi étiez-vous venu, petit commodore Perry, briser la quiétude de mon microcosme rassurant ?

Je me suis réfugiée dans ma chambre et me suis recroquevillée dans un angle de la pièce, d'où j'ai regardé un rai de lumière cheminer sur le tatami, marquant de sa reptation le temps qui inexorablement vous éloignait de moi. Longtemps je suis restée inerte, comme un fœtus blotti dans sa matrice. Finalement, n'y tenant plus, je me suis relevée et je suis allée au bout de la cour, là où l'on domine le port, et j'ai attendu. J'ai imaginé le moment où je verrais la camionnette du père de I. apparaître au bout de la route et venir s'arrêter devant le débarcadère, le moment où je reconnaîtrais votre silhouette auréolée de sa toison descendre de la cabine et celui où je vous verrais monter dans le ferry qui vous emporterait en creusant dans l'eau du chenal un profond sillon blanc qui serait une douleur aussi brûlante à mon cœur qu'un coup de poignard.

C'est exactement ainsi que cela s'est passé. Il devait être dans les dix heures. Le soleil était déjà haut dans le ciel quand la camionnette s'est garée devant la lanterne de pierre. Je n'avais jamais réalisé à quel point, malgré la courte distance entre nos deux îles, tout paraissait minuscule vu de chez nous ! La camionnette ressemblait à un jouet d'enfant au bout du quai, les gens qui se rassemblaient pour prendre le ferry avaient la taille de fourmis avec leurs têtes d'épingle noires. Quand je vous ai vu sortir du véhicule, j'ai cru défaillir. Les larmes inondaient mon visage et soudain je n'en avais plus honte. Vous êtes resté un long moment immobile, tourné vers moi – cela se voyait bien à la tache claire de votre visage autour duquel pétillait votre chevelure blonde. J'ai pensé que l'intensité de mon regard fixé sur vous avait traversé la distance et frappé vos sens, que vous m'aviez sentie et que vous me regardiez. Pourtant je n'ai pas fait un geste, pétrifiée de chagrin !

– Je ne vous ai pas vue. Je serais venu vous retrouver si j'avais reconnu votre silhouette…

– Enfin vous avez rejoint la petite foule des minuscules têtes noires ; on aurait dit des allumettes sur pattes qui s'attroupaient sur le môle pour monter dans le ferry. Vos cheveux blonds se détachaient sur la vague mouvante du reste des passagers, ce qui m'a permis de vous suivre jusqu'à ce que vous disparaissiez dans la cabine du bateau après avoir serré dans vos bras une des allumettes noires, I., qui est resté seul immobile au bout du quai quand le ferry s'est éloigné et jusqu'à ce qu'il disparaisse en direction d'Onomichi vers la ligne d'horizon barrée par la brume de chaleur.

I. est venu en fin d'après-midi me rapporter le kimono, les boîtes de laque qu'il avait lavées et rangées dans leurs balluchons soigneusement noués. Il m'a donné le petit porte-clefs que vous lui aviez confié pour moi, une tour Eiffel argentée à laquelle j'ai accroché la clef de ma chambre d'étudiante à Kyoto. Il n'est pas resté très longtemps, juste le temps de poser mes affaires. Nous nous sommes à peine adressé la parole. “À quoi bon ? semblait dire son regard étrangement éteint. Nous sommes les deux victimes d'un vandale qui a piétiné nos cœurs…”

Il est reparti aux États-Unis une semaine plus tard, m'a-t-on dit. Je ne l'ai jamais revu, lui non plus. »

Une serveuse s'est approchée pour alimenter le poêle à bois. Elle a remué un moment les braises dans le foyer avec un tisonnier, faisant jaillir une gerbe d'étincelles. Nous l'avons regardée faire en silence, perdus dans nos pensées.

La fin de mon voyage a défilé comme un film en accéléré aux images saccadées. La courte traversée du ferry dans l'odeur de mazout et les jacasseries des commères assises devant moi, la succession de tortillards entre Onomichi et Kobe où je suis arrivé en fin de soirée juste à temps pour sauter, au terminal des bus baigné d'une lumière chiche, dans l'autocar de nuit des JNR après avoir avalé sans appétit une soupe de nouilles. Je n'ai pas dormi pendant le retour. La tête contre la fenêtre de l'autocar qui transmettait ses vibrations à mon crâne, je regardais défiler la nuit. J'attendais le moment où la fatigue viendrait effacer le visage d'Akane et où je pourrais m'endormir, mais chaque minute qui passait le rendait plus précis à ma mémoire. À six heures du matin, l'autocar s'est arrêté sur l'aire de Gotemba, juste au moment où le soleil illuminait le cône du mont Fuji d'une lumière orange d'une telle perfection qu'on aurait dit un chromo punaisé dans le ciel. Appuyé à la calandre du car tout le temps de la halte, j'ai gavé mon regard de ce splendide animal minéral qui laissait caresser ses flancs par les rayons de l'aube. C'est alors que j'ai senti une jubilation monter en moi qui a chassé mon désespoir quand l'évidence m'a frappé que mon retour au Japon ne tenait qu'à ma volonté. Je n'ai pas imaginé un instant que ce salopard d'avenir saccagerait, malgré ma détermination et mon entêtement, le chemin que j'avais choisi de tracer.

Le grincement de la porte du poêle que la serveuse verrouillait m'a fait sortir de ma rêverie. Le présent s'est remis en marche.

Akane s'est penchée sur sa besace et en a sorti un paquet qu'elle a posé sur la table devant moi :

« J'ai apporté ceci pour vous. Veuillez regarder, je vous prie. »

Je l'ai pris entre mes mains. C'était un lourd objet d'environ cinq centimètres de côté, fait d'une matière que je sentais compacte et lisse sous son emballage. J'ai sorti du papier de soie un bloc de plastique transparent, un de ces presse-papiers avec une inclusion.

« Il est à vous maintenant, je vous passe le relais. »

Au cœur du cube, le croissant de cheveux blonds enveloppait d'un mouvement immobile protecteur une boucle plus petite de couleur à peine plus foncée.

« C'est le moyen que j'ai trouvé de vous réunir par-delà le destin. »

J'ai porté le cube à hauteur de mon visage et je l'ai fait tourner entre mes mains comme un aérolithe tournoyant dans l'espace. Les mèches flottaient devant le visage d'Akane brésillé par l'effet de diffraction.

« Mon fils ! Bonjour, mon fils », ai-je murmuré.

J'ai respectueusement posé le cube devant moi, gardant mes doigts dessus, comme si je pouvais sentir battre le cœur de l'enfant dans ce monolithe indifférent.

« Vous ne m'avez pas encore dit comment il s'appelle. Vous ne m'avez pas encore dit grand-chose de lui !

– Je lui ai donné votre nom. Et un prénom japonais aussi, bien sûr, celui de mon grand-père, la seule personne de ma famille qui ait manifesté de l'émotion quand j'ai été chassée. Oh ! pas grand-chose, vous savez combien les Japonais sont économes en tendresse ! Juste un geste, sa vieille main tavelée, sèche et tremblante qu'il a posée un instant sur mon bras quand mon père m'a tirée hors de la maison, lui dont je ne me rappelais pas qu'il m'ait jamais touchée de toute mon enfance. Appeler mon fils par votre prénom, c'était vous faire vivre à chaque instant. C'était gonfler de toute ma passion d'amante mon amour de mère. Appeler mon fils par votre prénom quand je le grondais, le consolais, l'encourageais, pour lui dire de faire ses devoirs ou de se laver les dents, c'était un prétexte pour parler de vous à tous les vents, une sorte d'incantation dont je n'attendais aucun résultat. »

J'ai regardé par la fenêtre à petits carreaux. La nuit était tombée sur le canal. Les lampadaires venaient de s'allumer, diffusant leur mélancolie sur les pavés. Akane s'est levée et s'est dirigée vers les toilettes, me laissant seul avec le cube et ce petit garçon qui portait mon prénom et charriait mon sang dans ses veines. Je l'ai imaginé dévalant les rues de Kurashiki dans ses culottes courtes, son sac à dos trop grand battant ses reins, petit écolier japonais attendrissant, comme on en croise à l'époque de la rentrée scolaire d'avril. Il devait sérieusement trancher dans cette petite ville de province avec ses cheveux frisés, sa peau claire et son étrange prénom.

En revanche, j'avais beaucoup de difficultés à imaginer quel adulte il était devenu. J'ai senti grandir en moi l'impatience de le rencontrer, de dialoguer avec lui, de combler toutes ces années de vacance paternelle et de commencer mon apprentissage de père. Mais comment faisait-on pour devenir le père d'un homme de plus de trente ans que l'on n'avait pas été quand il en avait le plus besoin ? Lui-même, aurait-il envie de se trouver face à ce grand absent, de se laisser apprivoiser ? Sa mère lui avait-elle dit qu'elle m'avait retrouvé au détour des pages d'un journal ? Est-ce qu'elle-même désirait cette rencontre ? L'ordre des choses que le chaos de nos jeunes années avait engendré ne risquait-il pas d'être bouleversé par ma subite irruption ?

Je n'avais toujours pas de réponse à ces questions quand Akane est revenue s'asseoir. Puisqu'elle avait pris l'initiative de me contacter, elle devait s'attendre que je demande à rencontrer cet enfant dont j'avais ignoré l'existence trop longtemps.

« Je veux le voir », lui ai-je dit abruptement.

Elle m'a regardé droit dans les yeux et sans ciller a répondu :

« Je crains que cela ne soit pas possible. »

« Nous y voilà ! » me suis-je dit. J'allais enfin savoir ce qu'elle attendait vraiment de cette rencontre qu'elle avait provoquée. Il allait falloir négocier. J'ai pensé que dans un sens ce serait plus facile, l'âpreté au gain, le chantage allaient gommer la tentation de sublimation sentimentale qui m'avait saisi dans l'après-midi.

« Que voulez-vous ? Qu'attendez-vous de moi ? Quel prix ai-je à payer ? » ai-je repris sur un ton méprisant.

Elle n'a pas répondu tout de suite, son regard indéchiffrable toujours planté dans le mien. Enfin elle a parlé, si bas que j'ai eu du mal à l'entendre dans ce salon de thé pourtant désert que les derniers clients avaient quitté depuis un moment :

« Vous vous méprenez. Je vous ai seulement dit que ce ne serait pas possible.

– Pourquoi ? Pourquoi refusez-vous de me donner une chance de devenir le père que je n'ai pu être par un croche-pied du destin ? Pourquoi lui nier le droit de choisir lui-même s'il veut ou non de ce père ? »

Très droite, elle a posé sa main sur ma main qui caressait mécaniquement le bloc de plastique et elle a baissé les yeux quand elle a murmuré :

« Parce qu'il est mort… Parce que votre fils est mort », a-t-elle répété après un long silence.

J'ai chancelé, sous le choc.

« Il s'est suicidé quelques semaines après son entrée en première année au grand lycée. Il venait d'avoir quinze ans.

Un samedi soir, il n'est pas rentré. Je l'ai attendu, attendu, puis j'ai appelé la police. Ils ne se sont pas inquiétés, ils croyaient à une simple fugue. "Votre fils est probablement avec sa première fille !" ont-ils rigolé. À leur décharge, on ne s'attaquait pas aux enfants comme dans le monde détraqué de maintenant. Les adolescents étaient moins déboussolés. C'était plus simple, n'est-ce pas ? Pourtant, mon fils n'avait jamais été en retard. Il était d'une régularité de métronome, toujours soucieux de ne pas me causer d'inquiétude.

Ce sont les élèves du club de gymnastique qui l'ont trouvé le lendemain matin dans le gymnase de l'école, quand ils sont arrivés pour leur entraînement. Il s'était pendu à la potence d'un des paniers de basket-ball en utilisant une ceinture de judoka. Une chaise haute d'arbitre était renversée à ses pieds.

Je vous l'ai dit, depuis deux ans il était taciturne, renfermé, sombre. Il parlait peu, répondait par onomatopées et grognements. Quand je revenais du travail le soir, il était toujours enfermé dans sa chambre, où il passait tout son temps à travailler. Ses résultats en classe étaient excellents, je ne m'étais donc pas inquiétée outre mesure.

L'enquête a révélé que depuis bientôt trois ans il était le souffre-douleur d'une bande de gamins de sa classe qui le harcelaient du matin au soir, sur le chemin de l'école, dans la cour aux interclasses, jusque pendant les cours. Certains de ses professeurs savaient parfaitement ce qui se passait mais aucun n'est intervenu : il ne fallait pas ternir la réputation de l'école. Trop différent, trop brillant, il était en butte aux insultes, aux vexations les plus mesquines. Imaginez donc dans un lycée de province cet enfant aux cheveux trop clairs en bataille, à la peau trop rose, dont le prénom était imprononçable, qui étudiait une langue étrange à une époque où aucun élève n'était capable d'aligner deux mots d'anglais après trois ans d'études ! Imaginez la honte de cet enfant qui n'était jamais accompagné de son père lors des fêtes de l'école, qui ne pouvait courir la course de relais avec un père, dont la mère seule assistait aux entretiens de fin d'année quand tous les autres arboraient fièrement un père musclé, cravaté, sûr de lui aux côtés d'une épouse effacée qui marchait trois pas derrière son mâle dominateur.

Les enfants de cette école n'étaient ni pires ni meilleurs qu'ailleurs, les professeurs, pas plus ni moins indifférents. Notre fils ne répondait pas aux normes, c'est tout. Le clou dépassait trop, on avait beau lui taper sur la tête, il ne rentrait pas dans le moule.

Courageux, il a sans doute cru pouvoir faire face seul, mais l'ostracisme s'est généralisé et il a perdu pied. »

Akane s'est jetée à mes pieds, a joint ses deux mains devant elle et a frappé le sol de son front sous le regard effaré des soubrettes du salon de thé.

« Pardonnez-moi, je vous supplie de me pardonner. Je n'ai pas su protéger notre enfant ! » m'a-t-elle dit, la voix étouffée de sanglots secs.

Je l'ai prise par les épaules et l'ai aidée à se relever et à se rasseoir, moi-même assommé par le chagrin d'avoir perdu le fils que je venais juste de trouver. Elle a sorti un mouchoir de son sac, s'en est tamponné les tempes et les joues. Son visage a retrouvé cette impassibilité qui rend les Japonaises irrésistibles, avec ce regard insondable et ce sourire énigmatique de statues de pierre. Elle a repris la parole d'un ton monocorde.

« Il est enterré là où nous l'avions conçu, à Setoda, dans le cimetière au pied de la pagode. Sa tombe domine le chenal entre les deux îles. »

Puis elle a pris son sac, s'est levée et très droite, le regard ailleurs, elle a ajouté :

« Nous n'avons pas eu la chance de partager le bonheur d'élever ensemble notre fils, nous partagerons dorénavant la douleur de l'avoir perdu. »

Elle a passé la porte du salon de thé avant même que j'aie le temps de faire un geste.

36

Décembre, Kamakura

Tout est dit. Ou presque.

Un mois a passé pendant lequel j'ai vainement cherché une raison à cette rage aveugle du destin. J'ai maudit l'intolérance, la bêtise, le racisme primaire de la société figée de ce pays. J'ai haï le Japon, qui a amplifié jusqu'à la tragédie la banale histoire de deux jeunes gens qui s'étaient rencontrés sur une plage et aimés. J'ai oublié que les passions humaines sont sans frontière et qu'elles mènent aussi bien au désastre qu'à la grandeur, quel que soit le langage dans lequel elles s'expriment. Magma incandescent sous une croûte de glace, le Japon m'a sauté au visage dans tout ce qu'il a de burlesque, de truculent, d'exalté, d'excessif, de brutal, après toutes ces années où il avait endormi ma méfiance sous la courtoisie, la délicatesse, la grâce, la retenue, la sobriété.

Ce Japon que je croyais avoir apprivoisé et parfois compris a repris en un clin d'œil tout ce qu'il m'avait offert.

Ma vie s'est arrêtée à l'instant où j'ai appris la mort de mon fils. Depuis, je fais semblant de parler, de marcher, de manger, de dormir, de diriger l'entreprise que l'on m'a confiée, j'ai même pris un avion pour New York où j'ai présenté le budget de l'année prochaine, mais je suis devenu une enveloppe vide, une armure japonaise au masque grimaçant de laque noire, sans regard, dont la bouche demeure figée sous la raide moustache de crins de cheval dans l'ébauche d'un cri terrible qui ne viendra plus jamais.

L'année prochaine…

Au café El Greco, ce soir de novembre, j'ai laissé partir Akane sans faire un geste pour la retenir. Je suis resté assis à la table du petit salon de thé, prostré, comme ces grands malades qui n'osent pas bouger de peur que la souffrance ne les prenne à la gorge au moindre mouvement. La nouvelle du suicide de cet enfant dans la fleur de l'adolescence a fait son chemin insidieux en moi. J'ai senti cette horreur gluante, triomphante, grignoter mon cerveau pour envahir tout l'espace de mon crâne et en occuper le moindre interstice. Je savais que j'aurais dû réagir pour contrer cette razzia, lancer des imprécations, blasphémer, trépigner, hurler à m'en casser les cordes vocales, tout briser autour de moi, mais j'en étais incapable. Le chagrin qui a pris possession de moi est inexpugnable.

Au bout d'une heure, plus peut-être, je ne sais plus, une des serveuses s'est approchée, craintive. Elle a posé devant moi une tasse de thé d'où s'échappait un arôme puissant d'alcool, cognac ou armagnac.

« Tenez, monsieur ! C'est chaud et c'est fort. Cela vous fera du bien ! » m'a-t-elle encouragé d'une voix douce.

Sa sollicitude m'a fait sortir de ma torpeur. J'ai bu à petites gorgées le liquide qui me brûlait les lèvres, la langue et l'œsophage, sans même souffler dessus. La serveuse est demeurée devant ma table tout ce temps, à distance respectueuse, un peu raide.

« Si vous le souhaitez, monsieur, vous pouvez rester ici pendant que nous rangeons la vaisselle, balayons le sol et faisons les comptes. Ma collègue est d'accord avec moi. »

La gentillesse de ces deux filles, plus que l'alcool qu'elles avaient généreusement versé dans le thé et que je sentais circuler dans mes veines, a stoppé la reptation du désespoir vers mon cœur. Je me suis ébroué et j'ai demandé l'addition. Elles ont refusé que je paie malgré mon insistance. Alors j'ai pris le bloc de plastique et ses deux virgules de cheveux figées, je l'ai rangé dans mon petit sac de voyage et je suis parti à la dérive dans la nuit froide de novembre.

J'ai marché sans but toute la nuit dans les rues désertes de Kurashiki.

Le petit jour est arrivé sans que je m'en aperçoive, sans que je sente la douleur de mon errance dans mes pieds ou dans mes hanches.

Je me suis retrouvé devant la gare. Dans le hall, il y avait une grande carte de la région peinte au mur représentant le chapelet d'îles entre Honshu et Shikoku, ainsi que l'autoroute avec ses neuf ponts qui les traverse telle une balafre couturée de points de béton. Une suture en pointillé bleu reliait le port de Mihara à celui de Setoda. Sans réfléchir, j'ai acheté un billet pour Mihara et j'ai sauté dans le premier train qui s'y rendait. De la gare de Mihara au port, il y a quelques centaines de mètres. Je n'ai pas eu besoin de demander mon chemin, il me semblait que mon corps le connaissait, c'était une aiguille aimantée qui retrouvait le nord sans effort.

Une petite vedette attendait au bout du môle. Une auréole moirée d'huile de vidange en épousait la coque. Je suis monté dedans. Cela sentait la crevette pourrie, le mazout, le cordage mouillé, la moleskine vieillie des sièges, le rance froid d'un bento oublié sous une banquette. C'était une odeur familière que trente-cinq années n'avaient pas effacée. Le préposé avait, accrochée à sa ceinture, une sacoche qui lui battait les fesses, son sourire se fendait sur une poignée de chicots pourris qu'on aurait dit abandonnés dans le dépotoir de sa bouche. Il m'a fait signe d'entrer dans l'habitacle. Je lui ai dit que je préférais rester dehors sur le pont arrière, où se trouvait un petit banc de planches abîmées.

« Comme vous voudrez, m'a-t-il dit. Mais vous aurez froid ! » Puis, soupçonneux soudain : « Vous n'allez pas vous jeter à l'eau, au moins ?

– Le désespoir se lit donc si bien sur mon visage ? lui ai-je demandé.

– Je ne peux rien lire sur le visage des étrangers ! Ils sont trop différents ! » a-t-il rétorqué en haussant les épaules.

Il m'a fait payer mon passage tout de suite. Peut-être s'est-il dit que ce serait toujours cela de pris.

Pendant le trajet, les tourbillons de vent qui fouettaient mon visage ont fini par arracher mon écharpe mal nouée autour de mon cou. Elle s'est envolée et s'est abîmée dans le V bouillonnant du sillage de la vedette. Je n'ai pas fait un geste pour la retenir. Elle a flotté un moment à la surface de l'eau, petite oriflamme sanglante de combattant vaincu, puis je ne l'ai plus vue. Elle a coulé lentement comme un nuage qui s'effiloche.

La vibration du moteur s'est faite plus présente quand la vedette a ralenti à l'approche de la passe entre Ikuchi et Kojima. J'ai d'abord vu sur la gauche les docks du chantier de réparation et la coque ventrue d'un gros cargo en construction que les soudures faisaient ressembler à un patchwork minéral. Malgré le bruit du moteur de la vedette et le froissement de la coque dans l'eau, on entendait les coups de masse qui résonnaient sur les plaques d'acier et le feulement électrique des treuils des grues du chantier.

La vedette a ralenti encore et s'est engagée à petite vitesse dans le chenal. J'ai constaté que les côtes des deux îles avaient été copieusement bétonnées. Akane ne pourrait plus jamais traverser avec sa barque, elle n'aurait pas d'endroit où accoster pour rentrer chez elle. Puis j'ai vu le tablier jaune vif du pont jeté très haut entre les deux îles. Il se détachait à contre-jour sur le ciel bleu. Je n'ai pas trop bien su si je trouvais élégante ou horrible l'arche de ce pont qui défigurait le paysage en le barrant de sa structure métallique arrogante. On ne devait plus se poser la question de l'heure des marées pour rentrer chez soi, il suffisait de sauter dans sa voiture ou de chevaucher sa mobylette : cela m'a serré le cœur.

La vedette a fait un demi-tour gracieux dans le chenal pour accoster. Cette manœuvre au moins n'avait pas changé. Les pontons non plus, surmontés d'armatures de fer peintes en blanc sur lesquelles était tendue une tenture de couleur rouille qui protégeait du soleil. Je n'ai pas reconnu le bâtiment du débarcadère. Pourtant, à voir ses parois lépreuses en ciment brut suintant les années, j'ai compris qu'il était déjà là lors de mon premier séjour.

J'ai longtemps erré dans le village à la recherche d'un repère, d'un indice, d'une aspérité qui accrocherait ma mémoire. Elle avait effacé cet endroit avec une efficacité redoutable. Il n'en restait aucune trace. J'ai tourné et viré toute la matinée et une bonne partie de l'après-midi, évitant inconsciemment mon but, mais m'en rapprochant insensiblement.

Finalement, je me suis retrouvé devant le sentier de la pagode, de l'autre côté de la colline. Il partait de nulle part, du bout d'une ruelle dont l'asphalte s'arrêtait brutalement, entre deux clôtures rouillées. Il était à peine indiqué par une petite planche à l'inscription à demi effacée. Je l'ai suivi, pas tout à fait sûr qu'il mène vraiment à la pagode. Comme moi il semblait tergiverser, il n'attaquait pas la pente franchement, il faisait semblant de tourner autour, il montait subrepticement, à reculons. J'ai pourtant fini par arriver au sommet de la colline. J'y ai trouvé une table d'orientation qui indiquait les lieux-dits. Il y avait un Bel Canto Hall dont je me suis demandé ce qu'il pouvait bien faire là, un Sun Set Beach que j'ai soupçonné être la plage de notre court bonheur, un Citrus Park dans la montagne probablement là même où perchait autrefois l'auberge de jeunesse des parents de I., le musée de Hirayama Ikuo, les deux ponts de la route reliant Honshu à Shikoku. Tout cela n'existait pas, autrefois. La table d'orientation non plus. Dans le temps, il n'y avait personne à orienter et rien à indiquer.

J'ai aperçu devant moi, au travers des branches des pins, le clocheton de la pagode. Dans ce pays où seul l'éphémère est immuable, où l'homme semble éprouver un malin plaisir à changer ce qui n'a pas besoin de l'être, à détruire pour bâtir en plus laid ce que la patine du temps avait fini par embellir, ce paysage semblait figé depuis trente-cinq ans. J'ai suivi le sentier qui menait au pied de la pagode.

Puis j'ai erré sur son socle de pierre jusqu'à ce que je retrouve l'endroit précis où nous avions fait l'amour sous l'œil complice de la lune. Je me suis allongé à plat ventre, épousant le sol comme si je voulais y retrouver l'empreinte de nos corps. J'y ai collé mon oreille, écoutant le profond silence de la pierre tandis que son froid pénétrait ma chair jusqu'à mes os. Je suis resté ainsi immobile alors que le soleil passait au-dessus de moi sans parvenir à réchauffer ma carcasse.

Lorsque je me suis enfin relevé, j'ai chancelé d'être resté trop longtemps sans bouger. J'ai repris le sentier qui contournait la colline face à l'île de Kone. Il passait derrière deux maisons cossues et surplombait une route qui n'existait pas autrefois. Elle menait au pont jaune vif. Je me suis faufilé entre les maisons pour descendre sur la chaussée. Des chiens que je n'ai pas vus ont aboyé sur mon passage. Un gros 4 × 4 effectuait une manœuvre compliquée devant une des maisons pour faire demi-tour. Ses pneus envoyaient des gerbes de caillasse à chaque coup d'accélérateur trop brutal. Le chauffeur n'avait manifestement pas une très bonne maîtrise de son véhicule. C'était une femme âgée, toute tassée sur le siège de l'énorme voiture et dont le regard passait sous le volant. Je me suis prudemment écarté ; je n'aurais pas voulu mourir écrasé sous les roues d'un tel chauffard.

La route sur le pont était légèrement bombée. Il n'y avait pas de trottoir, j'ai dû marcher sur la chaussée. Je me suis arrêté au milieu du pont, là où on domine le chenal d'une bonne vingtaine de mètres. Je me suis approché du garde-fou. Il n'était pas très haut et m'arrivait à peine à la taille. Je me suis penché, appuyant mon bas-ventre contre la rambarde, la moitié supérieure de mon corps dans le vide, pour regarder passer sous le pont une barge paresseuse chargée de sable. Je me suis demandé en me penchant un peu plus si cette hauteur suffisait pour se tuer.

Une légère flexion des genoux accompagnée d'une toute petite impulsion de la pointe des pieds, et je passais par-dessus la rambarde.

Un coup de klaxon bref m'a fait sursauter qui a failli me faire basculer pour de bon dans le vide. Je me suis retenu de justesse. J'ai reculé encore tremblant et je me suis retourné. C'était la vieille dame au volant de son 4 × 4. Elle s'est arrêtée à ma hauteur et a baissé sa vitre. Elle m'a interpellé en japonais sans même se demander si je la comprenais.

« Vous n'alliez pas sauter, au moins ? » a-t-elle murmuré.

Je lui ai répondu que c'était tentant et elle a paru horrifiée. Alors je lui ai souri en lui disant qu'il ne pouvait y avoir de détresse telle qu'elle ne guérisse devant un paysage si paisible. Rassurée, elle m'a salué et est repartie à petite vitesse en jetant tout de même des coups d'œil inquiets dans son rétroviseur.

J'ai attendu que la voiture disparaisse au bout du pont pour me rapprocher de nouveau de la rambarde et j'ai regardé le village de Setoda blotti le long de la côte en contrebas, le débarcadère un peu plus loin, la ligne bleue des montagnes de l'île qui barrait le ciel au-dessus de la mer. Sur la gauche, la pagode tendait le cou par-dessus les arbres de la colline en surplomb de maisons qu'une paroi de béton injecté protégeait des glissements de terrain. C'est alors que j'ai vu le cimetière qui s'étirait sur la partie basse de la colline, près du temple dont on devinait le toit imposant.

J'ai compris qu'il était temps d'aller à l'endroit pour lequel j'avais fait le voyage jusque-là.

J'ai traversé le pont en sens inverse et je me suis engagé sur le sentier entre les deux maisons. Cette fois, les chiens n'ont pas aboyé.

Comme je l'avais prévu, le chemin aboutissait à la partie supérieure du cimetière, au-dessus d'un bouquet de pierres tombales grises plantées selon un rythme aléatoire. Guidé par mon instinct, j'ai suivi l'allée qui partait du fond de cette partie du cimetière en sinuant sur la crête du monticule qui surplombait les premières maisons au bout du village entre une haie de lauriers et un alignement sage de tombes faisant face au chenal. Le soleil avait bien baissé dans le ciel et baignait les pierres dressées sur les petits caveaux d'une lumière crépusculaire.

Akane n'aurait pu amener ailleurs notre enfant. Sa place était ici, juste en face du chenal, petite sentinelle inoffensive qui gardait la maison de l'île de Kone.

J'ai avancé sur le chemin, trébuchant sur les cailloux qui affleuraient car je ne regardais pas à mes pieds, occupé à déchiffrer les inscriptions sur les pierres tombales. En fait, je titubais de faim. Je n'avais rien mangé depuis le petit déjeuner de la veille dans le ryokan de Kurashiki et le savarin qui m'avait écœuré plus qu'il ne m'avait nourri au café El Greco. Mais mon œsophage était bouché, quelque part au fond de moi le visage de mon enfant, qui me ressemblait de façon troublante sur un cliché pris le jour de l'anniversaire de mes cinq ans, bloquait tout besoin physiologique. Il occupait trop de place en moi.

Je suis arrivé au fond de l'allée qui s'arrête sur la pente abrupte couverte d'herbes folles, dominant d'une quinzaine de mètres la route côtière qui serpente en contrebas.

Là se trouve la dernière tombe. C'est un modeste parallélépipède de granite qui se tient très droit solitaire au bout du chemin. Devant, il y a le chenal qu'il semble surveiller, impassible, et au loin la crête de l'île de Omishima barrant l'horizon.

À leur passage, les bateaux creusaient la mer d'une balafre livide que les derniers rayons du soleil ensanglantaient.

Je me suis approché lentement, sur la pointe des pieds, comme si j'avais peur de déranger mon fils. J'ai déchiffré l'inscription sur la pierre en l'effleurant du bout des doigts. J'ai reconnu les sept lettres de mon prénom, de son prénom. C'était bien là qu'il reposait. J'avais imaginé que je ne sentirais rien ; après tout ce n'était qu'un objet, rien qu'un peu de poussière et de terre sous une dalle froide, une abstraction qui me laisserait indifférent. Mais je jure que j'ai senti la pierre frémir sous la caresse de ma paume, que j'ai senti battre la vie que j'avais donnée au travers de cette matière rugueuse et glacée.

J'ai enfin réalisé que sous cette pierre reposait la chair de ma chair, le sang de mon sang, et je me suis écroulé en sanglotant, étreignant convulsivement de mes bras la tombe, râpant ma joue jusqu'au sang à ses aspérités, blessant mes genoux aux arêtes du petit parapet qui délimitait la sépulture.

Et j'ai compris. J'ai compris que cet enfant était la trace indélébile de ma vie.

Et que, désormais, l'enfer, ce serait moi.

Le soleil du petit matin vient de cogner à la fenêtre de ma bibliothèque dans le pavillon de thé où je me suis réfugié la nuit dernière pour écrire ces lignes. Il traverse le papier des shojis et quadrille la surface de mon bureau de petits rectangles sans toutefois parvenir à réchauffer l'air de la nuit. Un de ses rayons frappe le bloc de plastique posé devant moi, auréolant les mèches entremêlées de nos cheveux d'une poudre d'or.

Le flacon de barbituriques est à portée de ma main, il m'attend sagement à côté d'un verre d'eau à demi plein que la pourpre de ses facettes couleur rubis ensanglante. Le cri d'une buse perce le silence de la petite vallée que le Grand Bouddha protège de sa sérénité en contemplant avec miséricorde les péchés des hommes, là-bas au bout de la ruelle.

Je vais rejoindre l'infatigable cohorte des suicidés de ce pays qui m'invitent à les rejoindre, Mishima, Akutagawa, Tanizaki, le pilote du Cessna qui a manqué de peu la chambre d'Osano Kenji et raté sa sortie, le pauvre journaliste français au fond de sa détresse, Oki Masaya qui tourbillonne comme une feuille morte vers l'asphalte du trottoir, les amants des chutes Kegon et, au bout de cette morne litanie, mon fils.

Mon fils, qui me tend la main pour m'aider à traverser le chenal, qui ouvre grands ses bras pour m'accueillir, qui m'offre sa poitrine pour réchauffer mon cœur glacé, qui m'accorde son pardon pour effacer la trace brûlante de mon chagrin et le fardeau de ma faute.

Je prends le flacon, dévisse le capuchon.

Alors que je fais tomber les cachets un à un dans la paume de ma main, j'entends le glissement du shoji à l'entrée du pavillon de thé. La voix claire de ma femme traverse l'air pur de cette fin d'année :

« Me voilà de retour ! »

Tokyo, avril 2006

RÉALISATION : PAO ÉDITIONS DU SEUIL
IMPRESSION : S.N. FIRMIN-DIDOT AU MESNIL-SUR-L'ESTRÉE
DÉPÔT LÉGAL : MAI 2007. N° 94779 (84787)
IMPRIMÉ EN FRANCE